新　潮　文　庫

決　　　　　　断

警察小説競作

新　潮　社　編

新　潮　社　版

7887

目次

決断

警察小説競作

昔なじみ

逢坂　剛

逢坂　剛（おうさか・ごう）

一九四三年、東京生まれ。長年の間、広告代理店に勤務しながら、小説を執筆。九七年より作家業に専念。八〇年「暗殺者グラナダに死す」でオール読物推理小説新人賞を受賞。八七年『カディスの赤い星』で直木賞、日本推理作家協会賞、日本冒険小説協会大賞をトリプル受賞。

1

鱶野《ふかの》誠吉は、どんとテーブルを蹴《け》った。

「この野郎、おれの言うことがきけねえってのか」

その尻馬《しりうま》に乗る形で、まわりを取り囲んだ鱶野の子分たちが、どどっと詰め寄る。

冷や汗が出たが、黙っているわけにいかない。

「いや、そうじゃありませんが、あれはわたしの責任じゃない、と思うんですよ」

むろん、鱶野がそれを認めるはずがないことは、重々分かっている。

「うるせえ。おまえのおかげで、なけなしの千百七十万円をどぶへ捨てたことに、変わりはねえんだ」

「あのとき、撃たれそうになった鱶野さんを助けてあげたのは、どこのだれだか覚えてますよね」

奥の手を出すと、鱶野はちょっとたじろいだが、それも一瞬のことだった。

「おまえに、恩を売られる覚えはねえぞ。とにかく、この一件にかたをつけてもらわねえかぎり、おまえの命はねえと思え」

まさか、そこまではやるまいと思いつつ、しかたなく考えを巡らす。

殺されないまでも、鱶野のことだからあばら骨の二本や三本は、覚悟しなければなるまい。しかしそうなったら、日々の仕事に差し支える。

鱶野は以前、箕島《みのしま》組という中堅の暴力団の、若頭をしていた男だ。面識はあったが、こちらが実際に親しくしていたのは、組長の箕島信之介の方だから、鱶野にはなんの義理もない。

その箕島が、一年ほど前に病気で死んでしまったため、話がややこしくなった。

箕島の葬式が終わったあと、ジリアンこと四面堂遥《しめんどうはるか》と一緒に一芝居打ち、鱶野から千百七十万円をだまし取ったのだ。金額に端数が出たいきさつは省くが、ジリアンとぐるになっていたことだけは、鱶野に知られないように仕組んだつもりだった。鱶野は今でも、ジリアンがほとぼりを冷ますために、アメリカへ高飛びしたと思い込んでいる。

それはさておき、箕島が死ぬと箕島組は当然のように、空中分解した。

しかし、鱶野はほどなくもとの構成員を寄せ集め、新たに鱶野組を興《おこ》して組長に収まった。

組織が落ち着くとともに、鱶野もだまし取られた金のことに不審を覚え、こちらのことを疑い始めた。確証はつかめぬものの、うすうす怪しいと感じる程度の頭はあるらしく、ときどき前触れもなく押しかけて来たりして、いやがらせをする。

今日も今日とて、十条仲原にある鱶野組の事務所に呼びつけ、難題を吹っかけてきた。鱶野から金をだまし取ったとき、小道具として提供した三万ドル分の偽《にせ》ドルを、まっとうな円に替えてこいというのだ。

その偽ドルは、ジリアンが香港《ホンコン》マフィアからプレゼントされたもので、肉眼では見分けがつかぬくらい、精巧にできている。しかし、所詮《しょせん》偽ドルは偽ドルだから、まともに換金しようとすれば、すぐにばれてしまう。ばれたら、後ろに手が回る。

鱶野は、日本円にして三百万ちょっとの額なので、しばらくほうっておいたのだろう。

しかし、寝かせておいても利子がつくわけではないし、暴力団もご多分に漏れず景気が悪いから、少しでも資金を作りたいに違いない。かといって、自分で換金する危険も冒したくないので、その役目をこちらに回してきた次第なのだ。

鱶野は、テーブルに載った三つの札束に、顎《あご》をしゃくった。

「おまえも見たとおり、その偽ドルは鑑別機でも判別できないくらい、うまくできてるんだ。めったにばれやしねえから、簡単に換金できる。思い切って、やってみろ」

あのときは、鱶野を信用させるためわざわざ銀行へ連れて行き、鑑別機を通るところを見せてやった。むろん直前に、札を本物にすり替える一幕があったのだが、今になってそんなことを白状したら、絞め殺される。

「だったら、鱶野さんか身内のどなたかが、やってみればいいじゃないですか」

ショートジャブを繰り出すと、鱶野はまたテーブルを蹴った。

「ばか野郎。それができりゃあ、苦労はねえ。この偽ドルを持ち込んだ、おまえの知り合いのシメンドーとかゴメンドーとかいう女が、アメリカかどっかへ高飛びしちまった以上は、おまえが責任を取るしかねえだろう」

子分たちも、そうだそうだと口ぐちにわめきながら、また詰め寄ってくる。さすがにうんざりして、いっそジリアンが高飛びせずに日本にいることを、ばらしてやろうかと思った。

しかし、それもかわいそうだ。なにしろ、惚《ほ》れた弱みがある。ジリアンは、標準よりだいぶ太っているものの、なかなか魅力的な女なのだ。こちらの命が危なくなるまで、そのことは黙っていることにした。

わざとらしく、ため息をついてみせる。

「それにしても、たった三百万かそこらの金で堅気の力を借りるとは、天下の元箕島組の若頭が泣きますよ」

鱶野はいやな顔をしたが、今度はどうならなかった。箕島の話を持ち出されると、この男は意気阻喪してしまうのだ。

気弱な調子で言う。

「おまえにゃ分からんだろうが、ヤクザの世界にもいろいろ苦労があるのよ。近ごろは、用もないのに十条署のマルボウ担当が、ここへお茶を飲みに来る。事務所の中を歩き回って、それとなくハジキかなんか隠してるんじゃないかと、点検しやがるのよ。しのぎもくそも、あったもんじゃねえ。今おれの組はな、もっとでかい組織の傘下《さんか》にはいろうと、必死に根回ししてるとこなんだよ。そのためには、何かと金がかかる。たとえ三百万でも、今のおれにゃだいじな虎《とら》の子だ」

子分たちが、いっせいにうなずく。

こんなところで、むだな時間をつぶしているわけにもいかない。

「分かりました。なんとか、やってみましょう」

鱶野は、こちらがあまりあっさり折れたので驚いたらしく、目をぱちぱちさせた。

機嫌をとるように言う。

「まあ、いきなり銀行へ行って換金を試みるのも、あまりいい手とは言えねえ。万が一ばれたら、元も子もなくなるからな。おまえの才覚で、何か三万ドルに相当するものを手当てできるなら、日本円じゃなくてもいいぞ」

「相当するものというと、たとえば金の延べ棒とかダイヤモンドとか、そういったものですか」

鱶野は、肩をすくめた。

「まあな。しかし、ほかにもハジキとかヤクとか、いろいろあるだろう」

「その方面は、鱶野さんの方が詳しいでしょう。紹介してくだされば、当たってみますけど」

鱶野が、つくづくあきれたという顔つきで、首を振る。

「おまえも、食えねえ男だな。そう簡単にブツに替えられるなら、こっちでとっくにやってるぜ。この札束を持って、とっとと失《う》せやがれ。ただし、期限は一か月だぞ」

よんどころなく、札束を持参のアタシェケースにしまう。

「わたしが、こいつを持ち逃げしたら、どうするんですか」

ためしに聞いてみると、鱶野は鼻を鳴らした。

「おまえに、そんな度胸はねえよ。どっちみち、逃げたときは草の根を分けてもおまえを探し出して、八つ裂きにしてやるさ」

そんな次第で、とりあえずは放免された。

子分たちに見送られて、環七に面した鱶野組の事務所を出る。十条銀座の商店街を、JR埼京《さいきょう》線の十条駅に向かって、とぼとぼと歩いた。

いずれは、めんどうなことになると覚悟していたが、こういう形でくるとは思わなかった。違法すれすれの綱渡りはこなしても、警察のごやっかいになるような仕事にだけは、手を出したくない。

とはいえ命は惜しいし、怪我《けが》をするのもごめんだ。この三万ドルを、なんとかうまくローンダリングするか、同じ程度の金目のものに替える手立ては、ないものだろうか。

ぼんやり歩いていたので、突然野太い声で本名を呼ばれたときは、飛び上がりそうになった。ほとんど、背筋が凍りつく。

さりげなく足を止め、いかにも自分のことかという感じで、ゆっくりと振り向いた。

たった今すれ違ったばかりの、よれよれのトレンチコートを着込んだ大男が、体を半分こちらへよじりながら、顔を見つめてくる。

「おう、やっぱりおまえか」

男はそう言って、今どきはやらないグレイのソフト帽のひさしを、太い親指でずずと押し上げた。

すぐには思い出せず、警戒しながら顔を見返す。

男は、エンパイヤステートビルに抱きつくキングコングのように、両腕を広げた。

「おれだ、おれだ。長谷《はせ》道場で一緒だった、国田《くにた》征太郎だよ」

国田征太郎。

名前はともかく、熟れたイチジクによく似た大きな鼻と、スイカの種と同じくらい小さな目を見て、たちまち記憶がよみがえる。

「ああ、国田さん。久しぶりですね」

この男なら、こちらの本名を知っていても、不思議はない。

「久しぶりってのは、十年くらいまでをいうんだ。おれたちは、たっぷり二十年近く会ってないぞ」

「へえ、そんなになりますかね。とにかく、元気そうで何よりじゃないですか。それじゃまた、二十年後に」

行きかけようとすると、パワーショベルのようながっしりした手で、むずと肘《ひじ》をつかまれた。

「おい、冷たいことは言いっこなしだぜ。その辺で一杯やりながら、昔話でもしようじゃないか。近況も聞きたいしな」

「こっちは酒が飲めないし、昔のことはすっかり忘れましたよ。近況も特にありません」

「酒がだめなら、お茶でもいい。忘れたことも、話してるうちに思い出すよ。だいいち、今どこで何をしてるか聞かなきゃ、ここで出会った甲斐《かい》がない。同じ道場で、競い合った仲じゃないか」

「盤も駒も捨てましたよ、とっくに」

長谷道場といっても柔道や空手のそれではなく、すでに死んだ長谷清秀《せいしゅう》というプロ棋士が主宰していた、将棋の町道場だ。

国田は、お化けかぼちゃのような顎《あご》を、ぐいと引いた。

「すると、昔なじみと話すのはいやだ、というのか」

「これからちょっと、用事があるんですよ」

国田は、唇をへの字に曲げてこちらを睨《にら》んだあと、いきなりコートの内側に手を入れ、黒い手帳を引っ張り出した。

縦に二つ折りになったそれを、無造作にぱたりと開いてみせる。

「公務執行妨害で逮捕する」

目の前に、顔写真つきの証票と警視庁の記章が、突きつけられた。近年、新たに取り入れられたとかいう、FBI方式の警察官の身分証だ。

そばを通る連中が、じろじろこちらを見る。それを意識したとたん、アタシェケースを持つ手が汗ばんできた。

「冗談はやめてくださいよ、国田さん。大道の真ん中で、何を言い出すんですか」

高校を卒業したあと、国田は警察官になったという噂《うわさ》を耳にしたが、ほんとうだったようだ。それもどうやら、こわもての私服刑事らしい。

国田は、にっと笑った。

「逮捕されるのがいやなら、おれと付き合え。ここで会ったが、百年目だ」

そう言って、つかんだ肘を死んでも離すものかというように、ぎゅっと締めつける。

腕の骨が、ささらになりそうなすごい力に、思わず声が出た。

「いたたた。分かった、分かりましたよ。お付き合いしますから、手を離してください。ただし、三十分だけですよ」

「そうこなくちゃな」

国田は肘をつかんだまま、商店街をJR十条駅の方へ歩き出した。

無理やり、引っ張られて行く格好になったから、通行人の目には刑事が容疑者を連行している、と見えたことだろう。

2

国田征太郎は、駅前広場に出る少し手前を、左に折れた。

そこもやはり、アーケードにおおわれた別の商店街で、数十メートル前の踏切を通過する、銀色の電車が見える。商店街のど真ん中を、埼京線が横切っているのだ。

すぐ左手に、〈木霊《こだま》〉と看板の出た喫茶店があり、国田はそこのドアを押した。モダンジャズの音が、すさまじい勢いでぶつかってくる。

右の壁沿いにテーブル席があり、左手が五席ほどのカウンターになっていた。カウンターの端には、アンプとレコードプレーヤーがセットされた、ラックが置いてある。その奥に、ぎっしり詰まったLPレコードの列が見えた。

突き当たりは、ゆったりしたスペースのフロアで、冷蔵庫ほどもある大きなスピーカーが二つ、でんと並んでいる。白壁に、太い古木の梁《はり》をあしらった内装は、いかにも趣味人の店、という雰囲気だ。

カウンターの中にいた、眼鏡をかけたマスターらしい童顔の男が、三つあるうちの真ん中のテーブル席を、手の先で示した。

「そちらへどうぞ」

カウンターは全席ふさがっており、テーブル席もそこしかあいていない。けっこう、繁盛《はんじょう》している。おそらく、マスターがモダンジャズの熱烈なファンで、客層もそれに応じた連中なのだろう。

コーヒーを頼む。

国田は、カウンターに乗り出して店のマッチを取り、たばこに火をつけた。

「それにしても、道場をやめたとたんに音信不通とは、冷たいじゃないか。どこで、どうしてたんだ」

「まあ、いろいろありましてね。将棋は好きだったけど、別にプロになるつもりはなかったし、大学受験で忙しくなったこともあって」

国田は、眉《まゆ》を開いた。

「そうか、大学へ行ったのか。おまえは、頭がよかったからな。おれは高校を出て、すぐに警察にはいった。都内を転々として、今は十条署の刑事課だ。まだ、巡査部長だがな。覚醒剤《かくせい》とか、麻薬の取り締まりをやってる」

冷や汗が出る。

「すいません、一本もらいますよ」

国田のたばこを抜き、同じマッチで火をつけた。

たばこをやめて十年になるが、話の途中で時間を稼ぐ必要ができたときは、しかたなく火をつけてふかすのだ。

鱶野から、偽ドルのローンダリングを命じられた矢先に、刑事をしている国田と巡り会うとは、なんとも間《ま》の悪い話だ。札束のはいったアタシェケースを、つい手元に引き寄せようとして、思いとどまる。

むせるのをこらえて、ゆっくり煙を吐いた。

国田が質問してくる。

「それでおまえは今、何をやってるんだ」

横を向いて、咳《せき》をした。

「目下、失業中でしてね。職探しをしてるとこなんですよ。実はこのあとも、面接の予定がはいってるんです」

国田の目を、ふと憐《あわ》れみの色がよぎる。

「そうか。おまえみたいなやつでも、失業することがあるのか。世の中、景気が悪いんだなあ」

「まったく、いやなご時世ですよ」

コーヒーがきた。

国田とは、練馬区内で別々の高校にかよっていたが、長谷道場で知り合いになった。学年は同じ二年生でも、国田は病気のために一年休学したとかで、年は一つ上と分かった。国田は体も大きく、序列にうるさい体育会系の学生だったので、最初から名前を呼び捨てにされ、逆にこちらは敬語を遣うはめになった。

「道場をやめて、結局どこの大学へ行ったんだ」

「一応、東大ですけどね」

もちろん嘘《うそ》だが、国田は目を丸くした。

「東大か。すごいじゃないか。学部は」

「ええと、商学部です」

国田は、眉をひそめた。

「東大に、商学部なんてあったか」

たぶんないだろう。

「今はどうか知りませんが、あのころはあったんですよ」

「そうか。それで、就職は」

「三石商事です。あのころ、商社は景気がよかったですからね」

「うん、そうだな。バブルがはじける、直前だったからなあ」

「ただし、入社三年目に上司と衝突して、退職しました。それから、五つ六つ会社を替わったんだけど、どこも長続きしなくてね。今は浪人中、というわけです。そうだ。警察じゃ、人手は足りてますか」

ためしにからかうと、国田は急いで手を振った。

「やめとけ、やめとけ。おまえの体力じゃ、とても続かんよ」

「頭を使う仕事なら、できると思うんだけど」

「それは、キャリアの連中の仕事だ。おまえが、これから国家公務員I種試験を通って、警察にはいれるなら話は別だがな。もう、年齢制限で無理だろう」

「キャリアでなくても、頭を使う仕事はあるんじゃないですか」

無意味な話を続けながら、二口三口吸っただけのたばこを、灰皿に押しつけて消す。

国田は、また一本抜き取られるのをいやがるように、たばことマッチをコートのポケットにしまった。

コーヒーを飲んで言う。

「浪人するまで、どんな仕事をしてたんだ」

「いろいろです。一応独立して、ビデオやDVDのレンタルとか、広告関係の仕事とか、パソコンのリースとか、出版関係とかやりました。それから、フーズ関係も」

国田は、ぽかんと口をあけた。

「ずいぶん、いろいろやったもんだな。どれも、長続きしなかったのか」

「というか、やってる事業が傾き始める前に撤退して、別の事業に手を出す癖があるものだから」

「ふうん、そんなものかね。おれみたいに不器用な人間は、十年一日のごとく同じ仕事をするだけだ。おかげで、職探しをしなくてすむがな」

国田はそう言ってから、急に立ち上がった。

「トイレに行ってくる。逃げるんじゃないぞ。もし逃げたら、指名手配するからな」

本気だ、と言わぬばかりに人差し指を立ててみせ、ステレオラックの裏側に姿を消す。

逃げようかと思ったが、なんとなく腰が上がらない。

国田は、高校の陸上部でハンマー投げをやっており、そのころから腕力が強かった。

柔道をやっている学生でも、喧嘩《けんか》となると国田の敵ではなかった。まして将棋以外に、なんの取り柄のない学生が子分扱いされたのは、当然のことだろう。

とはいえ、何か命令されると逆らえない気分になるのには、今でもその重しが取れていない証拠で、自分でもあきれてしまう。

腕力だけではない。

家が貧しかったこともあるだろうが、国田にはよく金をせびられた。小遣いの大半は、国田に巻き上げられた、といってもいい。ただしこちらも貧乏だったから、そうそう金が続くわけはない。国田の厳しい要求に応《こた》えるために、本屋で万引きした本を古本屋に売って、金を作ったりもした。国田に関するかぎり、いい思い出は何一つない。

店の電話が鳴り、マスターが出た。

振り向いて、客に呼びかける。

「シンドウさん、いらっしゃいますか」

だれも返事をしない。

マスターは電話にもどり、いらっしゃいませんが、と答えた。

相手が何か言ったらしく、ちょっとお待ちくださいと返事をして、もう一度向き直る。

「十条署の国田刑事は、いらっしゃいませんか」

反射的に、手を上げてしまった。

「ええと、いますよ、ここに」

ちょうどそこへ、国田がトイレから出て来た。

「なんだ、おれに電話か」

席にもどる国田に、マスターが電話を差し出す。

「十条署の国田刑事に、とおっしゃってますが。最初は、シンドウさんと言ったんですけど」

客に背を向け、声をひそめて言う。

国田は、舌打ちをしてカウンターの端へ行き、電話を受け取った。

「おれだ。署の名前は出すな、と言ったろう。……ああ、ちょっと、トイレに行ってたんだ。……なんだと。せっかく抜けて来たのに、そりゃないだろう。……ああ、分かった。しかたがない。また、近いうちにな」

受話器を乱暴に置き、国田は席にもどって来た。

「くそ。約束したのに、来れないとよ」

「だれがですか。シンドウさんですか」

国田は、苦い顔をした。

「違う。シンドウは、おれが外で使う偽名だ」

なるほど、そういうことか。

「それじゃ、だれなんですか、相手は」

「おれの、使い走りをしてる男さ。ちゃんばら映画で言えば、下っ引きみたいなもんだ」

「ここで、待ち合わせてたんですか」

「そうだ。それまで、少し時間があったから、おまえを引っ張り込んだのさ。そいつが来れないとなると、おれもまるまる体があいたわけだ。晩飯まで付き合えよ」

冗談ではない。

「勘弁してくださいよ。これから、面接があるって言ってたでしょう」

「なんて会社だ。十条界隈《かいわい》に、おまえにふさわしいような優良会社は、ないはずだぞ」

「社名は、勘弁してください。パソコンソフトの、開発関係の会社です。規模は小さいけど、今どきぜいたくは言ってられませんからね」

「なぜ、社名を隠すんだ。おれが知ってる会社なら、押し込んでやることもできるのに。これでも、地元には顔が利《き》くんだぞ」

「いや、国田さんが知ってるような会社じゃないです。そろそろ行かないと、時間に遅れちゃいますから」

そう言って、わざとらしく腕時計を見る。

国田は、残念そうな顔をした。

「そうか。役に立ってやろう、と思ったんだがな。名刺をくれ」

「え」

「名刺だ、名刺」

「持ってませんよ、失業中なんだから」

むろん嘘で、いろいろな名義の名刺が束になって、懐《ふところ》にはいっている。

「それじゃ、ケータイの番号を教えてくれ。ケータイくらい、持ってるんだろう」

国田は手帳を取り出し、ボールペンを構えた。

名刺はともかく、今どき携帯電話を持ってないという嘘は、通用しないだろう。まして こちらは、職探し中という触れ込みなのだ。

「ええと、まあ、持ってはいますけどね」

「だったら、教えろ。今度ゆっくり、酒でも飲もうじゃないか」

「酒は飲まない、と言ったじゃないですか」

「だったら、飯でもなんでもいい。番号を教えろ」

教えないかぎり、無罪放免にしてもらえそうもない。

「それじゃ、いいですか。〇九〇の」

あとは適当に、でたらめの番号を言う。

それをメモした国田は、にこりともせずに続けた。

「もう一度、繰り返してくれ」

「え」

国田の口元に、薄笑いが浮かぶ。

「正確を期すために、繰り返せと言ってるのさ」

「ええと、〇九〇の、三〇二九の」

そこまでは答えたが、あとは忘れてしまった。

国田は胸元に、ボールペンを突きつけた。

「そんな初歩的な手で、デカをごまかそうとしてもむだだ。ほんとの番号を言え」

確かに、国田を甘く見すぎていたようだ。

「すみません。自分のケータイの番号って、こっちからかけることはめったにないから、なかなか覚えられないんですよね」

言い訳してから、しかたなくほんとうの番号を教える。

「〇九〇、三二〇九の」

国田はそれをメモし、続けて別の番号をさらさらと書きつけると、そのページを破いてよこした。

「これが、おれの番号だ。渡しておく」

「ケータイ、持ってるんですか」

さっき、店の電話に呼び出されたくらいだから、持ってないと思った。

「持ってるさ。署から、呼び出しがかかるとまずいときは、わざと置き忘れてくるんだ。署のデスクの引き出しに、ちゃんとしまってある。おれは、一日中外へ出てることが多いから、かけるときはケータイの方にしてくれ。分かったな」

そう言って国田は、自分でこくんとうなずいた。

3

ここ数年は、JR市ケ谷駅に近い麹町《こうじまち》郵便局の裏手のビルに、事務所を構えている。といっても、角砂糖を縦に重ねたような細長いビルの最上階で、日陰規制のために天井を斜めにカットされた、小さな事務所にすぎない。建物の名前はマグノリアビルといい、メールボックスには〈九段南事務所〉と表示してある。別に、所在地が九段南だからというわけではなく、姓が〈九段〉で名は〈南〉の個人事務所、と解釈してくれてもいっこうにかまわない。

同じビルの、一階下のフロアにある電話応答サービスの会社、〈ハローサービス〉に九段南事務所が契約登録している法人は、アダルトビデオのレンタルと販売を業《なりわい》とする〈マイクロハード〉、ビルのメールボックスにちらしを投入する〈ポスティングZ〉など、全部で六社を数える。それぞれ電話番号が異なり、社名も代表者名も違っているが、契約者は全部同一人物だ。

外線電話がはいると、〈ハローサービス〉から転送される電話の番号によって、〈マイクロハード〉の青柳《あおやぎ》周六が電話口へ出たり、〈ポスティングZ〉の赤塚徹が応答したりする、という仕組みになっている。したがって、仕事場のデスクにはつねに電話機が六台、置いてある。

もっとも、最近は携帯電話を持つのが普通になったので、用事のある客は直接連絡してくることが、多くなった。さすがに、携帯電話をいくつも持ち歩くわけにいかないから、一つですませている。ともかく、携帯電話の普及で電話応答サービスのニーズが、相対的に減ってきた。最近では、〈ハローサービス〉の女社長西京院《さいきょういん》春子も、転業を考え始めたようだ。

国田征太郎と、久しぶりに出会った翌日。

やはり、同じ将棋道場の仲間だった杉島章吾という男と、これまた十数年ぶりに出くわす、奇妙な巡り合わせになった。

事の次第はこうだ。

たまたま事務所にもどったとき、〈九段オフィスサプライ〉の電話に注文がはいった。

ちなみに〈九段オフィスサプライ〉は、ＯＡ用紙や紙製品などの事務用品をサプライする、オフィスサービスの会社だ。学生アルバイトを使って、事務所から半径五キロ以内にあるビルのメールボックスに、ときどきチラシを投げ込んで注文を取る。けち臭い仕事だが、再生紙メーカーの工場にコネがあるので、コピー用紙やノート類を市価よりだいぶ安く、仕入れることができる。

電話の相手は、年齢不詳の男だった。

「A4とB4のコピー用紙を、それぞれ五千枚ずつ届けてもらえませんか。それも、今すぐにほしいんだけど」

「今すぐとなりますと、特別配送料がかかりますけど」

通常は、再生紙メーカーの工場から直送させるので、早くても翌日の配送になるのだ。急ぎの場合は、事務所の隅に積んである買い置きの在庫品を、自分で運ばなければならないから、当然割増料金をもらうことになる。

「特別配送料って、いくらですか」

「千枚当たり、二百円です」

「ということは、合わせて一万枚だから、二千円てことだね」

「ええと、そうです」

けっこう、計算が速い。

「すると、A4が三千円、B4が五千円。特別料金を入れて、全部で一万円というわけだな」

「ただし、料金は全額現金ということで、お願いします」

「分かった。用意しときます。それじゃ、すぐに持ってきてよ」

「お届け先は」

住所を聞いてみると、さほど遠くない。

外濠《そとぼり》を挟んだちょうど反対側、市谷田町にあるサカイヤビルの三階で、〈オフィス・テン〉という事務所だそうだ。

階段を一階おりて、西京院春子に車のキーを借りる。

春子は、目黒区のマンションで一人暮らしをしているが、朝夕の通勤にはマイカーを使う。ラッシュにもまれると、和服が着崩れするので電車通勤はいやだ、というのだ。したがって昼間は、車をビルの地下駐車場に停めたきりだから、ときどき使わせてもらうことにしている。必要に応じて、減ったガソリンを補給してやるだけで、春子は気前よく貸してくれる。

地下へおりて、注文の品を車に積み込み、出発した。

サカイヤビルは、外堀通りから北へだいぶのぼった、坂の途中にあった。マグノリアビルよりひどい、軽量鉄骨のおそまつな建物だ。四階建てで、エレベーターもない。

領収証を用意して、コピー用紙のはいった段ボール箱を二つ抱え、階段をえっちらおっちら三階までのぼる。わずか一万円の売上のために、とんでもない苦労をするはめになった。

〈オフィス・テン〉と印刷された、模様入りの横長の紙がドアのガラスに、貼《は》りつけである。その、あまりにおそまつなたたずまいに、いやな予感がした。

しかし、コピー用紙を注文してだまし取ろうなどという、けちな詐欺《さぎ》師がいるとは思えない。いるとしたら、運んで来た当人くらいのものだろう。

ノックすると、どうぞ、と応答があった。

「〈九段オフィスサプライ〉です。コピー用紙を、お届けに上がりました」

そう言いながら、中にはいる。

二十年くらい前は、新しかったかもしれない事務所が、そこにあった。壁は染《し》みだらけで、デスクも椅子《いす》もキャビネットも、これ以上はないというほど型が古い。しかも、ところどころ塗装が剝《は》げている。

デスクにすわっていた男が、くるりと椅子を回して振り向いた。

「あんまり汚くて、驚いたでしょう」

ぼさぼさの髪に、黒縁の眼鏡をかけた、三十代半ばの男だった。笑った口元から、そこだけ妙に白い歯がのぞいて、きらりと光る。

どこかで見た顔だ、と思った。

とたんに相手も、驚いたように椅子のバネを鳴らして、立ち上がった。

「あんた、もしかして」

またも、めったに知られていない本名を呼ばれ、少なからず焦《あせ》る。

しかし国田のときと違って、今度はすぐに相手の名前を思い出した。

「おう、杉島じゃないか」

やはり長谷道場で一緒だった、杉島章吾がそこにいた。

二日続けて、同じ将棋道場の昔なじみ二人と出会うとは、よほどの奇遇としか言いようがない。

杉島が、握手を求めてくる。

「久しぶりだな。あんたが、道場をやめて以来だろう」

手を握り返した。

「いや、大学にはいって一度、新宿の映画館でばったり会ったから、それ以来だ」

「そうそう、そういうこともあったな。とにかく、十四、五年はたつぞ。元気か」

「体だけはね。しかし、驚いたよ。実はつい昨日、同じ道場にいた国田征太郎と、出くわしたばかりなんだ。あんたより、もっと久しぶりだった」

杉島の目が、急に光る。

「国田。国田征太郎とか」

「うん。すれ違いざまに、声をかけられてね。顔を見たら、国田なんだ。こうも偶然が重なると、気味が悪くなるよ」

　正直な感想だった。

杉島も、同じ感慨を抱いたように、うなずき返す。

「そうか。こいつは何かの、巡り合わせかもしれないな」

「いい巡り合わせなら、文句はないんだがね」

杉島は笑い、すぐに真顔にもどった。

「それで国田のやつ、今何をしてるんだ。高校を卒業したあと、お巡りになったのは知ってるが」

「まだやってるよ。それも、私服のデカだ。ＦＢＩ式の身分証を、自慢げに出して見せたよ」

「デカ。ほんとか」

ほんとだと答えると、杉島は唇をつまんでちょっと考えてから、思い直したように言った。

「とにかく、こんなとこで顔を合わせたのも、何かの縁だ。お茶でも、飲みに行こうじゃないか」

異存はなかった。

杉島とは、当時それほど仲よく付き合ったわけではないが、国田よりはずっと親しみを感じていた。将棋の腕も、こちらといい勝負だった。ただ、学校が別だったこともあって、付き合いが続かなかっただけだ。

五分後。

外堀通りに面した、三日後あたり倒壊しそうな古い喫茶店で、お茶を飲んだ。

道場時代、杉島は国田と同じ高校にかよっており、しかも国田が復学したあとの同級生だった。仲がよかったかどうかはともかく、二人が互いによく知っていたことは確かだ。

国田と、JR十条駅の近くでお茶を飲んだ話をすると、杉島は口元に皮肉な笑みを浮かべた。

「あいつは、高校のころぼろぼろの学生帽に学ラン姿で、体育会系を売り物にしていた。それが今や、ソフト帽とトレンチコートに変わったわけだ。いかにもこわもてのデカ、という思い入れだろう。精神構造は、昔のままだな」

「デカになったのは、正解だと思うね。ほかの仕事じゃ、続かないよ」

杉島が、ふんと鼻で笑う。

「そのとおりだ。デカになるかヤクザになるか、二つに一つしかなかった」

その口調から、杉島がかならずしも国田に好意を抱いていないことが、読み取れた。

「国田のことはともかく、あんたは今何をやってるんだ。最後に会ったときは、マスコミ関係に就職したい、と言ってたが」

話を変えると、杉島はちょっとたじろいだ。

「ああ。一応、東日新聞社にはいったんだが、五年前にやめた」

「東日新聞。すごいじゃないか。どうしてやめたんだ」

「ま、いろいろあってね。それから、マスコミ関係の業界紙を三つ四つ渡り歩いたあと、一年前に独立して〈オフィス・テン〉を設立した。設立というとおおげさだが、要するにおれ一人の個人事務所さ。怪しげな雑誌に、政治家のセックススキャンダルや、内幕ものの原稿を売り込んだり、芸能人のゴーストライターをやったりしてるよ。まあ、限りなくブラックに近い、トップ屋ってとこかな」

「そうか。けっこう、たいへんだな」

杉島は頭がよく、粘り強い将棋を指した。万事、おおまかで気の短かった国田と違って、熟考タイプだった。持ち時間をいつも使い切り、しばしばこちらの読みにない、鋭い手を指す。奨励会にはいって、プロの棋士を志しても不思議はないほどの、いい腕をしていたのだ。

その杉島が、あのような冴《さ》えないビルの一室を借りて、芳《かんば》しからぬ仕事に携わっているとは、分からないものだ。もちろん、人のことを言えた義理ではないが。

逆に杉島が、聞いてきた。

「ところで、九段オフィスサプライとかいう会社は、もう長いのか」

4

不意打ちを食らって、とっさに作り話を考える。

「そうだな、もう三年くらいになるかな。卒業して、トイレタリー関係の会社に就職したが、一年でやめちまった。そのあと、あんたの倍くらいの数の会社を、転々としてね。今の会社は、長続きしてる方だ。こうしてみると、まともに一つの仕事を続けてるのは、国田だけってことになるな」

話題を自分からそらそうと、さりげなく国田征太郎に話をもどした。

杉島章吾は、納得のいかない顔をした。

「国田はあれで、世渡りがうまいんだ。いまだに、うだつの上がらぬデカを続けているとは、ちょっと信じられないな」

杉島も高校時代、もとは一学年上だった国田をさんづけで呼び、ていねいな口をきいていた。それが今では呼び捨てだし、何か含むところのありそうな口ぶりだ。

「その様子だと、あんたもだいぶいじめられたらしいね」

「いじめられた、なんてもんじゃない。あいつに巻き上げられた金は、あのころだけで百万をくだらないよ」

「百万。ほんとか」

こちらとは比べものにならない、桁《けた》はずれの金額だ。

「ほんとだ。おれのうちは、金回りがよかったから、好きなようにむしられた。あんたはどうだった」

「ときどきせびられたけど、そんなにひどくはなかった。せいぜい、十万がいいとこだろう。あんたのことは知らないが、うちはとにかく貧乏だったからな」

杉島は暗い目になり、苦い顔でコーヒーをすすった。

「卒業してからも、何かとたかられた。お巡りの給料は安いとか、能なしの上司がいばりくさってかなわんとか、愚痴ばかり聞かされてな。酒や飯代は、全部おれ持ちさ」

「それはまた、災難だったなあ」

「まだある。おれが、東日新聞にはいってまだ日が浅いころ、大森の方で殺人事件が起きた。サツ回りをしてたおれは、先輩に殺された女の写真を手に入れろと言われて、近所を駆けずり回った。ところが、なかなか見つからない。ガイシャの家へ乗り込んで、遺族からじかに借りるほどの度胸は、まだなかった。困り果てたそのとき、たまたま大森駅前の交番に詰めていた国田と、出くわしたのさ」

「立ち番してたのか」

「そうだ。あいつは、おれが写真を手に入れたがってると分かると、捜査本部のデカを知ってるからもらってやる、と請け合った。実際、その日のうちにガイシャの写真を、手に入れてきた。まさに地獄で仏、おれはそいつをありがたく頂戴《ちょうだい》して、いそいそと先輩に渡した。その写真は、翌日の東日の朝刊に載ったが、ほかの新聞は入手できなかったらしくて、活字だけだった」

「お手柄になったわけか」

「とんでもない。国田がよこしたのは、別の女の写真だったんだ。遺族から抗議がきて、そうと分かったのさ。こっぴどく、締め上げられたよ。おれは先輩に事情を話したが、相手が交番のお巡りじゃ文句も言えないってことで、結局泣き寝入りだ。おれは上司に連れられて、遺族の家に謝りに行った。あのときはさすがに、はらわたが煮え繰り返ったよ」

ほとんど、歯ぎしりせんばかりだった。

「国田はどうした」

「本部のデカからもらったのを、そのままよこしたと言い張るんだ。デカの名前は明かせない、と言われればそれ以上追及しようがない。実のところあいつも、そのデカから写真をもらえなかったんだろう。しかし、おれに大口を叩《たた》いた手前、手ぶらでは帰れない。それで苦し紛れに、別の女の写真をよこしたに違いないのさ。まったく、とんでもない野郎だよ。あのおかげで、おれのキャリアにけちがついた」

まさか、それで東日新聞をやめるはめになったとは思えないが、杉島はそのことをかなり根に持っているようだ。

「国田とは、それきりか」

念を押すと、杉島は冷笑を浮かべた。

「ああ。さすがにあいつも、顔を合わせられなくなったんだろう。しかし、こっちはそれがけちのつき始めで、何をやってもうまくいかなくなった。できるものなら、あいつに意趣返しをしてやりたいよ」

「やめといた方がいいね。何はどうあれ、国田は現職のデカだからな」

杉島は腕を組み、むずかしい顔をした。

「さあ、それはどうかな。平巡査ならともかく、あんな男がデカになれるとは、思いたくないね。なったとしても、長続きするはずがない。タフなだけでやれるなら、プロレスラーはみんなデカになってるよ」

「しかし、現にやってるんだから、しかたないよ。世渡りがうまい、とあんたも言ったじゃないか」

杉島が、思いついたように言う。

「あいつの出した身分証、本物だったか」

「だと思うよ。もっとも、今まで見たことのない縦折りのやつだったから、本物も偽《にせ》物《もの》も分からないけどな。とにかく、十条署の刑事課で覚醒剤《かくせいざい》や麻薬の取り締まりをしている、とはっきり言った。嘘《うそ》のようには、聞こえなかった」

杉島は、顎《あご》をなでた。

「そうか。だとすると、なかなか手出しはできないな。なんとか、鼻を明かしてやりたいもんだが」

「まあ、いい考えが浮かんだら、知らせるよ」

気休めに言うと、杉島は思った以上に目を輝かせて、乗り出した。

「そうか。あいつに、一泡吹かせることができるなら、おれはなんでもやるぞ」

コーヒーは、杉島がおごってくれた。

別れ際《ぎわ》に、領収証を見せて言う。

「おごってもらって悪いけど、コピー用紙の料金一万円、まだもらってないんだよな」

事務所へもどったあと、インスタントコーヒーを飲みながら、いろいろ考えた。

どうしても気になるので、確かめないではいられなくなった。

番号案内で、十条警察署の刑事課の電話番号を、聞き出した。それから、都営地下鉄の市ケ谷駅へ行って、公衆電話からその番号にかけてみた。うっかり、携帯電話や事務所の電話を使うと、先方に記録される恐れがあるからだ。

不安は当たった。

国田刑事を呼んでほしいと頼むと、電話に出た中年の男はぶっきらぼうな口調で、刑事課にそういう名の刑事はいない、と応じた。それどころか、巡査や一般職員を含めて十条署のほかの部署にも、国田という名字の人物は勤務していない、とのことだった。

受話器を置き、少しの間考える。

国田は確かに、十条署の刑事課の巡査部長だ、と言った。現に、十条銀座でばったり会ったくらいだから、聞き違いではない。

以前、警察手帳と呼ばれていたあの身分証は、本物ではなかったのか。警視庁の記章と所属とか肩書の記載は、気が動転していたので覚えていないが、国田の顔写真だけは、しっかりと目に焼きついている。あれが偽造だとすれば、かなりよくできた偽物だ。

背中をつつかれて、ようやく後ろに人が並んでいたことに気づき、その場を離れる。

ただの疑惑が、ほんとうになった。どうやら、だまされたらしい。

考えてみると、国田は署の番号を教えてくれなかったし、かけるときは携帯電話にしてくれ、とくどく念を押した。署にかけられると、嘘がばれるからではないか。

携帯電話にかけ直して、追及してやろうかという考えも浮かんだが、当面はやめることにした。別に、あわてることはない。

事務所にもどると、六台並んだ電話のうちの一台が鳴り、赤い表示ランプが点滅していた。

あわてたので、どの電話機を取ったか分からなくなり、送話口で口ごもる。

「はい、もしもし、ええと、〈マイクロハード〉。じゃなくて、〈ポスティングZ〉。じやなくて」

「九段オフィスサプライでしょ」

西京院春子の、無愛想な声が響く。

「そうそう、それだ。つないでください」

そのための電話サービスだから、別にあわてる必要はなかったのだ。

「おれだ、杉島だよ」

相手は、杉島章吾だった。

「ああ、あんたか。さっきはどうも」

「こちらこそ。例の件だが、あんたと別れたあと、どうも国田のことが気になってな。十条署へ電話してみたんだよ」

受話器を握り締める。

「あんたもか。実はこっちも、かけてみたところなんだ。国田なんて刑事はいない、と言われたよ」

「そうだろう」

「刑事課どころか、そもそも十条署にそういう名の人間は、勤めてないそうだ」

「十条署だけじゃないぞ。おれは、警視庁の全職員のデータをチェックできる、特別なルートを持ってるんだ。そこを通じて、国田のことを調べてもらった」

「ほんとか。すごいルートを持ってるな」

さすがに、新聞記者上がりだ。

「そうしたら、とんでもないことが分かった。国田征太郎は、確かに警視庁に所属する警察官だったが、おととしの暮れに退職していた。ちなみに、最後の勤務地は五反田署の刑事課で、十条署には一度も在籍したことがない」

一瞬、絶句する。

「そ、そんなことまで、分かるのか」

「まあ、公安とか警備のデカについてはむずかしいが、それ以外はだいたい分かる。どっちにしても、国田があんたに見せた身分証は偽物、とみていい。やつは要するに、偽刑事というわけだ」

深呼吸をして、気分を落ち着かせる。

「十条の喫茶店でお茶を飲んだとき、十条署の国田刑事あてに呼び出し電話がかかってきたんだ。国田は、ちょうどトイレにはいったとこだったが、出て来てすぐに応対した。てっきり、本物の刑事だと思った」

そのときの模様を話すと、杉島は小ばかにしたように笑った。

「そんなのは、臭い一人芝居さ。トイレにはいって、そこからケータイで店へ電話したんだよ。自分を呼び出しておいて席にもどり、相手のいない電話に応対するのさ。よく使う手だよ」

裏技には通じているつもりだが、その手は知らなかった。

国田は、携帯電話を署に置いてきたと言ったが、どこかに隠し持っていたのだろう。それに、ポケットに店のマッチを入れていたから、電話番号も分かったはずだ。そこで、自分が現職の刑事であることを印象づけるため、一人芝居を打ったに違いない。

うまく、引っかけられた。

「それにしても、国田はどうして退職したあとも、刑事を装《よそお》ってるんだろうな」

杉島は、少し考えた。

「やつの退職は、実は懲戒免職なんだ。それと関係あるかもしれんな」

「なんだ、首になったのか」

「そうだ。麻薬事件にからんで、不祥事を起こしたそうだ。おとり捜査か何かで、行き過ぎがあったらしい。おれの特別ルートによると、こいつは警察庁の薬物対策課にいる男なんだが、覚醒剤や麻薬取り締まりが専門だった国田は、事件に関わるたびに押収《おうしゅう》したヤクを、少しずつちょろまかしていた疑いがある。確証はないが、そいつをまだどこかに隠し持ってるらしい、というんだ」

「それを売りさばいて、金にしようというわけか」

「そうだ。世渡りがうまい、と言ったのはそういう意味もある。まったく、抜け目のない男だよ」

受話器を持ち直す。

頭の中でもやもやしていたものが、なんとなく形を取り始めた。

杉島が続ける。

「とにかく、やつがもうデカでないと分かったからには、一発食らわせてもだいじょうぶだ。向こうには、官名を詐称《さしょう》した引け目もあるし、文句は言えないだろう。何かいい知恵があったら、いつでも連絡してくれ」

携帯電話の番号を、言われたとおりにメモした。

「分かった。また電話するよ」

受話器を置く。

5

「おれに、手柄を立てさせるだと」

国田征太郎は、疑ぐり深いハイエナのような目で、じろじろ見てきた。

「そうです。高校時代、何かとめんどうをみてもらったし、恩返しをしたいと思いましてね」

たっぷり十秒、こちらの顔を睨《にら》んだあとで、国田は薄笑いを浮かべた。

「おれを甘く見るなよ。いったい、何を考えてるんだ。おまえが、おれの役に立ちたいなどと言い出したときは、裏に何かあるに決まってるんだ。だまされんぞ」

さすがに、無駄飯は食ってないようだ。

「もちろん、裏はあります。国田さんだけに、いい思いをさせるつもりはない。こっちにも、見返りがなきゃあね」

国田は、手酌でビールを注いだ。

国田を思う壺《つぼ》にはめるためには、アルコールの力を借りる必要がある。そこで、当方は酒を飲まないという触れ込みだったが、あえて新宿西口のにぎやかな居酒屋の一つを、話し合いの場に選んだ。国田を酔わせれば、少しは判断力が鈍るはずだ。

国田はグラスに口をつけ、顎《あご》をしゃくって催促した。

「とにかく、話だけは聞いてやる。言ってみろ」

同じようにビールを飲み、愛想笑いをしてみせる。

「そうこなくちゃ。国田さんは十条署で、覚醒剤や麻薬の取り締まりをしている、と言いましたよね」

「それがどうした」

「暴力団の、麻薬取引の現場を押さえて逮捕すれば、手柄になるんじゃありませんか」

国田は、顎を引いた。

「そりゃ、大手柄になる。そんなチャンスは、めったにないがな」

「そのチャンスを、国田さんに提供すると言ったら、どうしますか」

猜疑心《さいぎしん》と、好奇心の入り交じった国田の小さな目が、喧噪《けんそう》の中でいやしい光を放つ。

「おれを、罠《わな》にかけようというのか」

急いで手を振る。

「めっそうもない。現職の刑事を罠にかけて、なんの得があるんですか。国田さんに手柄を立てさせて、こっちはそのおこぼれにあずかろうという、うまい話なんですよ」

国田は、高校時代とは性格が変わったのかと思うくらい、じっくりと考えた。

やがて、肚《はら》を決めたように言う。

「詳しく話してみろ」

ビールを飲み干し、筋道を立てて話し始める。

「十条署の管内に、鱶野組という暴力団の事務所がありますね。最後の俠客《きょうかく》といわれた、箕島信之介が死んで箕島組が空中分解したあと、若頭だった鱶野誠吉が新しく作った組ですが、知ってますか」

「ああ、知ってる。会ったことはないが、鱶野の評判も聞いてるよ。たちの悪い野郎らしいな」

似たりよったりだと思ったが、それは言わないことにした。

「わたしは、ひょんなことから箕島信之介と生前、知己を得ましてね。その関係で、鱶野とも付き合いがあるんです」

「ばかなやつだ。あんな男と付き合うと、ろくなことがないぞ」

「分かってますよ。わたしも、なんとか手を切りたい。そのこともあって、国田さんに話を持ちかけたわけです」

「おれに、やつをなんとかしてくれって話なら、お断りだぞ。いくら相手が暴力団でも、理由もなくぶち込むわけにはいかん」

「鱶野が法律を破ったら、堂々とぶち込めるわけでしょう」

国田の目が光る。

「そりゃそうだ。おまえ、もしかしてやつの弱みでも、握ってるのか」

「まだですが、これから握るんです。鱶野は今、組織を拡大するための資金集めに、四苦八苦してましてね。手っ取り早く、覚醒剤《かくせい》とか麻薬とかを右から左へさばいて、資金を稼ぎたいんです。ところが、前の箕島組の組長が昔気質《かたぎ》のヤクザで、そういう方面に手を出さなかったものだから、仕入れのルートがない。鱶野はわたしに、もしそういうルートに心当たりがあったら、いつでも知らせてくれと言うんですよ」

そこで一度言葉を切り、国田がいらいらしながら待つのを尻目《しりめ》に、ゆっくりとグラスにビールを注いだ。

「そこで、国田さんのことを、思い出したわけです。この間お茶を飲んだあと、これはお役に立てるかもしれない、と気がつきましてね。もうお分かりだと思いますが、国田さんが麻薬の売人になりすまして、鱶野を引っかけるんです」

「要するに、おとり捜査か」

「そうです。鱶野に麻薬を売り渡しておいて、そこをすかさず現行犯逮捕すればいい。現場周辺を署員で固めておけば、逃げられっこありません。大手柄になりますよ」

国田は、探るような目でこちらを見た。

「その麻薬は、どうやって用意するつもりだ」

「もちろん国田さん、というか警察の方で、用意してもらうんです。おとり捜査用に、ある程度プールしてあることぐらい、承知しています。もちろん本物、それも純度の高いものでなきゃ、いけませんよ。鱶野の罪状を、重くするためにもね」

国田は下唇をすぼめ、ますます疑わしげな表情になった。

「おれはともかく、おまえにはどんなメリットがあるんだ」

「金を渡す役は、わたしがやらされることになると思うので、わたしのことはまず見逃してもらう、それが第一の条件です。ただし、わたしがぐるになって引っかけたことを、鱶野に悟られないようにしてください。刑務所から出て来たあと、お礼参りをされたくありませんからね」

「それだけか」

「まさか。もう一つ、鱶野が用意した金を全部押収せずに、一部横流ししてもらうこと。わたしだって、少しはご褒美《ほうび》がほしいんでね」

国田は、やっと本音を吐いたなと言わぬばかりに、薄笑いを浮かべた。

「なるほど、そういうことか。しかし、そういう話を現職の刑事に持ちかけるだけでも、十分逮捕される要件を備えているぞ」

「よしてくださいよ、脅かすのは。昔なじみの国田さんだからこそ、こうして率直に相談してるんじゃないですか」

国田は、かぶったままのソフト帽を押し上げ、抑揚のない声で言った。

「鱶野は、どれくらい金を用意してるんだ」

「たいした額じゃありません。たったの、三万ドルです」

国田の目が、とまどったように動く。

「三万ドル。どういう意味だ」

「百ドル札が三百枚。一万ドルの札束が三つ、という意味です」

「そんなことは分かってる。要するに円じゃなく、ドルで支払うってことか」

「そうです。ちょっとわけがあって、ローンダリングしなけりゃならないんです」

「まさか、偽《にせ》ドルじゃないだろうな」

昔は、それほど頭が回らなかった、と記憶している。

「だいじょうぶです。それに偽ドルだったら、鱶野の罪はもっと重くなります」

国田は少し考えた。

「ドルで払うなら、相場どおりの換算率というわけにいかんぞ」

「分かってます。円換算で三百三十万前後ですが、麻薬の方は三百万相当でいいです」

「ばかを言うな。そんないわくつきのドルを、一割程度の手数料で引き取れるか。せいぜい、百五十万相当だ」

目をむいてみせる。

「ちょっと。半額はひどいでしょう。わたしの権限では、二百五十万相当までしか、下げられませんね」

「二百万だ」

「二百四十万。それが限度です」

「二百二十万」

「二百三十万」

国田は、肩をすくめた。

「よし、二百二十五万で手を打とう。ブツは、純度九十九パーセントの、コカインだ。文句はないな」

そこで、とっておきの微笑を浮かべてみせる。

「いいでしょう。しかし、ここで真剣に値段の交渉をするなんて、意味がありませんね。どっちみち、コカインは警察のものだし、ドルも押収《おうしゅう》されるんだから」

国田は瞬《まばた》きして、ちょっとばつの悪そうな顔をした。

「そりゃそうだが、おまえの礼金のこともあるからな。いくらほしいんだ」

「一万ドル。要するに、三つの札束のうち一つを、あとでくれればいいわけです」

国田の眉《まゆ》が、ぴくりと動く。

「そりゃちょっと、欲の皮の突っ張りすぎだぞ」

「危ない橋を渡るのに、それくらいのご褒美は当然だ、と思いますがね」

「だいいち、三万ドル用意したはずなのに、押収金額が二万ドルとあとで分かったら、鱶野がおまえを疑うぞ」

まったく、よく頭が回る。よほど鍛えられたらしい。

「そこはなんとか、国田さんの力でうまく処理してください。疑われずにすませてくれたら、そう、半分の五千ドルでもいいですよ。残りの五千ドルは、国田さんに進呈します」

国田は、小さな目をことさら細くして、こちらを睨んだ。

「おれを、買収する気か」

「いや、別にそんなつもりは」

「買収されてやる。話はついたな」

国田はにっと笑って、テーブル越しに大きな手を差し出した。

こちらも、それを握り返す。

手を離したあと、国田はさりげなく言った。

「それから、取引の場所には、おまえ一人で来い。鱶野や子分たちを、連れて来る必要はないぞ」

「どうしてですか。連れて来なきゃ、現行犯逮捕できないでしょう」

とぼけて聞くと、国田は胸を張った。

「鱶野の事務所に、おまえがコカインを持ち帰ったところを見計らって、ガサ入れをかけてやる。おまえは、その前に逃げ出せばいい。やつの事務所にコカインがあれば、それが動かぬ証拠になる」

もっともらしい言い草だ。

むろん国田は、現場によけいな人間が来ることを、歓迎していない。

偽刑事としては、だれにも邪魔されずに取引をすませ、金を手に入れることが大切なのだ。国田も、麻薬をさばくことに汲々《きゅうきゅう》としているはずだから、ウドン粉をつかませようなどというまねは、さすがにしないだろう。

コカインを渡さず、金だけ奪って逃げようとする恐れはあるが、その点はこちらも用心するしかない。

「どうした。何を考えてる」

国田に突っ込まれて、ちょっとあわてる。

「いや、鱶野がわたし一人に任せてくれるほど、信用してるかどうかが心配で」

「鱶野たちが現場に来るとなると、こっちも路上で大捕物の手配をしなきゃならん。そんなことをしたら、てきめんに相手に気づかれちまう。おまえが、うまく説得しろ」

考えるふりをした。

「分かりました。なんとか、やってみましょう」

「よし。取引の日時と場所は」

「国田さんの方は、すぐにブツがそろうんですか」

「いつでもいい」

「それじゃ、ざっと五十時間後、あさっての午前二時でどうですか。石神井川《しゃくじい》にかかる、旧中山道《なかせんどう》の〈板橋〉から下流へ向かって、二本目の橋のたもとで。管内だから、知ってますよね」

国田は、瞬きした。

「ああ、知ってるよ」

「国田さんは、橋の北側のたもとに来てください。こっちは、南側から行きますから」

「分かった。妙な考えは、起こすなよ」

「それは、お互いさまでしょう」

国田は、腕時計を見た。

「よし。何かあったら、ケータイで連絡し合おう」

居酒屋の勘定は、当然のようにこちら持ちになった。

6

杉島章吾は、眼鏡を押し上げた。

「そいつはちょっと、危なすぎるんじゃないか。暴力団やコカインがからむとなると、おれたち素人《しろうと》には荷が重いだろう」

「だいじょうぶだ。こちらは狂言回し、いってみれば悪党同士をぶつけて爆発させる、触媒みたいなものさ。あんたも、国田に一泡吹かせるためならなんでもやる、と言ったじゃないか」

「でもなあ、一つ間違うと、無事じゃすまないぞ」

杉島は不安そうに言い、コーヒーをすすった。一昨日と同じ、倒壊寸前の喫茶店だ。

「危ないところは、こっちが引き受ける。あんたには、陰で手を貸してもらいたい」

「と言われてもなあ。国田に偽ドルをつかませて、ぎゃふんと言わせるのは大いにけっこうだが、そのために暴力団にコカインを売り渡す手伝いをするのは、気がとがめる。あんたは、平気なのか」

「その点は、心配ない。あんたの手を借りるのは、そこなんだ」

「というと」

「国田に内緒で、鱶野を取引現場の近くに、呼んでおくつもりだ。連れ出す方法は、こっちで考える。国田に金を渡したら、鱶野の隠れているところへ引き返して、受け取ったコカインを渡す。その頃合いを見計らって、あんたがパトカーのサイレンを鳴らすんだ」

杉島は、顎《あご》を引いた。

「サイレン」

「そうだ。おもちゃでもいいし、その種の音を集めたカセットテープとか、ＣＤを使ってもいい。それを物陰から、ラジカセかなんかで鳴らすのさ。大音量である必要はない。むしろ、いかにも遠くから近づいてくる、という感じで聞こえた方がいい」

杉島が、笑い出すのをこらえるように、口の端をぴくぴくさせる。

「おいおい、そんな子供だましの手が、通用すると思うのか」

「するとも。人間、びくびくしてるときは鼠《ねずみ》のくしゃみにも、飛び上がるものさ。サイレンを鳴らしたあと、あんたが御用だ、神妙にしろとでもどなれば、鱶野は前後の見境もなく、逃げ出すに決まっている」

杉島は吹き出した。

「おいおい、鬼平犯科帳じゃあるまいし、御用はないだろう」

「そこは任せる。こっちは一緒に逃げながら、鱶野にコカインを石神井川に投げ捨てろ、と言ってやる。そんなものを持ってつかまったら、刑務所行きは間違いないと脅かせば、きっと捨てるよ。ことに、鱶野は別件でまだ執行猶予《ゆうよ》中の身だから、間違いない。そのあと、鱶野をあっちの道こっちの道と引きずり回して、追っ手をまいたように見せかけるのさ。鱶野からは感謝され、この世に害毒を流すコカインは、水の泡と消える。めでたし、めでたしじゃないか」

杉島は、首を振った。

「そんなに、うまくいくかね」

「あんたのサイレン次第だよ」

杉島は腕を組み、心配そうな顔をする。

「しかし、そんなにタイミングよく警察の手が回ったら、あんたが裏切ったと疑われるんじゃないか」

「裏切った罪は、国田になすりつける。国田の前歴を知れば、鱶野も納得するだろう」

「国田だって、もし偽ドルをつかまされたと分かったら、あんたをほうってはおかないんじゃないか」

「手出しはできないよ。こっちにも、その偽ドルで国田からコカインを手に入れた、という切り札がある。国田も、それを警察に知られたい、とは思わないだろう」

「いつか偽ドル使用で、やつがつかまったらどうする。あんたから受け取った、と白状したらめんどうだぞ」

「知らぬ存ぜぬで押し通す。指紋さえつけなけりゃ、証拠は何もないからな」

杉島は両手を広げ、大きく息をついた。

「まあ、あんたがそこまで言うなら、おれに異存はない。サイレンと御用、くらいの手伝いなら、なんとかやってのけられるだろう」

その日のコーヒー代は、こちら持ちにした。


午前一時半を回った通りには、猫の子一匹見当たらない。

環七から続く、旧中山道の商店街を子分を二人連れた鱶野と、南へ歩いていた。一方通行なので、車では環七からはいれないのだ。

もう少し行くと、江戸時代の板橋宿の中心、石神井川にかかる〈板橋〉にぶつかる。といっても、今はただの短い普通の橋で、たもとに説明板と道標が建っているにすぎない。

石神井川は小平市に淵源《えんげん》を発し、東京都の北部を蛇行しながら東西に流れて、最終的に隅田川に注ぐ。全長は、二十五キロに及ぶという。都区部では、練馬区、板橋区、北区を貫流する、そこそこに知られた川だ。

かつてこの川の、中山道の東側にあたる流域には、工場が多かった。

今では、大学その他の各種学校、移転した工場の跡地にできたマンション、わずかに残った工場などが、両岸に軒を接して建ち並んでいる。

指定した取引場所は、入り組んだ住宅街を南北につなぐ細い鉄の橋で、その周辺は逃げ回るのに都合がいい。学生時代、この界隈《かいわい》に一時期下宿していたので、多少の土地鑑がある。念のため下見をしておいたから、変化した道路や建物も頭にはいっている。

鱶野が言う。

「くどいようだが、どうしておれが出張らなきゃならねえんだ。おまえ一人で、十分じゃねえか」

「もちろん、受け渡しはわたし一人でやります。鱶野さんには、その取引の模様を自分の目で、見届けてほしいんです。わたしが、コカインをちょろまかしたりしないかどうか、チェックしてもらわないと」

「おれは、おまえを信用してるぜ」

「ヤクザの親分が、子分以外の人間をそんなに簡単に信用しちゃ、いけませんね」

鱶野は唸《うな》り、話を変えた。

「しかし、おまえがヤクの取引ルートを持っていたとは、驚きだな。いったい、相手はどういう組織なんだよ。そろそろ、教えてくれてもいいだろう」

確かに、教えてもいいころだ。

「実は、組織じゃなくて、一匹狼《おおかみ》なんですよ。わたしの昔なじみで、この間お宅の事務所へ呼ばれた帰りに、十条銀座でばったり出くわしたんです。近くの喫茶店で、お茶を飲みましてね。仲のいい友だちだったから、やばいドル紙幣を三万ドルほど抱え込んで、さばきかねている話をしたんです。むろん、偽《にせ》ドルだなんて言ってませんよ。そうしたら、急に声をひそめて向こうの方から、取引を持ちかけてきたわけです。なんでもブツの仕入れには、円建てよりドル建ての方が割りがいいので、ドルは大歓迎だというんです」

「そんなこと言って、まさかウドン粉なんかを売りつけるつもりじゃ、ねえだろうな」

「だいじょうぶです、昔なじみだから。ただ、万一ということもあるので、見張ってほしいわけですよ。相手が金だけ受け取って、ブツを引き渡そうとしないときなんか、わたし一人じゃ対処できませんからね。そうした突発事故が起こらないかぎり、出て来ていただく必要はありません」

そうこうするうちに、例の〈板橋〉に出た。そこから先は、仲宿《なかじゅく》の商店街になる。橋を渡り、川に沿って南側の遊歩道を、東に向かう。目的の橋までは、およそ二百メートルほどの距離だ。遊歩道には、ところどころ街灯がついているが、そんなに先まで見通しがきくわけではない。

右に折れて、ごみごみした住宅街にはいる。

路地を抜け、五分後に鱶野たち三人を目的地の橋に近い、バラックの陰の暗がりに導いた。

「ここで、待機していてください」

言い残して、物陰から遊歩道に出る。

遊歩道の向こう側は、手すりのついたコンクリートの塀で、その下方十メートルほどのところを、川が流れている。川幅はけっこう広く、橋の長さから推測すると二十メートル近く、ありそうだ。

土手は、コンクリートで川面まで垂直に固められており、ところどころ土管や水抜きの穴がある。土手の位置が高いのは、台風などで増水したときの備えだろう。今は雨が少ないので、水位は二、三十センチくらいのものだ。

補強工事中なのか、橋桁《げた》の外側に鉄パイプの足場が組まれ、ネットがかかっている。しかし、使用中止というわけではないらしく、通行止めの標識は見当たらない。

腕時計を、透かして見る。午前一時五十分だった。

国田征太郎の姿は、まだ見えない。しかし、すでに対岸の遊歩道のどこかにひそみ、こちらの様子をうかがっているかもしれない。

杉島章吾も夕方電話をよこし、現場の下見をしてきたと言った。おそらく、こちら側の遊歩道に近い別の暗がりで、スタンバイしているはずだ。パトカーの、サイレンの音がはいったカセットテープを用意し、小型のラジカセに入れて持って行く、と言っていた。

用意は万端、整った。

約束の時間まで、あと二分ほどに迫ったとき、橋の向こう側の太い柳の陰から、だれかが姿を現した。

その大きな影と、ソフト帽にトレンチコートといういでたちから、国田と見当がつく。

こちらも、遠い街灯の明かりの中に姿をさらし、橋の方に足を運んだ。国田も、同じように橋に近づく。

一緒に橋に足を乗せ、歩き出した。橋は狭い上に、ぐらぐら揺れる。

もし、国田が悪心を起こして腕力に訴えてきたら、ひとたまりもなく川に投げ落とされるだろう。それを想像すると、さすがに緊張した。

橋の中央には、ほとんど街灯の光が届かない。二メートルほど間をおいて、互いに足を止める。

国田が言った。

「持って来たか」

「ええ。そちらは」

「持って来た」

国田は、トレンチコートのポケットに入れた手を、無造作に突き出した。大きな手の中に、ビニールの小さな袋が、ちんまりと載っている。

「たった、それだけですか」

「そのドルに見合うのは、これくらいのものだ。小麦粉の袋でも、期待してたのか」

「もう少し大きい方が、ありがたみがあるのに」

これは、鱶野に聞こえないように、言ったのだ。

「純度が違う。末端価格にすれば、一千万はくだらないぞ。文句があるなら、やめてもいいんだ」

まるで、本物の取引のようなことを言うのは、国田にとって本物の取引だからだ。

「いや、文句はありません。金を調べてください」

こちらもコートのポケットから、ドルの札束を三つ引っ張り出す。

同時に近寄り、札束とビニールの袋を、交換する。

国田が、封を切った札束にペンライトを当てている間、こちらもビニール袋の中身を調べる。指紋が残らないように、指先を液状絆創膏《ばんそうこう》で固めてきたので、やりにくかった。なんとか輪ゴムをほどき、中身の一部を爪《つめ》の先につける。

白い粉は舌を刺す苦い味で、少なくともウドン粉ではなかった。しかし、コカインかどうかは試したことがないので、分からない。ここは、国田を信用するしかあるまい。

輪ゴムをはめ直す。

国田は、札束をポケットに突っ込むと、おもむろに言った。

「これで、取引は成立した。お互い、北と南に別れようぜ」

くるりときびすを返し、ゆっくりと橋をもどって行く。

国田が橋をおりるのを見届け、体を回して遊歩道に引き返した。

鱶野の隠れている、バラックの陰にもどる。

「うまくいきました。なめてみましたが、本物のコカインだと思います」

「よし、でかしたぞ」

鱶野はビニール袋をひったくり、ポケットに突っ込んだ。

そのタイミングを計ったように、どこかでパトカーのサイレンが鳴り出した。

鱶野も二人の子分も、ぎょっとしたように浮き足立つ。

「パトカーですぜ、ボス」

子分の一人が、上ずった声で言う。

鱶野の目が、闇《やみ》の中でこちらを睨んだ。

「おい、どういうことだ」

「分かりません。もしかすると、国田のやつが」

子分がそれを無視して、両脇《わき》から鱶野の袖《そで》を引っ張る。

「ボス、逃げましょうぜ」

サイレンの音が、しだいに大きくなる。

「よし、行くぞ」

鱶野は身をひるがえして、遊歩道を真っ先に駆け出した。

「待て。警察だ」

行く手でだれかがどなり、人影が石畳の上で躍った。

「くそ、どういうことだ」

鱶野はののしり、今度は反対側へ走り出そうとした。

だ。

「動くな、鱶野。十条警察だ。おとなしくしろ」

反対側からも、だれか駆けてくる。一瞬、杉島が二人現れたのか、と錯覚したほど
鱶野をつかまえ、耳元でささやく。

「ビニール袋を、川へ投げ捨てなさい」

突き飛ばされた。

「ばか野郎、せっかくの」

途中でやめ、潜んでいたバラックの陰へ躍り込み、やみくもに逃げ出す。子分たちも、それに続いた。

負けずに、あとを追う。

パトカーのサイレンの音は、どんどん大きくなってくる。ラジカセのテープの音とは、とても思えない。

何がなんだか分からないが、どうやら本物の警察が駆けつけて来たようだ。いったい、どうなっているのか。

後ろから、乱れた足音が迫る。サイレンの音は、行く手の方角からも聞こえてきた。

とっさに、逃げ道をそれて別の路地へ飛び込み、地面に伏せる。小便臭いにおいが

鼻をつき、もう少しで咳《せ》き込むところだった。

すぐ脇を、追っ手がばらばらと駆け抜けて行くと、急にあたりが静かになった。

そろそろと起き上がり、体を横にして路地を進む。

三十分後、無事に中山道の板橋区役所前に抜け出たときは、さすがにほっとした。

7

翌朝。

警察に寝込みを襲われることもなく、巡査に職務質問されることもなく、要するにふだんと変わることなく、事務所に到着した。

駅で買った新聞は、事件を伝えていなかった。時間が時間だけに、朝刊には間に合わなかったのだろう。

事務所で、テレビやラジオをチェックしてみたが、石神井川沿いの捕り物に関する報道は、何もなかった。たいした事件ではない、と無視されたようだ。

念のため、杉島章吾の携帯電話にかけてみたが、何度試してもつながらない。

杉島は、サイレンのテープを流すかわりに、本物のパトカーを呼んだのだろうか。

そのあたりを、確かめなければならない。

国田征太郎の携帯電話も、同様につながらなかった。形ばかりとはいえ、国田からは五千ドルの割りもどしを、受け取る約束になっている。連絡をとってもおかしくはないが、つながらないのではどうしようもない。国田が、警察の包囲網をくぐり抜けたかどうか、気になる。

その日は結局、仕事が手につかなかった。

夕方、市ケ谷駅まで行って早刷りの夕刊を、何紙か買った。喫茶店〈マーメイド〉で、コーヒーを飲みながらチェックする。

記事が出ていた。

暴力団組長、麻薬所持で逮捕

二十一日午前二時二十分ごろ、警視庁十条署は板橋区仲宿の路上でコカイン約百グラムを所持していた、暴力団鱶野組の鱶野誠吉組長（41）ほか組員二人を、麻薬取締法違反および公務執行妨害の容疑で、緊急逮捕した。十条署の調べでは、鱶野容疑者はそれより少し前の午前二時過ぎ、近くを流れる石神井川の橋の上で身元不明の男と会い、コカインの取引を行なったとみられる。逮捕の際、鱶野容疑者らが抵抗して暴れたため、警察官二名が軽傷を負った。

どの新聞も似たりよったりで、それ以上は何も書いてない。

二人の子分も含めて、鱶野誠吉以外の名前はだれも載っていない。ほっとした反面、不気味な感じもする。夢でも見ているような気分だった。

暗くなる前、歩いて外濠《そとぼり》にかかる市ケ谷橋を渡り、サカイヤビルへ行った。

三階に上がると、前に来たときドアのガラスに貼《は》ってあった、〈オフィス・テン〉の貼り札が見当たらない。ドアには鍵《かぎ》がかかって、開かなかった。

途方に暮れて下におりると、はいるときには気がつかなかったメールボックスの脇に、貼り紙が見つかった。

〈調度品付き空き室あり。三階。二十平米〉

小さく、電話番号が書き添えてある。

外へ出て公衆電話を探し、その番号にかけてみた。

「はい、サカイヤ不動産です」

「ええと、サカイヤビルの三階が空いたようですが、借りられますかね」

「ええ、お貸しできますよ。昨夜空いたばかりなんです。ちょっと古いけど、デスクやキャビネットもついてます。ごらんになりますか」

「前の借り主は、どういった人ですかね」

「自由業の人です。一か月だけの特別契約でしたけど、割増金込みで前払いしてくれたので、お貸ししました。たとえ一か月でも、空けておくよりはいいですからね」

「なるほど。まだ、出たばかりですよね」

「ええ、昨日の夕方ね。一か月どころか、一週間も使いませんでした。その意味では、物好きな客でした。いや、別にお化けが出るわけじゃありませんよ、ほんとに」

電話を切る。

狐《きつね》につままれたよう、とはこのことだろう。

鱶野が、あのとき人のアドバイスをすなおに聞き、石神井川にコカインを投げ捨てていれば、証拠不十分で逮捕を免れたかもしれない。欲を出したのが、命取りになったのだ。執行猶予中の身だから、けっこう長い実刑を食らうだろう。

国田征太郎の名前が出ないのは、こちら同様捜査の網の目をくぐって、逃げおおせたからに違いない。

それにしても、なぜあそこで警察が待ち伏せしていたのか。

取引のことを知っていたのは、鱶野とその子分の何人か、それに国田と杉島しかいないはずだ。鱶野であるはずがないし、国田が密告するとも思えない。

となれば、警察に通報したのは杉島のしわざ、ということになる。杉島は、いったいなんの得があって、そんなことをしたのだろうか。急に正義感に目覚めて、密告する気になったのか。

警察を呼んだりすれば、鱶野や国田ともども一網打尽にされる恐れがある。それは杉島も、よく承知していたはずだ。

一致協力して、国田に一泡吹かせるという話だったのに、それでは約束が違う。かといって、単に気が変わっただけ、とも思えない。杉島が、サカイヤビルを割増金まで払って短期間借りたのは、最初からそういう計画だったからだろう。

その後一か月の間に、麻薬不法所持で暴力団幹部が逮捕される事件が、さらに二つ続いた。新聞報道によれば、いずれも百グラムから二百グラム程度の量だが、前科があったり余罪が重なったりして、そこそこの懲役を食らいそうな模様だ。

幸い、刑事が事務所へ事情聴取に来ることもなく、鱶野組の連中が殴り込みに来ることもないまま、二か月が過ぎた。一時は事務所を引き払い、別の場所へ移転しようかと思ったほどだが、何ごともなく日がたっていくのをみると、それもめんどうにな
った。

朝から雨もよいの、ある午後のことだ。

杉並区の団地で、無修整のAVテープを売り歩いたあと、荻窪《おぎくぼ》駅の南口で食事をした。

食べ終わって外へ出たとき、店の前の路上を行き過ぎる大柄な男が、目にはいった。

ソフト帽をかぶらず、トレンチコートを着てもいなかったが、すぐに国田征太郎と分かった。

「国田さん」

背後から呼びかけると、国田は驚いて振り向いた。

顔を見たとたんに、奇妙な笑いを浮かべる。

「なんだ、おまえか」

「なんだおまえか、はないでしょう。例の五千ドルは、どうなったんですか。忘れた、とは言わせませんよ」

とりあえず、話のきっかけを作る。

国田は太い指で、耳の上の髪を後ろへ掻《か》き上げた。

「ああ、そんなこともあったたな」

「まったく、冗談じゃない。携帯電話はつながらないし、どうしてくれるんですか」

「あれは、使い捨てのケータイなんだ」

しれっとして言う。

こちらの顔色を見て、国田は続けた。

「立ち話もなんだから、そのあたりでお茶でも飲もうや」

その妙な猫なで声に、かえって警戒心がわく。

国田のあとについて、隣の喫茶店にはいった。

コーヒーを頼んだあと、国田はおしぼりを使いながら言った。

「その後、どうしてる」

「どうしてるも何も、あの晩何があったかは、知ってるでしょう。鱶野がつかまったことは、新聞で読んだはずだ」

「ああ、読んだとも。おまえ、よく逃げられたな」

そう言われると、こちらも言葉に窮する。

「わたしは、いくらか土地鑑がありますからね。それより、肝腎《かんじん》の話にもどりましょう。例の五千ドルは、どうなりましたか」

別にほしくはないが、ここは話の成り行きだから、そう続けるしかない。

コーヒーがきた。

それを一口飲んで、国田は言った。

「あれは、偽《にせ》ドルだったよ」

ぎくりとしたが、すばやく驚いた顔に切り替える。

「まさか。本物ですよ、あれは。少なくとも、鱸野はそう言っていた」

「よくできてるが、まぎれもない偽物さ。おそらく、香港《ホンコン》あたりから持ち込まれたものだろう。日本では、もてあますだけだがな」

鋭い読みをしている。

「信じられませんね。五千ドル払うのがいやで、嘘《うそ》を言ってるんじゃないですか」

あくまで、知らなかったことにしなければならない。

国田は、少しの間じろじろと顔を見たあと、やおら上着の内ポケットに手を入れ、何か取り出した。

それをぱたり、と目の前で開く。例の、警察官の身分証だった。

今度は、目を皿のようにして、中身をよくあらためる。顔写真に、巡査部長、国田征太郎としてあるほかは、識別番号らしきものが印刷されているだけだ。

国田は身分証をしまい、薄笑いを浮かべて言った。

「おれは、警察官だぞ。偽ドルを行使したことで、おまえを逮捕することもできるんだ」

　負けずに、笑ってやる。

「ほう、そうですか。だったらこっちは、官名詐称《さしょう》で訴えますよ。あんたが、おととしの暮れに警察を首になったことは、もう分かってるんだから」

　国田は、たじろがなかった。

「そうかね。おれはまだ、警察をやめてないよ」

「嘘だ。十条署に問い合わせたら、国田という名前の警察官はいない、と言われた。携帯電話のトリックも、お見通しなんだから」

「そりゃ、十条署にはいないはずさ。あのときも今も、おれは南荻窪署の所属だからな」

「嘘の上塗りは、みっともないですよ」

「だったら、署に電話してみりゃいいさ。南荻窪署刑事課の、強行犯捜査係だ」

「強がりはよしてください。今現在、南荻窪署どころか警視庁管内に、国田征太郎という名の刑事がいないことは、調べがついてるんです」

　国田は、薄笑いを消さない。

「おれが、麻薬にかかわる不祥事を起こして、懲戒免職処分になったと聞いたわけか」

「そのとおり。この際だから言うけど、あんたの高校時代の同級生の杉島章吾が、特別のルートで調べてくれたんですよ」

薄笑いが、くすくす笑いに変わった。

「そんな特別ルートが、あるわけないだろう。警視庁のコンピュータシステムにでも、侵入しないかぎりはな」

いきなり杉島の名前を出したのに、国田が驚かないのは奇妙だった。

「それじゃ、杉島が嘘をついたとでも」

「まあ、そういうことになるな」

何か、うまく説明できないものが頭に押しかぶさってきて、気分が悪くなる。

国田は続けた。

「鱶野がつかまって、鱶野組は事実上解散した。かりに出所しても、鱶野は二度とでかいツラができない。あんたの身も安泰、というわけさ」

「それは、どういう意味ですか」

「おまえ、鱶野に偽ドルを押しつけられて、困ってたんだろう。それを、おれが引き受けてやったんだ。感謝されても、いいくらいだぞ」

これにはまいった。国田はなぜ、それを知っているのだろう。

国田が、さらに続ける。

「鱵野は、もっとでかい組織暴力団の傘下《さんか》にはいろうと、やっきになっていた。警視庁のボータイ（暴力団対策本部）でも、要注意人物の一人に指定されていたんだ。危ない芽が出たら、育たぬうちに摘んでしまうに限る。ここんとこ警察庁の指示で、そういうキャンペーンを張ってるんだ。十条署では、鱵野のしっぽをつかむためにやつの事務所に、盗聴器まで仕掛けた」

そういえば鱵野は、十条署の刑事が用もないのに事務所へやって来て、あちこち探り回ると言っていた。盗聴器を仕掛けたのが事実なら、おそらくそのときのことだろう。

だとすれば、鱵野に偽ドルを安全な金かブツに替えてこい、と命じられたあの日のいきさつも、筒抜けになっていたわけだ。

ようやく、事情が見えてくる。

「すると、あの日十条銀座でばったりあんたと会ったのも、偶然ではなかったんだな」

「そうさ。事務所に出入りするやつは、全員チェックして話の内容を確認する。まさか、おまえが鱶野と付き合いがあるとは、思わなかったがな」

「杉島が、うちの事務所に電話してきて、コピー用紙の配送を頼んだのも、偶然を装《よそお》ったお芝居か」

「そういうことだ。杉島とおれは、ぐるだったのさ」

薄うすそうだとは思ったが、はっきり言われると腹が立つ。

「鱶野を引っかけるために、利用してくれたというわけか」

国田は、なだめるように手を上げた。

「ま、悪く思うな。世の中の悪を退治するには、ちょっとした荒療治も必要なんだ」

「杉島は、さんざんあんたの悪口を言って、こっちをその気にさせた。あいつも人が悪いが、そんなやつを利用するあんたもあんただ」

「おれは、やっこさんを利用してなんかいないさ」

「よくよく考えると、今度の一件はあいつにけしかけられて、思いついたことなんだ。あいつに、そうするよう仕向けたのは、あんたじゃないか」

「違うな。おれはやっこさんの指示で、今度の筋書きを考えたんだ」

「なんでデカのあんたが、トップ屋の杉島の指示を受けなきゃならないんだ」

国田は、肩をすくめた。

「やっこさんは、トップ屋じゃないよ。れっきとした、警察庁のキャリアさ」

あっけにとられる。

「杉島が。杉島もあんたと同じ、警察官だというのか。それも、キャリアの」

「そうさ。おれも公式の場では、やっこさんに敬礼して杉島警視どの、と呼ばなけりゃならんくらいだ。いくら、高校時代の同級生でもな」

あまりのことに、あいた口がふさがらない。

「しかし杉島は、東日新聞社に入社したはずだ」

「それは事実だが、途中で国家公務員試験を受け直して、キャリアになったのさ。やっこさんが警察にはいってきたときは、おれも目を回すほど驚いたもんだ。高校時代、やっこさんには使いっ走りをさせられた上に、金まで巻き上げられたからな。おまえから金をせびったのは、やっこさんに小遣いを渡すためだったのさ。くどいようだが、悪く思うな」

これには、言葉もなかった。

杉島が、国田について言ったことはすべて嘘、というよりまるで逆の話だったとするなら、全面降伏するしかない。だれが、国田のような化け物を鼻先で使う学生がいる、と思うだろうか。

気を取り直して言う。

「キャリアの警察官が、こんな汚い手を使ってもいいのか」

「ゴミを掃除するためだ。まともにやっても、要領のいいやつには逃げられる。言っておくが、今度の仕事はでっち上げじゃないぞ。とにもかくにも鱶野は、コカインを手に入れようとしたんだからな」

それで思い出したが、この一か月ほどの間にほかにも暴力団の幹部が、やはり麻薬取引でつかまっている。さっき国田が口にした、キャンペーンという言葉が耳によみがえった。

どうやら警察は、暴力団を締めつけるためになりふりかまわず、掃討作戦を開始したらしい。

「もし、このいきさつをマスコミにぶちまけたら、あんたたちはどうなるかな」

ためしにぶつけてみたが、国田は眉《まゆ》一つ動かさない。

「どうもなりゃせんよ。何の証拠もないからな。それより、偽ドルを持ち運んだおまえを見逃してやった、おれたちに感謝しろ。あの捕り物の際、おまえは自力で逃げたつもりだろうが、そうじゃない。おれが捜査班に、つかまえないように指示しておいたからこそ、逃げられたんだ。ほんとうは、袋のネズミだったのよ」

ぐうの音も出ない。

国田は続けた。

「おまえの商売も、叩《たた》けばほこりが出るはずだ。たった今、おまえが持ってるアタシェケースの中を調べて、違法な物品を所持してないかどうか、確かめることもできるぞ」

アタシェケースの中には、売れ残ったAVテープがはいっている。見つかったら、むろんただではすまない。

国田は、こちらの考えを読んだように、にっと笑った。

「しかし、今度のことで口を閉ざしていれば、大目に見てやる。騒ぎたけりゃ騒いでもいいが、今言ったとおりだれも相手にせんよ。武士は相身互いだ。よく考えろ」

そう言って、伝票を取り上げる。

「ま、このコーヒー代はおれが持つのが、礼儀ってもんだろうな」

国田が出て行ったあとも、しばらく席を立てなかった。

今度ばかりは、完膚なきまでにやられた。

世の中に、立て続けに同じ将棋道場の昔なじみに会う、などという偶然があるとは思えない。思えないからこそ、ついその偶然を信じてしまったのだ。

しかし、ものも考えようかもしれない。なるほど、国田の言ったとおりお縄にならずにすんだし、鱶野のいやがらせに神経をとがらせることも、しばらくはないだろう。

それに、杉島に対してなにがしかの貸しができたことも、確かだった。

今度、どこかで杉島にばったり会うことがあったら、敬礼して〈杉島警視どの〉とでも、呼んでやろうか。

少し気分が晴れたので、外へ出て携帯電話を取り出した。

何はさておき、ジリアンこと四面堂遥に、事の次第を報告しなければならない。

逸脱

佐々木譲

佐々木譲（ささき・じょう）

一九五〇年、北海道生まれ。自動車メーカー勤務を経て、七九年「鉄騎兵、跳んだ」でオール読物新人賞を受賞。九〇年『エトロフ発緊急電』で、日本推理作家協会賞、山本周五郎賞、日本冒険小説協会大賞をトリプル受賞する。歴史・時代小説も手がけており、二〇〇二年『武揚伝』で新田次郎賞を受賞している。

川久保篤《あつし》巡査部長は駐在所の居室で、鳴り出した電話の子機を手に取った。大きな事件の通報でなければよいが、と願いつつだ。

自分はいま、三人の来客の執拗《しつよう》な勧めで、とうとう日本酒をコップ一杯飲んでしまったところなのだ。もし飛び出して行かねばならない事態だとしても、飲酒運転となる。それはできない。

「志茂別《しもべつ》駐在所です」と川久保は名乗った。さいわい、口調はまったく素面《しらふ》のまま聞こえたはずだ。まださほど酔ってはいないということだが。

相手は女だった。

「駐在さんだよね。新しいひとかい？」

中年すぎの声と聞こえる。

「はい、新任の川久保です。どうしました？」

女は不安そうに言った。

「いま大沢から電話してるんだけど」

大沢。川久保は町の地図を思い描いた。たしか市街地の外、町の西方向にある地区のはずだが、自分はまだこの駐在所に赴任したばかり。ろくに土地鑑もついていなかった。

三人の客が、川久保を見つめてくる。この町の防犯協会の会長と、地域安全推進員、それに前の町議会議長で地元の自民党国会議員の後援会長という男だ。三人ともみな、七十になろうかという男たちだった。すでに顔を真っ赤にさせている者もいる。

電話をかけてきた女は言った。

「うちのそばに、町営墓地があるんだけど、あそこで誰かが騒いでるんだ。喧嘩《けんか》かもしれなくて」

「騒いでるのは、誰なんです?」

「わからない。若いひとたちだと思うけど、なんか、泣いたりしてるひともいて」

「町営墓地ですね」

「町営第二墓地」

喧嘩か。となると、警察車を運転して出向いてみなければならない。日本酒に口をつけたのは失敗だった。ただ、赴任して四日目、この小さな町の有力者たちが訪ねてきたのだ。町の事情をあらかじめ知っておいて欲しいと。追い返すことはできなかったし、杓子定規《しゃくしじょうぎ》に酒を断ることも難しかった。三人とも、川久保よりは二十歳近くは年長という男たちだったのだから。

女は言った。

「お巡《まわ》りさん、ちょっと見てくれないだろうか。気になってね」

答に窮《きゅう》していると、防犯協会の会長が立ってきて、川久保に受話器を貸せという。

川久保は素直に受話器を渡した。

防犯協会の会長、吉倉忠《よしくらただし》は、くだけた調子になって言った。

「おれだ、吉倉。どうしたって？」

「町営第二墓地？　あのあずまやのあるところか」

「騒ぎって、大勢か？　三、四人？　高校生が煙草《たばこ》吸ってるだけじゃないのか？」

「な、駐在さんはいま、おれたちとじっくり情報交換やってるのよ。もう少し様子見ないか。そうだな、二十分たってまだ騒いでるようなら、もう一回電話寄越せ」

「そうだって。来た早々の駐在さんを、あんまり引っ張り回すな」

「うん、収まったようなら、もう電話しなくていいんだぞ」

そこで相手も電話を切ったようだ。吉倉という防犯協会の会長は、受話器をホルダーに収めて川久保に言った。

「二十分たってまだ騒いでるようなら、おれが運転手手配するから、心配するな」

川久保は言った。

「いや、なんとかこの酔いを覚ましますよ」

「無理だ。二十分では覚めない。腹くくって、今夜は飲め。そのつもりで、こうして三人、一升持って、肴《さかな》も揃《そろ》えて訪ねてきたんだから」

有無を言わせぬ調子だった。川久保は客たちに気づかれぬよう、そっと溜《た》め息を吐きだしてから、あらためて自分も座布団《ざぶとん》の上に腰をおろした。

北海道警察本部釧路《くしろ》方面本部管内、志茂別町駐在所である。四月の最初の土曜の夜だった。川久保が十勝平野の端のこの農村の駐在所勤務について四日目、まだこの町の右も左もわからないと言う時期だった。なにより駐在所勤務自体、川久保にとって二十五年間の警察官人生の中で初めての体験なのだ。

きょうは、このとおり町の有力者たち三人が、わざわざ訪ねてきて、駐在として知っておくべき町の情報を教えてくれているのだった。もっとも、いろいろとはいえ、三人がもっぱら教えてくれたのは、この町の教職員組合の動向であり、民主党と共産党支部の裏事情だった。

適当に相槌《あいづち》を打ちながら聞いていたが、そのうち、三十分がたった。先ほど通報してきた女から、第二報はきていない。ということは、騒ぎなのか喧嘩なのかはわからないが、町営第二墓地は静かになったということだろう。

吉倉が、壁の時計を見ながら立ち上がった。

「ほら、何もなかったろう。ここはそういう町だよ」

地域安全推進員の中島も言った。

「落ち着いたところだ。駐在さんには、ヒダリだけしっかり監視しておいてもらえたら、この町じゃ何も起こらないよ」

前議会議長の内橋が言った。

「それより、川久保さん。あんた、単身赴任じゃ、いろいろ不便だろうなあ。誰か世話してやろうか」

ほかのふたりが、野卑な笑い声を上げた。

内橋は、にやりと笑みを浮かべて続けた。

「小さな町だけど、美人のやもめもいるし、その気になればって人妻もいる。炊事洗濯に身の回りの世話、おれからひとこと言えば、やってもらえるよ」

川久保は首を振った。

「お気持ちだけ。駐在がまちがいを起こしては、洒落《しゃれ》になりませんので」

「その気になったら、言ってくれよ」

「そのときは」

「こっちにしても、新しい駐在は堅物《かたぶつ》じゃないってわかると安心なのさ。人間として度量が広い駐在さんこそ、理想だからね」

「できるだけ、期待に応《こた》えようと思っていますよ」

「じゃあ、今夜はこれまでにする。突然押しかけてきて、すまなかった」

三人は駐在所横手の玄関口から帰っていった。

川久保は玄関をロックしてから、居間の時計を見た。八時二十分になっていた。


その翌日、日曜日の朝である。こんどはちがう女から電話があった。

駐在所勤務の警察官も、所轄署《しょかつ》の地域課警察官に代わってもらうかたちで休みを取るが、その日曜日はまだ非番には当たっていなかった。終日、駐在所勤務という日である。

女は言った。

「お巡りさん、何か事故なんて起こっていないでしょうか」

「どうしました？」と川久保は、穏やかな調子で訊《き》いた。「事故って、何のことです？」

「交通事故。うちの子供が、昨日から帰ってきていないんです」

一音一音が明瞭《めいりょう》な、大人の声だった。

川久保は、デスクの上の地元新聞を手でよけた。地元帯広市で発行されているローカル紙である。一面には大きな見出しが踊っていた。

「帯広署でも、報償費疑惑。元幹部が本紙に証言」

自分の職場に関する記事だ。先ほどまでついつい読みふけっていたのだった。

その新聞の下に、日報がある。川久保は日報を手元に引き寄せて、最近の日付のページを開いた。確かめるまでもなく、赴任以来五日間、管轄内で交通事故は起こっていない。

川久保は日報をめくりながら言った。

「町内では、このところ交通事故は起きていないけど、お子さんが帰ってこないのは、昨日の何時からです？」

「昨日、午後に学校から帰ってきて、それから友達のうちに行くとメモを残して出ていったんです。でもそのまま、帰ってきてなくて。今朝まで電話もないものですから」

川久保は椅子《いす》に腰を下ろして訊いた。

「お子さんは、男の子ですか、女の子？　いくつです？」

「男の子、十七なんですけど」

「十七歳の男の子ね。高校生？」

「ええ、三年になったばかり」

女は地元の北海道立高校の名を出した。この町の少年の大部分が進学する普通科高校だ。

「お名前は？」

「山岸三津夫《みつお》」

女は、どんな字を書くのか言った。

川久保はその名を日報に記して訊いた。

「あなたのお名前は？　三津夫くんのお母さんなんですね？」

「そうです。山岸明子」

「交通事故を心配されているというのは、どうしてです？　自転車かバイクにでも乗っていたのでしょうか」

「それが、あの子の乗ってるバイクは、うちの外にあるんです。ヘルメットはなくなっているんですけど」

「誰かと一緒に行ったのかな？」

「聞いていません」

「行くと言っていた友達の名は？」

「上杉って高校生のところなんです。北志茂《きたしも》ってとこの」

北志茂、という地名を思い出そうとした。この志茂別の北西にある地区ではなかったろうか。農家が三十戸ばかり点在している。民間の産業廃棄物処理場もあったはずだ。町の中心部からは、十キロほど離れている。

「その上杉って子の家には、電話してみたんですか」

「ええ。昨日、十一時くらいに」

「返事は？」

「きていないって」

「それは、友達が言ったんですね」

「いえ。電話に出たのは、子供の母親で、そばにいる子供に聞いている様子だった。そして、きていないって」

「友達の名前はなんて言うんです？」

「上杉昌治。高校の同級生です」

「ほかに、行っていそうなところはないんですか？」

「とくには思い当たりません」

「バイク仲間とか。よく一緒にふたり乗りしている友達とかは？」

「いません。あまり友達のいない子なんです」

「三津夫くんは、携帯は持っていますか」

「持たせていません」

「では、山岸さんの連絡先を教えてください」

山岸明子という女は、自宅の所在地と電話番号を教えてくれた。住所は、町内の町営住宅だ。駐在所からはごく近い。

さらに明子は、職場の電話も教えてくれた。町のAコープだ。レジ係なのだという。

「きょうは、九時半から五時半までは、そちらにいます」

「お母さんは、携帯電話はお持ちですか」

「いいえ」

「ご主人のほうとは連絡は取れますか」

「いいえ」明子は、まったく声の調子を変えずに言った。「母子家庭なんです」

川久保は、自分のかすかな動揺を気取られぬように言った。

「いまはご自宅ですね」

「はい」

「二、三十分ほどしてから、わたしのほうから電話します」

「よろしくお願いします」

川久保は電話を切った。十七歳の男子高校生が、昨夜、土曜の夜から消息不明。これが札幌《さっぽろ》であればとくに事件性など考えなくてもいいが、北海道の田舎の人口六千人の小さな町では、どうだろうか。何か起こったと想定したほうがよいのか。それとも、もう少し事情を確かめてから判断すべきか。

駐在所の奥で、ヤカンが鳴り出した。川久保はいったん居室に上がってから、自分でコーヒーをいれ、マグカップを持って駐在所事務所にもどった。こうしてコーヒーをいれる自分というのが、川久保自身にとっても少々驚きだった。単身赴任を決めたとき、妻も娘たちも、生活術の身についていない川久保のひとり暮らしを、真剣に心配したのだ。赴任の直前には、妻から料理と洗濯の特訓まで受けていた。

コーヒーをひと口すすってから電話をしたのは、所轄署である広尾《ひろお》警察署だった。交通課に電話を回してもらい、昨日から今朝にかけて、管内で交通事故がなかったかを訊いた。ないという。

川久保は、またコーヒーカップを口もとに近づけながら考えた。高校三年生が昨夜から行方不明。自分のバイクは自宅にある。ただしヘルメットは消えている。管内で交通事故はなし。

一番自然に考えられるのは、誰かのバイクにふたり乗りして、遠出した、ということだ。遠出しすぎて、連絡もしそびれた。それにきょうは日曜。夕方までに家に帰りつけばよい。このままふたり乗りでツーリングを続けよう……。

そういうことなのではないだろうか。でも母親は、ふたり乗りしてどこかに出かけるような相手には心当たりがないという。

交遊関係。それをもう少し聞かねばならないだろう。

日報を引き出しに納めようとして、高校三年の娘からの絵ハガキに目が行った。昨日届いたハガキなのだ。

「お父さん、ひとり暮らしで不自由してない？　身体《からだ》にはくれぐれも気をつけてね。

わたしはきょうが始業式。三年生になりました。夏休みには、お母さんと一緒に、お父さんを訪ねます。

「チャオ、美奈子」

思わず頰がゆるんだ。

駐在所勤務は、ふつうは家族を伴う。派出所勤務とちがって駐在所の場合は、家族とくに妻の手助けがないと、遂行が難しいのだ。電話番がひとりいるだけでもちがう。しかし川久保は、先月末異動の辞令を受け取ったとき、単身赴任を決めた。札幌で十五年暮らし、持ち家である住宅で妻とふたりの娘とに囲まれて暮らしてきた。上の娘は札幌の公立高校三年になった。受験生ということになる。下の娘も札幌の私立高校に入学したばかりだ。いまこちらの高校に転校させるのは困難だった。かといって、娘ふたりを札幌に残して、自分が妻とこの釧路方面本部管内志茂別町駐在所に赴任してくるのも難しい。二日間家族で話し合った末、川久保は単身赴任を決めたのだ。不自由さは、自分で甘受する。北海道警察本部も、駐在所勤務警察官は必ず家族を伴うこと、とは通達していないのだ。

今年はおれのような警察官が、と、川久保は娘からの絵ハガキをひっくり返しながら思った。大勢出たにちがいない。二年前の稲葉警部の不祥事発覚以来、道警本部は警察官の管理に極端に厳しくなっている。ひとつの職場に七年在籍した者は無条件に異動、同じ地方で十年勤めても有無を言わさずによそに移すと決めたのだ。その結果、去年と今年の大異動のおかげで、道警の各所轄署には、ベテランと呼ばれる捜査員がまったくいないことになった。経験が必要とされる刑事課強行犯係の年配刑事が、べつの地方で運転免許証の更新事務に携わっている。郡部の小さな町で地元と長い信頼関係を築いてきた駐在警察官も、札幌で慣れない鑑識仕事に回っているという。その結果、犯罪者の検挙率が多少落ちてもかまわぬ、というのが、道警本部の方針のようだ。それよりは、稲葉警部のような暴走する警官を出さないことが重大事なのだ、ということだった。

川久保の異動も、その線に沿ったものだ。滝川署を皮切りに警察官人生を始めた川久保は、十五年前に札幌西警察署勤務となり、刑事課盗犯係の捜査員として、実績を積んできた。五年前に札幌豊平署刑事課強行犯係勤務。どちらも忙しい職場であり、身につけた専門性を毎日大いに役立てることのできる職場だった。

しかし、今年突然の異動の辞令だ。いままで一度も経験のない、駐在所勤務だという。札幌から離れた、十勝地方の小さな農村の駐在所で、ということだった。豊平署勤務は五年だけだが、札幌に十五年いたということが、異動の理由となったのだ。公務員として、また警察組織の一員として、この人事に不平をもらすわけにはゆかなかった。できるのは、家族を伴っての赴任か、単身赴任かを選択することだけだった。

川久保は娘からの絵ハガキを、引き出しの中に納めた。あの娘たちも、あと五、六年で巣立ってゆく。自分には、もう二度と家族で過ごす時間は戻ってこないだろう。その日のくるのが、いささか目算からはずれて早くなった。それだけは、残念でならなかった。

脱

さて、と川久保は制帽を引き寄せながら立ち上がった。先週、前任者から引き継ぎを受けたとき、最初の十日ぐらいはとにかく町内の道路をくまなく走れ、と言われていた。きょうも午後から走るつもりだったが、ちょうどいい。すでに一回走ってはいるが、北志茂地区の道路をくまなく走って、土地鑑をつけておこう。

逸

川久保は警察車に向かいながら、あらためて事情を整理してみた。

高校から帰宅後、三津夫という少年は、友達の家に行くとメモを残して、外出した。わざわざメモを残すというのは、この家庭の習慣なのか、それとも、特別なことだからだったのかは確かめなかった。でも山岸明子の言葉の調子から、あの母親と少年とは、ふだんからコミュニケーションは取れていたのだろう。メモは、習慣だったのだ。

駐在所の前は、国道二三六号線だ。帯広と襟裳《えりも》岬、浦河方面を結んでいる。交通量はけっして少なくはない。

国道に車を出してから、いったん町営住宅方向に進路を取った。駐在所から二ブロック北側に、灰色の壁の平屋の建物が並んだ一角がある。本町町営住宅、と呼ばれている団地だ。老人夫婦や低所得層の家族が入っていると聞いている。

その町営団地の周囲をひと回りした。四月上旬のこのあたりでは、もう完全に雪は解けており、住宅の前の花壇には、水仙が芽を出し始めている。晴れているせいで、洗濯物を庭先に干している主婦の姿も見えた。

町営住宅の建物のひとつに、山岸明子から教えられた棟番号が記されていた。ここだ、と川久保が警察車を徐行させたとき、その建物の玄関口が開いて、女が外に出てきた。三十代で、ショート・ジャケットにパンツ姿の小柄な女だった。たぶんこれが山岸明子だ。出勤するところなのだろう。ドアに鍵《かぎ》をかけた。川久保は車を完全に停止させた。

山岸明子は警察車に気がついて、あっ、という顔になった。川久保は車を下りて、軽く制帽のつばを持ち上げ、あいさつした。

山岸明子が近づいてくる。吉報を期待している目だった。

彼女が目の前まできたところで、川久保は名乗った。

「こんどここに赴任してきた川久保です。先ほど電話を受けました」

山岸明子は、足を止めて川久保を見上げてくる。

「山岸です。何かわかりまして？」

色白で、ほとんど化粧はしていない。目縁《まぶち》に少しやつれのようなものが見えたが、昨夜はあまり眠っていないのかもしれない。電話でも感じたとおり、しっかりした、という印象のある顔だちだ。質素な身なりだけれども、女を見慣れた男なら評するだろう。素材はいい。美人だ、と。

川久保は言った。

「これから、北志茂のほうをひと回りしてみようと思っていますが、もし時間があれば、もう少し三津夫くんの生活とか交遊関係のことを教えてください」

「出勤するところなんですが、どうしましょう？」

「五分ほど、ありませんか？」

「事務所まで一緒に行っていただけますか。行ってしまえば、もっとお話できます」

「いいですよ。送りましょう」

ひとり、この町営団地の住人らしい主婦の姿が目に入った。川久保たちのほうに目を向けてくる。

川久保は、山岸明子に余計な噂《うわさ》が立たぬよう、笑顔を作って言った。

「心配はいらないと思いますよ。十七の男の子なら、ときどき馬鹿《ばか》なこともしますからね」

山岸は、警察車の助手席側に回りながら言った。

「その馬鹿なことが心配なんです」


Aコープは、町なかを貫く国道に面している。農協の事務所と資材倉庫が並ぶ一角である。

その事務所に入ると、山岸明子はすでに出勤していたふたりの同僚たちにあいさつして言った。

「三津夫が帰ってきてなくて、ちょっと駐在さんに相談してるところなんです」

同僚たちはうなずいて、川久保たちから距離をとってくれた。

山岸明子は、川久保の問いに答えるかたちで、三津夫の生活や交遊関係について語ってくれた。彼女の話では、三津夫少年は幼いころからおとなしく引っ込み思案な性格だったという。自分から積極的に何かの趣味に打ち込んだり、関係を作ってゆくタイプではない。スポーツもけっして得意なほうではなかった。数人の同年代の子だけが友人だったようだ。クラブ活動は、和太鼓部に属していたという。

高校に入ったところ、クラスには別の中学から進学してきたボス的な少年がいた。この少年の回りに十数人の取り巻きができて、三津夫少年もこのグループに引き込まれたようだという。そのボス格の少年の名は上杉昌治という。

山岸明子は言った。

「休みの日も、よく上杉くんたちと一緒に、いろいろやっていたようです。野球をしたりとか、ゲームをやっているあいだはまだよかったのですが、だんだんおかしなことを始めるようになって」

「おかしなこととは？」

「喫茶店にいりびたったりとか、帯広まで出かけたりとか」

「上杉って子と一緒に？」

「はい。お恥ずかしい話ですけど、帯広のデパートで、万引きをして補導されたこともあるんです。わたしが出かけていって、警察から引き取ってきました」

「それも、上杉って子のグループと一緒だったんですか？」

「はい。でも見つかって補導されたのは、三津夫ひとりです。ブランドものの運動靴を万引きしたんですが」

「いつのことです？」

「去年の十月です。もう上杉くんとはつきあわないでと言い聞かせたんですけれど、いつのまにかまたずるずるとつきあうようになって」

「上杉って子は、高校では問題児として把握されているのかな」

「どうでしょうか。柔道部に入っていた子ですけど、たしか下級生を殴ったとかで、去年退部になっています」

「上杉って子の仲間たちの名を、何人か知っていますか」

「ええ」山岸明子は、三つの苗字を出した。三人とも高校の同学年だという。

川久保は訊《き》いた。

「その仲間の溜《た》まり場のような場所はありますか。いりびたっていたという喫茶店も教えてください」

「喫茶店は、昔の駅前通りの『サンフラワー』です。マンガを置いてある店です。三津夫は放課後、ときどき行っていたようです。ほかに溜まり場にしているような場所は、よくわかりません」

「この町には赴任してきてきょうで五日なんです。まだ不案内なんですが、高校生が多く集まるような場所って、ほかにどこがあります？」

「たいしてないんです」山岸明子は、首を振りながら言った。「こんな小さな町ですから、ゲームセンターのような店もあるわけじゃありません。高校を卒業して車を持てるようになると、みな一時間かけて帯広まで遊びに行くんです」

「三津夫くんは、帯広に行っているという可能性はありませんか」

「夜にバイクで走って、帯広までは行かないと思います。行くとも聞いていませんし」

川久保は、考えこんだ。

これが札幌のような都会であれば、少年たちがたむろする場所には不自由しない。退屈せずに何日でも過ごすことのできる場所が、確実に存在する。でも人口六千のこのような農村で、少年が一晩過ごしたいと思うような場所としては、あといったい何が考えられるだろう。クラブ活動か塾通いでもしていない限り、この町は少年たちには相当に退屈なところなのではないか。

川久保は思いついて訊いた。

「失礼ですが、三津夫くんのお父さんはどちらにお住まいです？」

山岸明子は、少しためらった様子を見せてから言った。

「いま内地にいるはずですが、どうしてです？」

「離婚されたのなら、三津夫くんはお父さんに会いたくなって出かけたのかもしれないと思ったものですから」

「父親とは音信不通です。三津夫は居場所も知りません。わたしもですが」

音信不通。ということは、三津夫という少年の養育費も送られてはきていないのだろう。

「三津夫くん、昨日は変った様子は?」

「朝、学校に行くときは、まったくふつうでした。どうでしょう、捜索願いを出したら、捜索してもらえるんでしょうか」

川久保は首を振った。

「いまのお話では、捜索願いを出しても、まずほうぼうの警察署管内の事故などと照らし合わせるだけですね。捜索隊を出すことにはならないでしょう」

「出してもらうには、どうしたらいいんです?」

「もう少し事故か事件の可能性がはっきりしているといいんですが。たとえばどこかの山で迷ったようだとか、川岸で靴が見つかったとか。それならば、捜索隊を出して捜す範囲もはっきりする」

「じゃあうちの子は、このまま放っておくということですか」

「まだ、もう少しだけ心当たりを当たってみてもいい、という気がします」

山岸明子の顔に落胆の色が浮かんだので、川久保は言った。

「捜索願いはいま出してしまいましょう。車の中に、用紙がありますが、置いてゆきましょうか。必要事項を記入して駐在所まで届けてもらえれば、広尾警察署のほうに送りますので」

山岸明子は、少し考える素振りを見せてから言った。

「出しますわ。何かしないではいられないので」

川久保はいったん事務所を出て、警察車から捜索願い用紙を取り出し、店の事務所にもどった。もどったとき、山岸明子はすでにジャケットを店員用のオレンジ色の上っ張りに着替えていた。

用紙を渡そうとして、山岸明子の目がうるんでいることに気づいた。いまにも大量の涙が、その黒目がちの大きな目からあふれ出してきそうだった。

彼女自身も、自分が泣き出す寸前であることを承知していたのだろう。苦しそうに唇を噛《か》んでから、山岸明子は言った。

「あの子は、あの子は、すべてなんです。わたしの」

川久保はうなずいて言った。

「わかっています。やれるだけのことはやりますから」

言いながらも、もっとましな、ほんとに相手を力づける言葉が出てこないのかと、川久保は自分の語彙《ごい》の不足を呪《のろ》った。

川久保は、Ａコープの事務所を出ると、駐在所へともどった。山岸明子の書いた捜索願いを、広尾警察署にファクスしなければならない。願いの宛《あ》て先は、この町の場合、所轄《しょかつ》署である広尾警察署の署長なのだ。その願いを送った後、ロッカーに収めてあるいくつかのファイルを取り出して、読み直す必要があるだろう。とくに少年補導の記録だ。高校がある町なのに、若い連中の溜まり場が喫茶店ひとつだけ、ということはありえない。山岸明子のような母親が把握していない場所が絶対にあるはずである。

駐在所でファクスを送ってから、川久保はロッカーを開けて、前任者の補導記録を探した。交通事故処理ファイルがあり、盗難被害届けファイルがあり、各種相談受付けファイルがあったが、補導記録というタイトルではみつからなかった。件数が少ないので、独立させていないのかもしれない。となると、日報を順に読んでゆくしかないが。

それとも、地元の情報通に訊いたほうが早いだろうか、と考え直した。引き継ぎの際には、地元の情報通として、防犯協会の会長を教えられていた。しかし昨日会った印象では、あの吉倉の知っていることは極端に偏《かたよ》っている。いまの高校生の生活範囲について知っているかどうか疑わしい。山岸明子以上のことは知らないのではないか。

では、ほかに誰か。

思い出した。赴任二日目、郵便局にあいさつに出向いたとき、局長が教えてくれた人物がいる。職務柄、地元の細かな情報については、うちの職員たちは詳しいですよと。守秘義務がからまないことなら、いくらでも協力させていただきますと。

そのとき局長は、とくにデータベースみたいな人物がいる、と言って、二年前に定年退職した男の名を教えてくれたのだ。三十五年間もこの町で郵便を配達してきた男だという。

片桐義夫《かたぎりよしお》、という名だった。住所は町はずれだが、日中は福祉会館の娯楽室にいることが多いという。囲碁が趣味だ、とのことだった。

福祉会館なら、この駐在所の並びだ。歩いて行ける距離だった。

川久保はロッカーの扉を閉じると、駐在所を出た。

福祉会館は、町の老人や身体障害者のための施設で、会合のできる集会室と、テレビの置かれた娯楽室のふたつの部屋がある。行ってみると、娯楽室には十人ほどの老人がいて、将棋を指す者あり、テレビに見入る者あり、隅のテーブルで談笑する女性たちあり、いくつものグループに分かれて、めいめい勝手なことをしている。テレビから最も離れた場所で、碁盤を前にひとり、詰め碁の本を開いている男がいた。角刈りで、日に灼《や》けた顔。老人と呼ぶには、まだまだ精気のある男だ。

「片桐さん」と近づいてゆくと、片桐はちらりと川久保を見上げて言った。

「新任の駐在さんか」

「川久保と言います。ここに座ってかまいませんか」

「おれに何か容疑でも？」

「まさか」

川久保は笑って首を振った。娯楽室にいるほかの男女がちらりと川久保に目を向けてきたが、必ずしもいぶかしげではなかった。

川久保は、片桐の向かい側の椅子《いす》に腰をおろして言った。

「町の情報に詳しいと聞いたもので」

「多少はな」片桐は、詰め碁の本を脇《わき》によけて、背を伸ばした。「毎日毎日、町中の家庭に郵便を配って歩いてたんだ。詳しくもなるさ」

「わたしはこの通り、赴任してきたばかりで、右も左もわからないんです」

「訊きたいのはどういうことだい？」

「山岸三津夫って高校生が、昨日の夜から行方不明なんです」

「ああ、三津夫か」

「ご存じですね」

「生まれたときから知ってるよ。父親が出て行ってしまって、不憫《ふびん》な子だよ」

「彼は家出をするような子ですか」

「さあな。中学生のころは、お母さんに甘えてばかりって感じだったが、高校生になってからのことは、よくは知らない」

「高校では、上杉昌治って子と仲がよかったらしいんです」

片桐の目が、かすかに細くなった。不快な言葉でも聞いたときのような反応と見えた。

「上杉って子は、どんな子なんです？」

片桐は目をそらして言った。

「悪餓鬼《わるがき》さ。郵便配達の自転車にまで、いたずらするような餓鬼だった。タイヤに穴を開けたり、鞄《かばん》に手を突っ込んだり」

「その彼と、山岸三津夫は友達同士だったようなんですが」

「友達なんて言い方はよくない。親しいんだとすれば、親分子分だよ。三津夫が、使いっ走りさせられているんだ」

「上杉って子は、親分肌なんですね？」

「あの一家は、親族一同みんなそうだ」

「親族一同？」

片桐は周囲にちらりと目を走らせてから言った。

「親爺《おやじ》の耕三も、その兄貴も、昌治の兄貴も、腕力で世の中を渡ってゆく連中さ」

「農家なんでしょう？」

「いいや。耕三は農家をやめて、解体屋をやってる。噂《うわさ》じゃ、違法な産廃処理も行ってみるべきだな。川久保は腰を浮かしながら片桐に訊いた。

「高校生が、町からその上杉って子の家まで行くとしたら、どうすると思います」

「自転車か、バイクか」

「歩いては行けませんよね」

「二時間以上かかるよ」

「ありがとう」川久保は片桐に礼を言った。「参考になりました」

片桐が訊いた。

「あんたも、例の事件の影響で飛ばされた口かい？」

片桐は真顔だ。二年前の、あの北海道警察本部始まって以来の不祥事との関連を訊いている。

「いえ」川久保は首を振った。「ただ、前の職場が長くなりすぎていたんです」

「そういう理由で異動するのは、あの事件のせいだろう？」

「よくはわかりません」

片桐は、唇の端を歪《ゆが》めて言った。

「この町の駐在なんて、ずっと二年で交代だ。町のことなんて何もわからないうちに、つぎの駐在がやってくる。町のことがわからないから、処理できるのは、町の真ん中を通ってる国道で起こることだけ。町の裏や奥でやられてる悪事にゃ、気がつきもしないでどっかに行ってしまうんだ。地元との癒着が心配だって言うんだろうが、上《うわ》っ面《つら》しか知らずにいるよりは、癒着を心配されるくらいに地元のことを知ってもらいたいよ」

川久保は、同意ともその逆とも取れるような表情を作ってから言った。

「また、お話を聞かせてください」

地図を確かめると、上杉の家のある北志茂という地区は、市街地を南に出たあと、荒川という川沿いに北西へ走った先にあるのだった。別の言い方をすると、町から南七線という町道を道なりだった。

駐在所を走り出すと、ほんの三分で市街地を抜ける。その外に広がっているのは、平坦《へいたん》な田園地帯だ。農道の交差点にはだいたいどこも農家が数軒固まっているが、あとは道沿いにおおむね五百メートルくらいずつ離れて農家が点在している。この日は日曜日のせいか、道の交通量は少ない。ほとんど人影も見かけない。

警察車を走らせてゆくと、市街地から三キロも離れたあたりで、半径の小さな右への急カーブがあった。乱暴なドライバーなら中央線を越えてインツーインで走りたくなるようなカーブだ。その先から道は直線であることをやめ、谷間の地形に沿って、カーブと起伏とを繰り返していた。

急カーブからさらに五、六キロ走って、道の先にそれらしき民家が見えてきた。和洋折衷の二階家で、D型ハウスがふたつ、片流れ屋根の車庫がひとつ付属している。住宅の裏手には、廃車の山ができていた。早春の田園地帯の中で、そのあたりだけ雰囲気が妙に殺伐としていた。

敷地の脇に、大きな看板が出ている。

白く塗ったブリキの上に、黒く手書き文字。

「上杉開発興業
　産廃受け入れ。ご相談下さい」

つまりここは、居宅であり、事務所であり、土場であり、たぶん産業廃棄物の処理場であるということだった。おそらく裏手、荒川の河川敷の側には、大きな穴があるのだろう。

駐車場に車を入れて、川久保は降り立った。

玄関脇には、白いセダン。トヨタの高級車だ。その隣にあるのも、トヨタの四輪駆動車だった。真新しい。

住宅の玄関口のドアが開いて、中年男が顔を見せた。大柄で、現場、という言葉が似合っていそうな男だ。これが上杉昌治の父親だろう。

川久保は玄関口に歩きながら言った。

「新任の駐在です。ちょっとお伺いしたいことが」

相手は言った。

「上杉だ。何か？」

日頃から、ひとを威嚇《いかく》したり、高圧的に出ることに慣れた男の表情であり口調だった。

川久保は訊《き》いた。

「昨日の夜、息子さんの同級生が訪ねてきたはずなんですが、ご存じですか」

「さあ。子供のことは、いちいち知らないな」

「昨日の晩、息子さんは？」

「知らないって」

「自宅にいました？」

「お巡りさん。うちはそんなことまでいちいち干渉してるわけじゃないから」

「お宅にはいなかったということですね」

「知らんって。見ていないってだけだ」

「息子さんは、いまどこです？」

「朝からどこかに出てったよ。息子が何かやったと言っているのかい？」

「いいえ。山岸って高校生を探しているだけです。こちらに伺うと言っていたそうなんです」

「知らないね」

「奥さんも?」

上杉は、振り返って大きな声を出した。昨日、子供の友人がきたかどうか訊《き》いている。川久保が黙ったままでいると、上杉は顔をあらためて川久保に向けて言った。

「女房も知らんって言ってる。きていない」

「ありがとうございました」

川久保は礼を言いながら、もう一度敷地内を見渡した。駐車場の奥の車庫のシャッターは上げられており、中にクレーンを積んだ二トントラックがある。隅の方には、廃車なのか、古いバイクも数台並んでいた。

川久保は上杉の家をあとにすると、いまきた道を町まで戻った。


駐在所にもどると、盗難届けのファイルを引き出して、半年前の分から一件ずつ読んでいった。届けは車上狙《ねら》いと空き巣が大部分を占めるが、件数自体はさほど多くない。週に一件あるかないかだ。まったくない週もある。ここはとりあえず小さな犯罪も少ない町だとは言えそうだった。

四ヵ月前に、ある事業所から小型の除雪機が盗まれるという事件が起こっていた。

また、川久保が赴任してくる前日の被害届けがあった。パチンコ屋の駐車場から、四百ccのバイクが盗まれている。ロードレーサー・タイプの、スズキの新型車とのことだ。色は黄色。施錠《せじょう》してあったという。

バイク。でもこの小さな町で、誰が盗む？

この町に住む窃盗犯が、それを自分で乗り回すことは不可能だ。いずれ持ち主の目にも入る。かといって、専門の窃盗犯がこの町まで出張してきたとも考えられない。大都市で盗むよりも、はるかに非効率なのだ。プロの仕事ではない。

考えられるのは、子供がいたずらで盗んだ、という線だろう。換金する気も、長いこと乗り回すつもりもなく、ほんの束の間《つかま》、いたずらできればよいと考えて。

山岸三津夫は、帯広で万引きの補導歴がある。母親の目にはちがう子供に映っているが、彼はあんがい万引きや窃盗の常習者ということはないだろうか。母親の知らない一面を持った子、ということはないだろうか。

川久保はひとつの可能性に思い至った。

山岸三津夫は、盗んだバイクで、帯広方面まで走ったのか？　ここから帯広市街地まで、およそ六十キロ。原付ではきついが、四百ccのバイクであれば、高校生が出かけるのに困難な距離ではない。

だとしたら、今朝がた所轄《しょかつ》署に問い合わせただけでは、十分ではなかった。帯広まで範囲を広げて考えねばならなかった。

すぐに帯広署の交通課に電話してみた。聞くと、さすがこの地方随一の都会だ。昨日からきょうにかけての交通事故は六件。ただしどれも軽微なものだ。人身事故は一件だけ。山岸三津夫がからんだものはなかった。

川久保は電話を切って時計を見た。正午をまわっている。山岸三津夫が行方不明となってから、まだ二十四時間たっていない。事件性のあることか、事故の可能性があるのか、いまだそれすらも判然とはしなかった。

あと半日、様子を見るか。

午後になって、川久保はあらためて福祉会館に出向いた。片桐から、もう少し話を聞くためだった。

缶コーヒーを土産に娯楽室に入ると、片桐は奥の畳敷きのスペースで横になっていた。退屈している様子だ。川久保の顔を見ると、すぐに起き上がって、碁盤の置かれたテーブルへと歩いてきた。

「どうだったい？」と片桐が訊いた。「三津夫は、見つかったのか？」

「いいえ」川久保は椅子《いす》に腰を下ろし、缶コーヒーを片桐に渡して答えた。「上杉って子のところには行っていないようなんです」

「昌治には会ったのかい」

「いなかった。朝から外出してましてね」

「ちょっと心配になってくるな」

「ええ。でも正直なところ、これが事件かどうかもわからないんですよ。週末の夜、男子高校生が帰ってこなかっただけですからね」

「この町じゃあ、十分に事件さ。三年ぐらい前にも一件あったな」

「高校生が？」

「いや、酪農家の嫁さんだ。買い物に出たきり、行方不明。かなりの騒ぎになったけど、ひと月後に亭主のところに離婚届けが送られてきた。帯広に男を作っての家出だった」

「高校生の家出も多いんですか？」

「去年の暮れに、女の子がひとりいたね。メル友のところに行ってしまった、って噂されたけど、ほんとは輪姦《まわ》されたのが理由だったらしい」

「レイプってことですか？」川久保は驚いて聞き返した。「犯罪ですよ」

「事件にはならなかった。こんな小さな町じゃ、あれを事件にしたら、女の子は生きてゆけなくなる」

「被害届けも出なかったんでしょうか」

「出なかったはずだ。出していたら、どうなってた？」

「所轄署から、まず婦人警官が飛んできたでしょう」

「こなかった。だけど女の子は学校を休みがちになって、最後には家を出たんだ」

「親御さんは、娘さんがレイプされたことを知っていたんでしょうか？」

「知っていた。なのに、加害者側の示談を受け入れた。それで女の子は親に愛想を尽かして家を出たのさ。いったん見つかって帰ってきたけど、けっきょく転校していった」

「相手は、大人？　高校生？」

片桐は首を振った。

「知らない。そこまでは耳にしていない」

この話はおしまいだ、という調子だった。川久保は話題を変えた。

「この町で、高校生がたむろする場所って、どこでしょうね。とくに、男子高校生が集まりそうなところって」

片桐は、とくに思い起こす様子も見せずに言った。

「志茂別川《しもべつ》の河川敷。あそこでは、よくバイクの練習をしてる。それと、共栄って地区の吉井って農家の跡かね。町から割合近いんで、いっときはその納屋《なや》の跡が軟派な生徒たちの溜《た》まり場になってたな。サバイバル・ゲームだかをする連中も使っていた場所だ」

川久保は、持参した地図を取り出して言った。

「いまの場所、印をつけてもらえますか」

「行ってみるのか」

「ああ。早く土地鑑をつけたいし」

片桐は地図を受け取ると、川久保が差し出した赤ボールペンで、大きくふたつ、円を記してくれた。

川久保はさっそくその二カ所を回ってみた。河川敷では、たしかに五人の若い男たちがバイクを乗り回していた。モトクロス用の、甲高いエンジン音をたてるバイクだった。川久保はその青年たちに三津夫のことを訊いたが、とくに目新しいことは教えられなかった。

つぎに、離農農家跡に行ってみた。納屋や母屋の周囲には、地面に煙草《たばこ》の吸殻やペットボトルが散乱していた。納屋の中にはさらに、戦闘ゲームで使うモデルガンの弾が散らばっている。隅には、コンドームが落ちていた。母屋のほうの玄関口は、板が打ちつけてあって、中には入れない。しかし窓からのぞくと、椅子やら毛布やらが持ち込まれている。いっときは青年たちのけっこう快適な溜まり場だったのだろう。しかしここにも、山岸三津夫の家出先を示唆《しさ》するような手がかりはなかった。

駐在所にもどったところに、山岸明子から電話があった。

「何かわかりましたか？」

川久保は、山岸明子の美貌《びぼう》を思い出しながら答えた。

「いいえ。とくに何も。帯広署にも調べてもらいましたが、該当する交通事故のようなものはありませんでしたね」

答えながら、昨夜の訪問客が言っていた言葉を思い出した。身の回りを世話するひとを紹介しようか。やもめやら、人妻やらがいるよ……。

なんとなく山岸明子には距離を置こうという気持ちになった。あるいは、いくらか冷淡と取られてもよい程度の距離を持とうと。もしそう強く意識しなかった場合、自分が明子にけっこう惹《ひ》かれてゆくような気がした。妻子のある単身赴任駐在警官の身としては、それはあまり好ましい展開ではなかった。

明子が言った。

「もう丸一日たちました。捜索隊を出してもいいころじゃありませんか？」

「事故か事件の可能性でも見えていればいいんですがね。そうであれば、捜索隊を出す範囲も絞れるんですが」

「町から上杉さんのうちへ行くまでの道、というのは、探す範囲にはなりませんか？」

「先ほど道を走ってきました。上杉さんのお宅にも行っていないと言われましたね」

「つまり、打つ手はなし、ということなのでしょうか」

「事情が、あまりにも漠《ばく》としているということなのです。お母さんにはきつい言い方になりますが、家出をした、という可能性すら捨てきれない」

「それは絶対にありません」

「どうしてです？」

「十七にもなったのに、依存心の強い子供ですから」

「十七ともなれば、男の子は、母親の目に映る以上に大人ですよ」

「それにしても、家を出る理由はありません。お金も持っていないのだし」

「なんとかもう少し、三津夫くんの生活範囲がわかったらよいのですがね」

「敬子ちゃん」と明子は言った。

「あの子なら何か知っているかも」

「誰なんです？」

「近所の幼なじみ。田代《たしろ》敬子。さほど親しくはないと思いますが、同級生だから、何か知っているかもしれない」

川久保は、その子の家の電話番号と自宅住所を聞き出してから電話を切った。

田代敬子という女子高生の家は、町のはずれ、まだ新しい住宅の建ち並ぶエリアの中にあった。このあたりでは珍しいアメリカの田舎家ふうの住宅だ。川久保は玄関口で田代敬子に向かい合った。

川久保は事情を簡単に説明してから言った。

「そういうわけで、山岸三津夫くんの行動範囲というか、交遊範囲を知りたいんです」

田代敬子は、色白で、ほっそりとした身体《からだ》つきの女の子だった。眼鏡をかけているが、その奥の目は品のいい切れ長だ。かなり内気そうに見える。感受性も鋭いものがあるのだろう。フードつきのスウェットシャツにジーンズ姿だった。川久保は自分の次女の顔を一瞬思い浮かべた。

敬子は、少し困惑を見せて言った。

「ミッちゃんって、上杉って子の下っ端《ぱ》になってた。あのひとたちのほかには、友達はいなかったと思う」

「あのひとたちと言うのは、上杉昌治くん以外の誰なんだろう？」

敬子は、ふたりの名前を挙げた。

「戸沼って子。最初上杉って子と一緒に柔道部に入っていた子。それに福島。あの子も柔道部かな。仲間はあと何人かいるかもしれない。下級生にも」

母親も挙げていた名だった。

「スポーツマンばかりか」

「身体だけはね」

「みんな同級生？」

「ううん。戸沼って子と福島って子は、べつのクラス。あたしたちと一緒じゃない」

「三津夫くんは、グループの仲間だけども、仲がいいわけじゃないんだね？」

「ちがうと思う。全然タイプがちがうもの」

「だけど、いつも一緒にいるんだろう？」

「うん」

「どうしてなんだろう？」

敬子は、一回目を伏せてから言った。

「かまってくれるからだと思う。上杉ってやつ、乱暴だけど、ときどき気持ち悪いくらいに他人に優しくなるみたいなの。強いしね。だからミッちゃん、ふだんは顎《あご》でこき使われてるのも、我慢してるんだと思う」

「三津夫くんたち、ふだんはどこで遊んでる？　何をしている？」

「よくは知らない。町や学校で何かあるとき、一緒になってやってきて、騒いで帰ってゆくの。自分たちのいないところでほかのひとが楽しんでるのが我慢ならないみたいに」

「それはつまり」川久保は言葉を選びながら訊《き》いた。「上杉って子のグループは、学校では問題のある連中だってことかな」

敬子はまた目を伏せて言った。

「そう、かもしれない」

「相当に悪い子たちかい？」

「そう、でもないけど」そう答えてから、敬子はあわてて首を振って言い直した。

「全部のひとがそうってわけでもないけど」

「三津夫くんは？」

敬子は顔を上げ、川久保を見つめて言った。

「かわいそう」

「かわいそう？　どうして？」

「あんなひとたちしか、友達いないんだもの」

「まったくいないよりはいいかもしれないよ」

「あたしなら、あんな子たちを友達にするくらいなら、一生孤独だっていい」

川久保は、敬子のいかにも女子高生っぽい表現に微笑して、玄関口を出た。

田代敬子の家をあとにすると、川久保は戸沼という少年の家に向かった。彼の家も、市街地の中にある。国道の一本裏手、製材工場の並びだった。

一戸建てのその家のチャイムを押したが、誰も出てこない。駐車場には車はなく、バイクも自転車も見当たらなかった。

家族全員留守なのか？

裏手の庭を見てみようと、玄関口から横に移動したときだ。後ろから声をかけられた。

「お巡《まわ》りさん、誰に用事だい？」

振り返ると、道の反対側に、耳当てのついた防寒帽をかぶった老人が立っている。くわえ煙草だ。

川久保は頭を下げて言った。

「この高校生に」

老人は、通りを渡って川久保に近づいてきた。

「あいつ、こんどは何をやったんだ？」

「何もしていませんが、こんどは、って言うのはどういう意味です？」

「知らないのか？」

「先週赴任したばかりなんです」

「あんたが新しい駐在さんか」

「ここの戸沼くんが、どうしたと言いました？」

「前の駐在から聞いていないのか」

「とくに何も」

老人は、困惑した顔になって煙草を地面に落とした。

「いや、いいんだ。おれが被害者ってわけじゃないから」

「いったいどうしたんです？」

「いいって」老人はもう一度はっきり首を振って、川久保の前から立ち去っていった。

つぎに川久保が向かったのは、福島という少年の家だった。市街地から三キロばかりのところにある農家だ。

行ってみると、少年の両親はビニールハウス作りの真っ最中だった。スチール製のパイプをふたりで手際《てぎわ》よく組んでいるところだ。川久保が警察車を停めると、父親らしき男が作業の手を止め、かすかに不安そうな目で川久保を見つめてきた。

川久保は車を降りてあいさつしてから訊いた。

「息子さんは、いまいますか。ふたつ三つ訊きたいことがあって」

川久保の話を一通り訊き終えると、男は言った。

「勝治は出かけてる」

勝治というのが息子の名前なのだろう。

「帰ってきたら、駐在さんが会いたがっていたと言っておいてやるよ。明日、放課後にでも交番に行けばいいのか？」

「そうですね。きてもらうのが一番かな」

午後五時半を過ぎたころに、山岸明子が訪ねてきた。Aコープの勤務が終わったのだという。

「何か、わかりました?」と明子は、すがるような目で訊いてきた。

川久保は答えた。

「きょうは日曜です。きょう一杯待ってみませんか。三津夫くんの友達たちも外出していて、どこに行っているのかわからない。親御さんたちもよく知らないんです。ただし心配しているようではなかったし」

「その子たちは、昨夜は帰ってきているんでしょう? 三津夫は、昨日から帰ってきていないんです」

「率直なところをお聞きしますけど」

「はい?」

「三津夫くんに、最近、お母さんも認めたくないような、何か困った行動はありませんでしたか。何かトラブルは抱えていませんでしたか?」

「あの子が、犯罪を犯していると?」

「そうは言っていません。本人もお母さんも手に負えないような、困ったことが起きていないか、それを知りたいんです。そうすれば、行動範囲も少し絞れますから」

明子はいったん視線をそらして唇をかんだ。明かすべきか黙るべきか、迷っているようにも見える。

川久保が明子を見つめたままでいると、やがて彼女は視線を川久保にもどして、ぽつりと言った。

「いじめられていました」

川久保は確認した。

「上杉って子と、その仲間に？」

「ええ」

「友達ではなかったんですね」

「食い物にされていたんだと思います。万引きを強要されたり、お金を持ってこいと言われたこともあった」

「渡していたんですか」

「お金は渡していません。でも、どうにかして持っていったんでしょう」

「どうにかとは？」

「泥棒だと思います」

「何を盗んだんです？」

「ゲーム機。プレイなんとかって言うものとか。買ってやったこともないのに、あの子の鞄《かばん》に入っていたことがあったんです。わたしが知っているのはそれだけですが」

「どこから盗んだんです？」

「わかりません。近所の家からかもしれない」

「そのことを、町のひとは誰か知っています？」

明子は、また短く視線をそらしてから言った。

「うちの子が悪くなったことは、まわりも気がついていると思います」

「三津夫くんが、上杉って子たちに食い物にされるようになったのは、いつからです？」

「去年。二年生の二学期になってからだと思います」

「その連中は、町での評判はどうなんです？　番長グループ？」

「ちがうと思います。暴走族みたいな子たちはべつにいるし」

そのとき、胸ポケットで受令機が鳴り出した。川久保は山岸明子に黙礼して彼女から離れ、所轄署《しょかつ》からの指示を聞いた。

明日、町の東はずれにある陸上自衛隊第五旅団の分屯地前で、イラク派兵に反対する集会の開催が決まったという。帯広の教職員組合が、バス一台を仕立てて出向くとのことだった。ついては、川久保も警察車を基地の前に置いて、警戒と不測の事態の発生に備えよという。抗議集会の開始は、午前八時ちょうどとのことだった。

「十五分前に着いていてください」通信担当は言った。「終わってバスがそちらを出発したのを確認した後、報告を」

この指示を聞いているあいだに、山岸明子は軽く頭を下げて、駐在所を出ていこうとした。

川久保はあわてて呼び止めた。

「三津夫くんが帰ってきたら、電話をください。何時でも」

しかしその夜、明子からは電話はなかった。

翌月曜の朝である。まだ川久保が自衛隊分屯地前にいたとき、所轄から連絡があった。

「志茂別町南七線、町道西十五号線付近で交通事故。バイク一台が路外転落しており、目撃者より連絡あり。運転者は死亡の模様。交通課が現地へ向かっています。川久保巡査部長も、自衛隊基地前警備が終わった後、現地へ回ってください」

川久保は確認した。

「運転者の身元は？」

「まだわかりません」

「了解」

警察車の運転席で地図を確認してみた。南七線と、町道西十五号線。ふたつの道が交差するのは、昨日、北志茂地区に行く途中に、川久保も通ったところだ。あの急カーブ付近ということになる。

川久保は顔を上げた。すでに死亡しているという運転者は誰だ？　まさか山岸三津夫ということはないだろうが。

現地に着いたのは、九時半すぎだった。すでに交通課が現場の検証にあたっていた。急カーブの途中であるが、二台の交通課の車両が道の脇《わき》に止まっている。一台はワゴン車だ。

黄色いバイクが、ワゴン車の後ろに立ててある。一見したところ、バイクにはほとんど損傷はなかった。泥さえついていないように見えた。

川久保は近づいていって、写真を撮っている若い警察官に訊いた。

「運転者はもう死亡？」

「ええ」警官はカメラを目から離して言った。「一応救急車を呼びましたが、救急隊員はその場で死亡を確認しました」

「バイクは、さほど壊れていないように見えるけど」

「そっちから走ってきて」と警察官は、町に通じる側の道路の先を指さした。「このカーブを回りきれずに、吹っ飛んだんでしょう。草むらの中に転がっていました。この町で盗難届けの出ていたバイクです」

「仏さんは、もう病院か？」

「ええ。死体検案書を書いてもらいますので。救急隊員の話では、頸椎《けいつい》骨折のようだったということでした」

「身元は？」

「運転免許証がありました。山岸三津夫って子です」

山岸三津夫。

ここにくる道々、その可能性を考えないでもなかった。しかし、彼は今朝までは生きていたのだ。そのあいだ、母親に連絡もせず、どこに行っていたのだろう？

「目撃者は？」

「この先の農家さんです。もう帰しました。ここを市街地方向から走ってきて、転がっているバイクに気づいたそうでした」

「母親がいるんだ。連絡したか」

「はい。免許証の裏に番号が書かれていましたから。直接広尾病院に向かったようです」

「一昨日から行方不明だったんだ。捜索願いも出ていた」

「ここに転がったままだったんでしょう。死後一日以上たっているとのことでしたよ」

「え」

川久保は驚きのあまり、ぽかりと口を開けた。死後一日以上、ここに転がっていた？

「まさか」

「どうしてです？」

「昨日、おれはここを通ってる。バイクは見なかった」

中年の警察官が近づいてきた。若い警察官が、広尾署の交通課課長代理だと紹介した。宮越という名だという。フルフェイスのヘルメットを手にさげている。

川久保は訊《き》いた。

「そのヘルメットは？」

宮越が答えた。

「仏さんの脇に落ちてた」

「脱げていたということですか？」

「転がったときに脱げたんだろう」

「フルフェイスのヘルメットが？」

「キャップ型のヘルメットならともかく、フルフェイスのヘルメットがそんなに簡単に脱げるものだったろうか。

「おかしい。ここは、ほんとうに事故現場なんですか？」

「何が言いたいんだ？」

「バイクは無傷みたいだし、ヘルメットが脱げている。第一、わたしは昨日の昼間、ここを通ってる。バイクなんて見ていない」

「バイクも仏さんも、草むらの中にあった。あんたは、ここを通過しただけだろう？」

「発見者だって、同じじゃないんですか」

「あっちは、四輪駆動車だ。目線が高い」

川久保は、現場をざっと見渡してから言った。

「四輪駆動車は、昨日だって何台も通っているでしょう。それが、きょうになって発見ですか」

「この急カーブじゃ、視線は道の先にしか向かない。脇を見てる余裕はないだろう」

「黄色いバイクが転がっていたら気がつく。現に、その目撃者は気づいたんでしょう？」

「たまたまだ」宮越はきつい調子で言った。「こんな単純な事故、交通課にまかせろ。ややこしいことにするな」

「しかし」

「口を出すなって」宮越は、川久保に指を突きつけてきた。「駐在は、駐在らしいことだけやっていたらいい」

若い警察官が、もうよしたほうがいいと言うように首を振ってくる。川久保は、喉《のど》まで出かかった抗議の言葉を呑《の》み下した。

山岸三津夫の通夜《つや》は翌日だった。いったん町立広尾病院に運ばれた遺体は、山岸明子が身元を確認、医師が死体検案書を書いた後、山岸明子に引き渡されたのだ。通夜は、町内の浄土真宗の寺で執り行われた。

川久保は、その慎ましやかな通夜に出席して焼香した。出席者は、近所の住人たちばかりとのことだった。せいぜい三十人ほどの数だ。

読経が終わるのを待たず、川久保は憔悴《しょうすい》した顔の山岸明子に黙礼だけして会場を出た。

いまとなっては、明子の美貌《びぼう》を意識しすぎたことが悔やまれた。いや、意識したのは、母子家庭だという彼女の事情のほうだったかもしれない。土曜日に防犯協会の会長たちから、駐在の器についての言葉など聞いたせいだ。かすかに自分の危険感知センサーが反応してしまったのだ。しかし本来なら自分は、地域の駐在警察官として明子にもっと親身になり、もっと詳しく事情を聞いているべきだった。おそらく。

寺の駐車場で警察車に乗り込もうとしたときだ。後ろの暗がりから、高校の制服を着た少女が出てきた。

「お巡りさん」

田代敬子だった。いましがたも通夜の会場で見かけた。

敬子は、何か言いたげに近づいてくる。

「どうかしたかい」と川久保は訊いた。

敬子は、左右に目をやってから、小声で言った。

「ミッちゃん、あの日の夕方、バイクを上杉くんのところに運ぶところだったそうです。きょう、学校で聞いた」

「どういうこと？」

「上杉くんが、バイクを盗んで農協の倉庫の裏手に隠していたらしい。それを上杉くんの家まで運べって上杉くんに命令されて、それでミッちゃん、そのバイクに乗っていったそうなんだけど」

「バイクは三津夫くんが盗んだものじゃないってことだね」

「ええ。ミッちゃんはそんなことしない。やるとしたら、上杉くんに脅かされたときだけ」

「ありがとう。お母さんにも話しておこう。すこしは慰めになるかもしれない」

田代敬子は、まだその場に立ったまま、川久保を見上げてくる。まだ何か、肝心のことを言っていないという顔だった。川久保は首を傾けて、田代敬子をうながした。

敬子は、脅《おび》えるように左右に目をやってから、小声で言った。

「ミッちゃん、上杉くんたちに殺されたんだって、噂《うわさ》されてます」

驚いている川久保をその場に残して、敬子はくるりと踵《きびす》を返すと、そのまま駐車場の外へと駆けていった。

翌日、火葬も済んだという時刻だ。駐在所にふらりと片桐が入ってきた。

「山岸三津夫、とんだ結末だったな」

川久保は言った。

「彼のことで、何か噂でも聞きましたか」

「いいや。三津夫もあそこまで行ってるとは意外だったって話は多い。バイクを盗んでたんだろう?」

「べつの情報もありますけど」

「可哀相《かわいそう》にな。上杉たちとつきあっていなければ」

「ところで、町営第二墓地って、どのあたりでしたっけ?」

「町営第二?」

片桐は、駐在所の壁に貼《は》られた町内地図に近寄って、その一点を指さした。

川久保はその位置を確かめた。南七線の道路沿いだ。あの急カーブと、上杉の住宅のちょうど中間あたりになる。周辺に農家が数戸あるようだ。

土曜日、あの騒ぎの通報にすぐ飛び出さなかったことを思い出した。通報者は、喧嘩かもしれない、と言っていたのだ。なのに自分は、防犯協会会長らに勧められるまま、酒を飲んでいた。

片桐は、川久保の横顔をちらりと見てから、駐在所を出ていった。


翌日は非番だった。広尾警察署の地域課から駐在所に応援がくるのだ。丸一日、休むことができる。川久保は当番の警察官に業務を引き継ぐと、自分の軽自動車で広尾警察署に向かった。私服姿である。

交通課のフロアに行ってみると、先日のあの若い警察官も、課長代理の宮越も在席していた。川久保は若い警察官に、山岸三津夫死亡事故の報告書を見せて欲しいと頼んだ。

若い警察官は、河野という名だった。河野は宮越に顔を向けた。やりとりを聞いていた宮越は不愉快そうな顔ではあったが、拒むことはなかった。

報告書によれば、事故の通報者は、先日も聞いたとおり、近所の農家の男性だった。町から南七線を西に向かって走っているときに、路外に転落していたバイクを発見したのだ。車を停めて降りてみると、バイクの横にひとらしきものが転がっている。男性は道を降りて草むらを歩き、死んでいる山岸三津夫を発見した。

署が通報を受けた時刻は、月曜日の朝七時四十五分だ。二十二分後に現場に広尾署の警察車到着。その一分後、救急車到着。

午前八時十分、救急隊員が山岸三津夫がすでに死亡していることを確認。同十五分、発見した男性は現場を離れた。

現場の見取り図と写真が十四枚、報告書に添付されていた。

山岸三津夫は、草むらの上に仰向けになっている。死後硬直があったという。遺体のすぐ脇《わき》にヘルメットが脱げており、遺体の頭から一メートル五十センチの位置には、眼鏡があった。また、遺体のそばから、バイク用のグラブも見つかっている。

川久保は写真を丹念に繰り返し見つめた。

あまり長いこと見つめていたせいか、河野が不審そうな声で訊いた。

「おかしなことでもありますか？」

川久保はうなずき、写真をひとつずつ示して言った。

「このあいだも言ったけど、路外転落でどうしてフルフェイスのヘルメットが脱げる？」

若い警察官は答えた。

「派手に転がったんですからね。そういうこともあるでしょう」

「こっちの眼鏡は、ツルが畳まれている。事故で吹っ飛んだ眼鏡は、ツルが畳まれるか？」

「何かの拍子で、そうなることはあるでしょう」

「手袋を見ろ。この子は、路外に転がって頸椎《けいつい》を折ったあと、自分で手袋を脱いだことになるぞ」

「即死じゃなかったのかもしれません」

「ヘルメットに眼鏡に手袋。最初から身につけていなかったんじゃないのか」

「何を言われているのか、よくわかりません」

「死体は、運ばれてきてここに捨てられたんだ。バイクもヘルメットや眼鏡も、運んできた誰かが適当に散らばした。現場はここじゃない」

「誰が何のためにそんなことをするんです？」

「こいつは交通事故じゃないんだ」

「死因は頸椎骨折ですよ。バイク事故じゃ、珍しくないでしょう？」

「柔道をやる人間なら、頸椎骨折でひとを殺すこともできる」

「殺人事件だと言っているんですか」

そのとき、宮越から厳しい声が飛んだ。

「よせ。ここでいい加減な話をするな」

川久保は宮越のほうに目を向けた。宮越はデスクの上に上体を傾けている。こっちへこいと呼んでいるように見えた。

川久保がデスクの前に立つと、宮越は言った。

「交通課が、事件性はないと判断したんだ。だいいち、きみは交通課が到着したとき、現場にきてもいなかった」

「少し遅れて到着しましたが、あの時刻、べつの場所に行っていろという指示だったんです」

「いずれにせよ、現場を知らんのだろう？　無責任に言うな」

「再捜査が必要です。これは交通事故じゃありません」

「単純な事故だ。バイク窃盗犯が、急カーブを曲がりきれずに吹っ飛んだ。草むらに落ちたんで、発見は一日遅れとなった。それだけだ」

「いいえ、これは」

宮越は、怒鳴るように言った。

「もういい。この件は処理ずみだ。広尾署としては終わった。逸脱は許さんぞ。不服なら再捜査願いを出せ。市民のひとりとしてな」

「どうしても再捜査を要求するなら、北海道警察本部を辞めろ、という意味だった。

川久保は大きく息を吸い込んだ。その二者択一で迫られたなら、自分にはまだ覚悟はできていない。引き下がるしかなかった。そして、いま引き下がるということは、宮越の処理を承認したということだった。

その日、志茂別の駐在所に戻ってから、川久保は交代勤務に当たってくれた地域課の警察官に訊《き》いた。

「交通課の宮越って、前から交通畑のひとかい？」

相手は答えた。

「いいえ。今年の三月まで、旭川方面本部の施設課に長くいたひとですよ。その前は、函館で防犯総務のはずです」

「交通課は？」

「初めての部署だと聞いています」

つまり、交通事故の現場など何も知らない男が、あの判断を下したというわけだ。あのあつものに懲《こ》りてナマスを吹いた大人事異動の結果の、じつにわかりやすい弊害がここに出てきたということになる。

川久保は相手に言った。

「今夜は、飲みに出る。朝まで、頼むな」

相手は言った。

「駐在所勤務となると、普段は一杯ひっかけることもできませんものね。どうぞ、ごゆっくり」

川久保はその夜、町に三軒だけある居酒屋のひとつで、したたかに飲んだ。久しぶりに泥酔《でいすい》して蒲団《ふとん》に倒れこむほどにだ。翌朝、通常勤務に戻ることが、かなり辛《つら》かった。

山岸三津夫の交通事故死については、明子もけっきょく受け入れたようだった。二度と相談にくることもなかったし、恨み言も言ってはこなかった。周囲に捜査への不満をもらしていたとも聞かない。何度か道ですれちがったときも、彼女はかすかに寂しげな微笑を向けてくるだけだった。

その年の、町の神社のお祭りの日、川久保は上杉とその取り巻き連中の顔を初めて見た。あれがそうだ、と、神社の境内にいた片桐が教えてくれたのだ。

上杉は、想像していた以上に大柄な少年だった。いかにも柔道をやっていた少年らしい体格で、猪首《いくび》で肩幅が広かった。戸沼と福島というふたりの少年を従え、屋台のあいだを歩いていた。

その人ごみの中で、田代敬子を見た。彼女も友人らしき女の子数人と歩いている。上杉たちとすれちがうとき、上杉が敬子に何か声をかけたように見えた。敬子は、電気に打たれたかのように身をすくめ、小走りになって上杉たちから離れた。敬子の友人たちも、同じような表情で敬子を追っていった。

上杉は、しばらくのあいだ、敬子の後ろ姿を目で追っていた。遠目ではあったが、川久保は上杉のそのときの表情から、彼が敬子の後ろ姿に何を見ているのか、はっきりと想像することができた。

川久保は、敬子たちが完全に境内を出るまで、そして上杉らが彼女たちを追って行かないと確認できるまで、その場から動かなかった。

九月になったころ、つまり川久保の駐在所勤務も六カ月目に入った時期だ。川久保は、知り合いになったふたりの人物が、町からいなくなったことに気づいた。ひとりは山岸明子で、もうひとりは田代敬子だった。

気づいたあと、川久保は福祉会館の娯楽室に片桐を訪ねて、それとなく訊いた。

「山岸さん、最近見えなくなりましたね。Aコープのレジにもいない」

片桐は、そんなことも知らないのか、とでも言うような目で言った。

「引っ越したよ。足寄《あしょろ》の実家に帰ったんだ」

「それは知りませんでした。最近？」

「ああ。先々週かな。三津夫のことが、やはりそうとうにショックだったんだろう。仕事を続ける気力もなくなったらしい。それで、親御さんが呼びもどしたんだ」

川久保は、山岸明子がときおり自分に見せた表情を思い出した。耐えることを決意した女性の、しかしいくらかは無理も感じられる寂しげな微笑。

川久保は言った。

「そういえば、田代さんのところの高校生もみませんね」

「あの子は、転校した。札幌の親戚《しんせき》の家に行って、向こうの私立高校に入ったそうだ」

「転校？」

片桐はすっと目をそらしてうなずいた。

「そう」

「両親はこっちにいるのに？」

「そうだ」片桐は、逆に訊いた。「こっちには、もう慣れたか」

「なんとかね。五カ月もたちますから」

「ろくに事件もなくて、楽だろう」

川久保は、それが皮肉なのかどうかを考えた。お前は五カ月もここにいて、この町で何が起こっているのかも見えていないのかと、そう言われているようにも感じた。

「おかげさまで」

片桐は、もう何も反応しなかった。無表情に碁盤を見つめている。川久保は制帽のつばに軽く触れてから、福祉会館を出た。

その夜、川久保は札幌の自宅に電話した。娘たちと妻の声が無性に聞きたくなったのだ。妻子の屈託のない明るい声を、その夜のうちに確認したかったのだった。

最初に電話を取ったのは、年長の娘だった。彼女は愉快そうに言った。

「お父さん、ホームシックね。やっぱり単身赴任って、さびしい？」

「あたりまえだ」と、川久保は答えた。「次の連休が待ちきれないぐらいにさびしい」

「そのうちあたしが車に乗るようになったら、毎週でも行ってあげる」

「そんなに長くはいないさ。何か変わったことはないか？」

「何も。夏に会ったばかりじゃん」

「何かあったら」と川久保は言った。「すぐお母さんに相談するんだぞ。お父さんの携帯に電話するんでもいい。なんでも相談しろよ。すぐにだ」

「どうしたの？　お父さんこそ何かあった？」

「いや、お前たちのことを考えているだけだ」

「何か事件なの？」

「いや、そういうことじゃない」

「待って。お母さんに替わる」

川久保は、妻にひとり暮らしのあれやこれやについて話し、さらに年下の娘のほうと学校の様子を話題にした。

川久保は、年下の娘にも言った。

「何かあったら、すぐに電話するんだぞ」

電話を切ってからもしばらく、川久保は携帯電話を畳まずに、手に握ったままでいた。

妻か娘たちのどちらかから、お父さん、じつは、という電話があるかもしれないという想いが残ったのだ。もちろんそれを期待したのではない。案じたのだ。一分間そのままでいた後、ようやく川久保は、携帯電話を畳むことができた。

九月末の土曜日、農協の収穫祭が近づいてきたころだ。駐在所に、所轄署《しょかつ》から交通事故の連絡が入った。南七線の急カーブで、車同士の正面衝突があったという。通報してきたのは、通りかかったトラックのドライバーとのことだった。

川久保はすぐに現場へと向かった。午後の六時半だった。とうに日は落ちているが、まだ空にはかすかに明るさが残っている時刻である。

現場には、二台の車両が、道の左右にそれぞれ路外転落していた。カーブの内側に転がっているのは、アルミ箔《はく》を丸めたような軽自動車。反対側の路外にあるのは、トヨタの高級セダンだった。こちらも大破だ。エンジン・ルームは完全に潰《つぶ》れている。一台のトラックが脇に停まっていて、川久保が着くと、ドライバーが駆け寄ってきた。

ドライバーは言った。

「軽自動車の中にひとりいる。完全に死んでるみたいだ」

川久保は訊いた。

「知ってるひとか」

「ああ」近所の農家の主婦だという。「顔はよくわからないけど、あの軽はまちがいないよ」

「こっちは？」

「怪我《けが》をしてるけど、息はあった。ただ、動かしていいものかどうかわからなくて」

「知ってる顔かい」

「上杉のとこの昌治だよ。無免許のはずだけど」

上杉昌治。あいつか。

川久保はドライバーに言った。

「あんたの車を動かして、あのセダンのほうにライトを向けてくれないか」

「いいよ」

ドライバーは自分のトラックに駆けていった。

川久保はまず、軽自動車を確かめた。懐中電灯を向けると、たしかに運転席の女性はもう死んでいるようだ。身体《からだ》は押しつぶされている。即死だったろう。

川久保は道を横断すると、草原に半分突き刺さるような格好で停まっているセダンに近づいた。セダンのフロントグラスは割れており、運転席では上杉昌治がぐったりとしている。頭から胸にかけては、真っ赤だ。シートベルトはしておらず、下半身はつぶれたエンジン・ルームとシートとに挟み込まれているようだ。

川久保はガソリンの匂《にお》いをかいだ。わずかなものだ。爆発の心配はないだろう。運転席のドアは半開きになっていた。川久保はドアを無理にひきはがすように開けた。上杉昌治が、かすかに目を開けた。意識はあるようだ。

「心配するな」川久保は頭だけ運転席に入れると、優しい調子で言った。「助かるよ。すぐに救急車がくる」

エンジン・キーをオフにして、上杉昌治の身体に手をかけた。うっと上杉はうめいた。

引っ張りだそうとしたが、脚がつぶれたエンジン・ルームとシートとのあいだにはさまっている。

「痛い」上杉は言った。「痛いよ」

かなりしっかりした声だ。助かるだろう。

川久保はもう一度上杉の傷の具合を見た。ガラスの破片で切ったのか、顔じゅうに切り傷がある。左耳の後ろからは血がかなりの勢いで流れ出ていた。動脈が切れているのかもしれない。止血は早いほうがいい。遅くとも、あと三分以内に。

川久保は、もう一度上杉の身体に手をかけ、引っ張りだそうとした。

「痛い」と、上杉はか細い悲鳴を上げた。動かしたとき、血の噴出の勢いが激しくなった。

川久保は、上杉に顔を近づけると、耳元でささやくように言った。

「いま、麻酔を射《う》ってやる。痛みがなくなるぞ」

もちろん、警察官が麻酔薬など用意しているはずもなく、それができる法的根拠もなかった。

しかし上杉は言った。

「早く」

「待て。ひとつ教えてくれ」

「早く、麻酔を」

「山岸三津夫を絞めたか？」

「山岸？」

「ああ。山岸三津夫を絞めたか？　あの日、墓地で絞めたか？」

「痛い。麻酔を」

「すぐ射ってやるって。山岸を絞めたんだな？　うなずくだけでいい。絞めて殺したな？」

上杉は苦しげに細目を開けた。それを答えるべきかどうか、混濁しかけた意識で考えているようだ。

川久保はもう一度、自分でも気色悪いと思えるだけの優しい声で訊いた。

「絞めて、殺したな？」

上杉はうなずいた。はっきりと、二回。

「わかった」

川久保は上杉の肩に手を回し、力まかせに手前に引いた。上杉は、言葉にならない悲鳴を上げた。川久保は構わず、手荒に上杉を引っ張りだそうとした。しかし上杉の身体は、つぶれた運転席にはさまれて出てこない。

川久保は、いったん上杉から離れて叫んだ。

「手伝ってくれ。助け出す」

それからもう一度、千切《ちぎ》れるなら千切れろという勢いで上杉昌治の身体を引っ張った。上杉はいま一度嗚咽《おえつ》を上げて、気を失った。側頭部からの血の噴出は、まだ収まっていない。

トラックの運転手の足音が近づいてきた。

川久保は、上杉の身体をなお懸命に引っ張りながら叫んだ。

「手伝ってくれ。もうちょっとだ。引き出せる」

運転手が川久保の脇《わき》に立って、上杉昌治の身体に手をかけた。

救急車と警察車の到着はほぼ同時だった。川久保がこの現場に着いたときから、十四分後である。

駆けつけてきた救急隊員は、運転席にはさまれたままの上杉昌治の身体を診て、すぐに言った。

「死んでます。どうやら失血死。いや、失血によるショック死かな」

交通課課長代理の宮越が、川久保と上杉昌治を交互に見つめながら訊いた。

「誰だって？」

川久保は答えた。

「上杉昌治。高校生」

「死んでたのか？」

「いえ。着いたときは、息はあった」

脇から、トラックの運転手が言った。

「助け出そうと、おれもお巡りさんを手伝ったんです。だけど、手遅れでした」

興奮した口調だった。

宮越は、いまいましげに周囲に目をやって言った。

「くそっ。よりによって、おれがきて半年で交通事故死三人とはな。管内最悪の数字だ」

川久保は首を振って言った。

「いいや。交通事故死ふたり、殺人がひとつですよ」

宮越は首を傾《かし》げて言った。

「まだあの件、こだわってるのか」

「ええ」

川久保はうなずいてから、その場を離れた。あとの処理は、交通課にまかせておけばよい。もう駐在警察官の出る幕ではないのだ。このあとおれがやるべきは、事故死者の家族に事故を連絡し、お悔やみの言葉を伝えることぐらいか。つけ加えて、こういう事情だから現場にきて身元を確認して欲しいと。

道路まで歩いて振り返った。

宮越が、まだ川久保を見つめていた。その顔には、驚愕《きょうがく》と疑念とがないまぜになったような表情が浮かんでいた。どうやらようやく、おれのいましがたの言葉の意味に思い至ったようだ。

川久保は立ち止まり、宮越の視線を受け止めて見つめ返した。

交通事故死ふたり、殺人ひとつ。

おれはそれで、自分を納得させるつもりだ。お前はどうだ？

大根の花

柴田よしき

柴田よしき（しばた・よしき）

一九九五年、『ＲＩＫＯ―女神の永遠―』で横溝正史賞を受賞し、デビュー。ハードボイルド、本格ミステリーから伝奇小説、オフィス小説まで幅広い作風を誇る。『炎都』『残響』『ワーキングガール・ウォーズ』『水底の森』『シーセッド・ヒーセッド』などの著書がある。

1

「絶対にガキの仕業だね」

今津はコートの襟を立て、北風の中に頭を低くしながら言った。

「最初っから少年係にやらせりゃいいんだよ、こんなのはよ。なんで俺らがやんないとなんないのよ、ったく」

龍太郎《りゅうたろう》は何も言わず、頷《うなず》くでもなく、今津の後ろから歩いていた。確かに、感触としては犯人は少年だ、という気がする。少年事件はデリケートな部分が多い。専門家に任せないと、マスコミや世間から非難されるようなことにもなりかねない。だが署の少年係は、管内で起こった対立する暴走族同士の喧嘩《けんか》で死人が出てしまった事件の捜査にかかりきりで、犯人が少年かどうかはっきりしない段階で、今度のような小さな事件に人手を割いてもらえる可能性など最初からない。今津の愚痴は、龍太郎が聞いてやる以上の意味を持たない。

龍太郎は今津が嫌いではなかった。刑事になって最初に組んだ先輩としては、なかなか理想的な相手だと思っている。今津は短気でもなく呑気《のんき》過ぎるということもない。目下の人間に対して無意味に威張りくさるような小ささもなければ、大言壮語して部下を戸惑わすような中身のない肥大した自己の持ち主でもなかった。適度に小市民で適度に生真面目《まじめ》、適度に論理的で適度に感情的。所轄《しょかつ》の刑事としては典型的なのかも知れないが、仕事によく馴染《なじ》んだ柔軟性が、オブラートのように芯《しん》の気の強さを包みこみ、テレビドラマの人情派ベテラン刑事のような安定した雰囲気を醸《かも》し出している。高卒から叩《たた》き上げ、機動隊で安保をくぐり抜け、学生の投げた火炎瓶で手の甲を焼かれた傷と、強盗殺人の犯人と格闘して背中を刺された傷とを背負って、定年まであと数年。階級は巡査部長どまり、もう面倒なので今さら昇進試験など受ける気はないと言う。それでも、所轄で巡査部長ならばノンキャリアには御の字なのだ。定年まで昇進試験に受からず、年功序列の恩情で巡査長という形だけの階級に昇進させてもらい、それで終わる者は数多い。

「龍さん、あんたは試験、頑張んなよ。大卒なんだし、剣道でそんだけ有名なんだから、さっさと警部補まで昇ってりゃ、警部《オブケ》の目もある。オブケになりゃまがりなりにも管理職だよ、定年後の生活が違う」

今津は一日に一度は同じ話を繰り返す。

「俺もそろそろ、定年後のことを考えないとなんないからなあ。先輩で警備会社にいったのが何人かいるから、まあそのあたりだな。上の二人は女の子なんで、なんとか定年までに短大くらいは出してやれそうなんだが、いちばん下がなあ、男でしかも、まだ中一なんだよ。大学まで出すとなると、あと早くても九年もある。定年でのほほんと年金生活ってわけにはいかんもんなあ。だけど俺自身高卒でさ、やっぱり大学出てりゃなあと思うことは多かった。俺に似てあたまの悪い息子なんだが、それでもどっかに押し込んで、とりあえず学士様って状態にしておかんとなあ、親としての義務が果たせないような気がしてな」

今津に限らず、定年まで数年と迫った所轄の警察官はみな、似たような愚痴を毎日のようにこぼしている。龍太郎自身はまだやっと二十五になったばかり、定年間近になった自分の姿など想像しようとしてもあまりにも漠然としていて、想像し切れない。それでも子供の進学の話になれば、自分を子供の身に置いて考えてみることはできた。

龍太郎には二歳違いの弟がいる。一年浪人して大学に入ったので、やっと今年、就職したばかりだ。龍太郎より幼い頃から成績が良く、大学も国立を出て就職先はそれなりに名の通った企業だった。それでも、浪人生活も含めて進学にかかった費用は馬鹿《ばか》にならなかったろう。龍太郎にいたっては、高校から私学だった。剣道の強い高校を選んだ結果だったが、大学では奨学金を受けていたとはいえ、父親が早く亡《な》くなっていた家の経済状況からすれば、かなりきつい。それでも、交通事故死した父親の生命保険は、龍太郎と弟の学費のために全額貯金されていたので、二人とも大学まで出ることができた。母は強く、賢明だった。自分も社会に出て、今津のように親の立場で言葉を発する人々と交わって、やっとそのことを理解した。そして自分には、そうした親の強さ、親の意地のようなものがはたして持てるのかどうか、そう考えると心もとなかった。

親になること、それどころか、家庭を持つことすら、今の龍太郎には考えられないことだった。

女性と結婚して築く家庭。

清潔な衣類と片付いた部屋。

用意された温かな食事。

子供の笑い声。

おまえは無理してるんだ。

耳の中に、その男の声が聞こえる。

無理してる。

門前仲町の商店街は懐《なつ》かしい匂《にお》いで満ちている。ラーメンの匂いや餅《もち》菓子の匂い、屋台の焼き鳥の匂い、それに様々な人の匂い。永代《えいたい》通りは幅のある通りなので、反対側の商店までは距離があるのに、どちらの側の喧噪《けんそう》も空気の濁りも、同時に鼻に染込《しみこ》んで来る気がする。もともと下町育ちの龍太郎には馴染みのある、安心できる空気だった。

その商店街から数十メートル北に入った路地で、事件は起こった。小さな事件だった。誰もまだ怪我《けが》したわけでもないし、死んでもいない。が、放置しておくのは危険だと今津も龍太郎も感じている。

路地に面して並べていた植木を壊された、と交番に最初の届け出があったのは半月ほど前のことだった。その時は地域課が処理をした。壊されたのは盆栽の植木鉢が数個、中にひとつだけそこそこ高価な盆栽が含まれていたので被害金額は十万円ほどになったが、それがなければ数千円の被害、酔っぱらいが通りすがりに植木鉢を蹴飛《けと》ばしたのだろうと判断され、それきりになるような事件だった。だがどんな小さな事件でも、続けて似たような事件が頻発すれば、その背後に歪《ゆが》んだ犯人の心が透けて見えて来る。

最初に交番に被害が届けられた家から十数メートル北に進んだところにある家が、第二の被害届を交番に出したのが三日後。壊されたのはやはり、玄関先に出されていた植物の鉢だった。今度は盆栽ではなく鉢植えの山茶花《さざんか》と沈丁花《じんちょうげ》。いずれも苗から育てて四、五年は丹精込めて可愛《かわい》がられていた鉢で、この冬も山茶花は旧年の内から可憐《れん》な花をつけ、沈丁花もぼちぼち蕾《つぼみ》ができかかっているところだった。大きな瀬戸物の鉢が無惨《むざん》に割られ、ひきずり出された山茶花の幹は途中で踏み付けたように折られ、沈丁花も枝がほうぼうで折れていた。めったやたらと足で踏みにじった、そんな有様だった。

交番から現場写真がまわって来て、器物損壊事件として捜査がされることになったが、龍太郎と今津のところにお鉢がまわって来たのは、三件目の被害届が出てからだった。今度は草花だった。もうじき花開くことを家人も楽しみにしていたというラッパ水仙のプランターがひっくり返され、すべての水仙が土から引っこ抜かれて踏《ふ》み潰《つぶ》されていた。桜草の鉢三個も同様の被害を受け、どちらも再生不可能だった。

悪意があった。

明らかな悪意。酔っぱらいがやったというのではない。正気を保った人間が、自分のしていることを認識した上で行った破壊行為だった。だがそれだけだったら、たぶん、今津のように凶悪犯罪のエキスパートである男が捜査を担当したりはしなかっただろう。三件目の事件では、壊されたのは植物の鉢だけではなかったのだ。

被害を受けた家は、一階に車庫があった。草花の鉢は、玄関のある二階へとのぼる階段に並べられていた。そして、車庫の中には乗用車が一台と自転車が二台、それに三輪車が一台、収納されていた。その三輪車のビニール製のサドルが、鋭い刃物でずたずたに切り裂かれていたのである。

三輪車から即座に連想されるもの、それは、子供だ。

切り裂かれていたのが三輪車のサドルだけで、自動車や自転車は無傷だった点が問題になった。花の鉢を壊し、花を踏み潰すこの犯人は、同時に、子供に対しても悪意を持っている？　花と子供。無垢《むく》と可憐とを具体化し、他人から愛をふんだんに受け取る存在。そうしたものを憎悪《ぞうお》するひねくれた心の存在は、危険だった。小動物を虐《ぎゃく》待《たい》する者がやがて子供や女性に危害をくわえるようになる可能性が高いことは、これまでの犯罪の歴史が雄弁に物語っている。それと同じで、花を憎悪する者は、人々に愛されるものすべてを憎悪する可能性がある。たまたま、半年ほど前に隣接する管轄区域で猫殺しが頻発し、その直後に中学生の女子生徒を狙《ねら》った通り魔傷害事件が起こった。捕まった犯人は、猫殺しも自供した。

そのことがあったので、万が一に備えて、という理由で、今津がこの連続器物損壊事件の捜査にあたることになった。そして龍太郎も、教育係である今津にくっついてこの捜査に専任することになったのだ。

最初に被害を届けた家は、川北、といった。両親に二人の子供とその祖父母の六人家族で、祖父母は永代通りに面した店で靴屋を営んでいる。子供たちの父親はサラリーマンで、新橋にある文房具卸し会社に勤務し、その妻は家事を切り盛りしながら靴屋を手伝い、子供たちは二人とも地元の小学校に通っていた。壊された盆栽はどれも子供たちの祖父のもので、二十年近く、細々と楽しんで来た趣味だった。近所の評判もそれとなく聞き込んだが、商店街の雑務も嫌がらずにこなすとなかなか評判が良く、少なくとも、誰かに恨まれているという情報は得られなかった。

「おじいちゃんが可愛がってた盆栽なのに」

三十代後半の嫁は、憤懣《ふんまん》やるかたない、という顔で言った。

「あんなひどいことってないですよ、ほんとに。警察は被害金額なんて問題にしてましたけどね、お金のことじゃないんです。いちばん高いのはデパートの即売会で買った赤松だけど、それよりもあの桜とか、姫りんごの方がおじいちゃんには可愛かったんですよ。縁日の屋台で買った、素性もたいしたことないものだったらしいですけどね、もう十年以上も手塩にかけて育てて。年寄りのささやかで綺麗《きれい》な趣味じゃないですか。誰にも迷惑かけてたわけじゃないし、どうしてあんなひどいことされないとならないのか、ねえ刑事さん、たかが盆栽だなんて思わないで、必ず犯人を捕まえてくださいね。頼みますからね！」

喋《しゃべ》らせておくとどんどん興奮するタイプなのだろう、今津は辛抱強く神妙な顔で頷き続ける。もう何度も警察が話を訊《き》いている相手だったが、それでも同じ話を繰り返すうちに記憶が甦《よみがえ》って、思いもかけない事柄が飛び出して来る可能性だけは捨てられない。

「このあたりの路地は、みなさん、何か鉢植えを置いてらっしゃるじゃないですか。こんな下町のごみごみした場所で、庭もない家ばかりだからこそ、せめて鉢植えくらい楽しみたいんですよ。このあたりを歩いてね、あ、誰それさんとこの沈丁花は蕾がついたなあとか、誰それさんとこの椿《つばき》は小振りで上品だわ、とか、そういう会話をするのが地域の楽しみなんです。うちだけが被害に遭ったんだったら、酔っぱらいのやったことだと諦《あきら》めもつきますけどね、何軒も続けてやられてるって話じゃないですか！　こういうのって暴力ですよね？　何もしてない一般市民に対する、立派な暴力じゃないんですか？　被害金額がいくらかなんてことが問題じゃないんですよ、心の問題なんですよ。花を踏みつけたり鉢を壊すなんて、はっきり異常ですよ。ほっておけば花だけで収まらないわ、きっと。加藤さんとこなんか、お子さんの三輪車が壊されていたらしいじゃないですか！　次は子供に危害がくわえられるかも知れないんですよ、もう悠長に構えている場合じゃないんじゃないですか？　うちだって税金はちゃんと払ってるんだし、これまで警察にご迷惑をかけたことは一度もないんだし……」

龍太郎は、その路地を見つめた。確かに川北家の嫁の言葉通り、軽乗用車一台が通れる程度のその路地には、玄関先に鉢植えやプランターがずらりと並んでいる。路地は私道で、十年ほど前までは舗装もされていなかったらしい。ずらりと並んだ鉢植え。

「犯人は、無作為に選んで壊したんですかね」

龍太郎は、川北家から離れて二軒目の被害者、菅原家に向かう十数メートルの間を、今津の背中を見つめて歩きながら呟《つぶや》いた。

「他にもたくさん鉢植えがあるのに」

「どうかな」

今津が応《こた》えた。

「酔っぱらいだって何かをする時に、酔ったなりの理屈は持ってやるもんだ。ただ酒が醒《さ》めた時、その理屈が思い出せないだけなのさ。犯人が何か明確な選択基準でもって、壊す鉢を選んでたとしても俺は驚かないがね。それより龍さん、気になるのは音のことなんだが」

「音、ですか」

「うん……今の川北さんとこの盆栽が壊されたのは、深夜の一時から朝六時までの間だ。ご亭主が地下鉄の終電で帰宅したのが一時少し前、その時玄関の盆栽は壊されていなかったと証言してる。朝は六時頃、新聞配達がこの路地を通って、その時点で玄関の盆栽が割れてることには気づいていた。六時半に家人がやはり確認してる。この路地には車は入って来ないし、深夜に人通りが多いようなところでもない。どうだろう、真夜中だとかなり静かなんじゃないかと思うんだが」

「静かでしょうね……そうか、だとしたら、盆栽を壊した音に誰かが気づいてもよかった」

「家人はぐっすり寝ていたとしても、周囲の家の誰ひとりとして音に気づかなかったというのは不思議だろう？」

「つまり、犯人は音をたてないように細心の注意を払ってことを行ったってことですか……だとしたら」

「酔っぱらいって線は消えるだろうな。盆栽の鉢はすべて陶器だった。他の被害も、プラスチックのプランターを除けば素焼きか陶器の植木鉢に植わっていたものばかりだ。割る時に音をたてないようにするには、布か何かにくるんでハンマーでこつこつ叩《たた》くとか、そういう工夫が必要だろう。酔いにまかせて蹴飛ばしたとしたら、かなり派手な音をたてただろうからな」

「布やハンマーを用意していたとなると、行きずりの酔っぱらいということはあり得ない。計画的な犯行ってことになりますね」

「三輪車のサドルを切り裂いたのはカッターのような刃物だ。ハンマーとカッターを持って深夜に町をうろついてるとなると、小さな事件とばかり言ってはいられなくなるな」

「しかし、計画的な犯行となると、やはり家を選んだ基準があるんですかね」

「それはわからん。植木鉢を壊す、という犯行そのものは計画的だったとしても、ターゲットは誰でもよかった、ということだってある。通り魔殺人はだいたいの場合、凶器を用意して逃走経路も準備した計画的犯行だが、被害者の選択は行き当たりばったりだ。それと同じってこともあるよ。その場合、我々が知りたいのは、犯人がその犯行を行った理由だ。今度の場合も、どうして植木鉢を壊して植物を傷《いた》めつけないとならなかったのか、そこがいちばんの問題になるな」

「それがわかれば犯人が割れますか」

「いいや」

今津はにやりとした。

「そういうのは推理小説の場合だ。現実の事件は逆なんだよ。まず犯人を捕まえる。それから犯人に理由を訊《たず》ねる。そういう順番でないと解決しないもんさ。そして犯人を捕まえる決め手は、推理じゃなくて証拠だ」

反論する気はなかった。今津の言っていることは、おおむね、正しいと龍太郎も思う。ただ、捕まえた人間が本当の動機を話してくれるかどうかについては、少ない経験の中ですでに懐疑的になっていた。それこそ小説の中に出て来る犯罪者のように、取調室で犯行の動機をぺらぺら解説したり、胸の中にしまいこんでいるものをすべて吐き出してくれる者などはこれまでひとりも見たことがない。犯罪を犯した者たちは、嘘《うそ》をつくか黙るか、話すにしてもこちらが訊いたことに答えるだけで、なぜそんな犯罪を犯してしまったのか、その本当の理由、本当の気持ちを教えてくれることはなかった。そして警察も検察も、果ては裁判所にしても、必要なのは本当の動機、本物の理由ではなく、罪状にふさわしい妥当な説明だけなのだ。

鉢植えを壊した犯人もまた、たぶん、そうだろう、と龍太郎は思う。捕まえてみても、何か妥当な説明をつけて罪が確定してしまうだけで、どうして盆栽や花を傷つけなくてはならなかったのか、その本当の理由はわからないまま終わるのだ。

二軒目は路地のほぼいちばん奥、少し広い東西の道に出る角から一軒だけ手前のところにあった。四十代の夫婦と、妻の母親の三人暮し。母親は門前仲町の甘味屋にもう三十年近く勤めていて、夫は品川の家電メーカーに勤務、家にいるのは妻ひとりだった。夫婦の間には高校生の子供がいるらしいが、アメリカ留学中だという。従って、ここでも話をしてくれたのは主婦だった。川北家の嫁、香苗《かなえ》よりはいくぶん控え目というか陰気な表情をした菅原啓子は、それでも植木のことになるとまなじりを吊《つ》り上げ、今にも泣き出しそうな顔で言った。

「こんなにひどいことってあるんでしょうか。いったい、うちがよそ様に何をしたっていうんです？　川北さんのところのおじいちゃまが大切にされていた盆栽も被害に遭ったそうですが、うちだって、盆栽のようにお値段の張るものではないにしても、家族の一員のように可愛《かわい》がって育てていたものなんですよ。あの山茶花《さざんか》はわたしが実家から持って来た山茶花の枝を挿し木して育てたものなんです。手間ひまかけて、やっと毎年綺麗な花をつけるようになったところだったのに……沈丁花《じんちょうげ》だって、毎年毎年、あの香りが楽しみで、あれの匂《にお》いがすると、ああもうすぐ春が来るな、なんて思ったりして。おわかりでしょう？　植物だって家族なんです。それをあんなひどいことをされてしまって、わたし、もう悔しくて悔しくて……」

「わかります、わかります。いえ、わたしの妻も花を育てるのが趣味なんですよ」

「あら、奥様もですか」

「ええ。何しろご承知のように警察というのは薄給です、金のかかる趣味などは持てません。家もマンションでベランダに植木鉢を置くのがせいいっぱい。それでも、妻はせっせと花に水をやることで、わたしが仕事にかまけて相手をしてやらないことの不満を慰めているようですよ。花が育つのを見ていると、ささくれていた心が静まるとか言いましてね」

菅原啓子は、何度も頷《うなず》いた。

「よくわかりますわ……わたしだってそうなんです。こんな下町の、小さな家だってわたしにはお城なんです。それをなんとか守ろうと必死です。ストレスだってあるんですよ。つまらない日常生活でも、細々とした悩みはあるものなんです。娘も遠くに行ってしまって、愚痴を聞いてくれるのはあの山茶花と沈丁花だけでした。二本とも、わたしにとってはかけがえのないものだったんです」

啓子はとうとう、エプロンのポケットからタオルハンカチを取り出して目をおさえた。

龍太郎は不思議な気持ちでその様子を眺めていた。

花。たかが花ではないのか。

花が嫌いなわけではない。美しいものは美しいと思えるし、花を育てたり飾ったりする心はいいものだと感じている。だが、龍太郎にとって、花は花だった。植木は植木でしかなく、盆栽は所詮《しょせん》、盆栽だった。壊されたり潰《つぶ》されたりすれば怒りは感じるだろう。あるいは無惨《むざん》だなと思い、あるいは、生き物を大切にできない犯人の心根に恐怖を感じることもあるだろう。しかし、こうやって人前で泣くほど強い愛着を、自分は抱けるのか。

龍太郎は、思春期の頃からか、自分が周囲の人間に比べて冷淡なのではないか、という思いにとらわれることがあった。同年代の子供たち、少年たちが喜怒哀楽を全身で表現してはねまわっているのに比べて、大声をあげて泣いたり喚《わめ》いたり、笑ったり、ということが自分には少ない。悲しくないわけでも、悔しくないわけでもなかった。嬉《うれ》しいことやおかしいことはたくさんあった。心の中に喜怒哀楽の波がたっているのは意識できた。感情的な欠落、情感の欠如といった異常があるわけではないのはわかっていた。が、それでも、自分と周囲との、ひとつの物事に対する温度差のようなものが、龍太郎を戸惑わせ、懐疑的にさせることがままあった。何事にも熱くなれない、すべてを投げ捨てて熱中することのできない、自分。唯一《ゆいいつ》剣道だけには、すべてを捧《ささ》げて後悔しないと思っていた時期もあった。が、それも、社会に出て、剣道だけでは生きていけないと悟ってしまったと同時に、趣味のひとつ、自分の人生を彩《いろど》る要素のひとつへと気持ちが沈静してしまったのを感じている。少なくとも今の龍太郎にとっては、剣道の為《ため》ならばどんなことでもできる、持っているものすべてを捨ててもいいと思っていた、あの日々はすでに遠い。

自分は、どちらの側の人間なのだろう。

花を育てることに熱中する側の人間なのか、それとも、その花を無惨に踏みにじることに暗い情熱を抱く側の人間なのか。

「どうした龍さん」

今津の声で龍太郎は自分がとりとめもないことを考え込んでいたことに気づいた。

「なんだかえらく真剣な顔してるな。まさか、得意の推理ってやつで犯人の目星がつきました、とか言い出すんじゃないよな？」

今津は笑顔だったが、ほんのわずかに龍太郎を非難するようなひんやりとした瞳《ひとみ》をしていた。

「得意の推理だなんて、そんなものは」

「噂《うわさ》は聞いてる」

今津は瞬《まばた》きした。瞳にまた温かさが戻った。

「刑事研修中に、あんたが解決した事件のことはな。あれはちょっとしたセンセーシヨンだったそうじゃないか」

「いえ、それは……本当はそんなことじゃないんです。たまたま自分が、思いついた意見をたいして考えもしないで述べたら、それが犯人逮捕に繫《つな》がっただけで。ただの偶然でした」

「ビギナーズラック、ってやつか？　いいじゃないかそれでも。一生、ラッキーと縁のない刑事だっているんだ。偶然でもなんでも、犯人逮捕に繫がる意見が出せたってだけで、あんたには充分、この仕事をやっていく素質があるってことさ。俺は、刑事は足がすべてだ、なんて頑《かたく》なに考えてるわけじゃない。もちろん所詮、俺たちは、所轄《しょかつ》のデカだ。こうやって毎日毎日靴底をすり減らして歩き回って関係者の話を聞いたり、膨大なリストを丹念に潰していくことでしか成果はあげられない。それは俺の意見じゃなく、事実だ。しかし、まったく頭をつかわないでただ歩き回っていれば仕事になる、そういうのも違うんじゃないか、と俺は思ってる。つかえる頭はつかうべきなんだ……これは、俺のこれまでの刑事生活に対する、俺なりの反省の弁だ」

今津は歩きながら、クックッと笑った。

「俺は頭をつかわなかった。つかうのが怖かったんだな」

「怖かった？」

「そうだ。頭をつかうってことは、何かの推測をして結論を出して、それを意見として進言する、ということだろう？　もしその意見が、あんたのビギナーズラックみたいに採用された場合、それに沿って捜査方針が変わったり、あらたな捜査対象がくわわったりする。殺人事件みたいな大きな事件でなくても、たとえば連続ひったくりみたいな事件にしたって、だ。捜査対象が増えればそれだけ徒労も増える。うまく犯人があがればいいが、それがまったくの見当違いだった時、言い出した人間にだっていくらかは責任が負わされる。もちろん、あからさまに立場が悪くなるようなことはそうそうないだろう。どっちにしたって捜査ってのは徒労の積み重ねなんだからな。だけど、自分の意見のせいで仲間が無駄足を踏み、成果がなくてがっくりしてる姿を見ることを想像すると、身がすくんでしまった。俺だって長いことこの仕事をして来た内には、勘が働いたこともあるし、ちょっと閃《ひらめ》いたことだってある。だけどそれを堂々と前に押し出すことが、どうしてもできなかった。俺は小心者だ。何度もミソつけてしまえば異動になって、刑事でいられなくなるかも知れない、と思うとそれも怖かった。こんな俺でも、どうせ警察官になったからには、刑事になりたいとずっと思っていた時期があるし、その念願の刑事になった以上、辞めたくないと思ったのも無理ないことだろ？」

「はい」

龍太郎は頷いた。だが同意はして見せても、自分の本音を今津にごまかすことはできないだろうな、と思った。

龍太郎は、刑事、という仕事に対しても、今津ほどの執着を感じていない。むしろ、憧《あこが》れていたというのならば、白バイの警官の方にずっと憧れていたのだ。

今津はそんな龍太郎の心を見すかすように、笑った。

「まあな、龍さんと俺とは違う人間だ、俺の思いを理解してくれなんて言うつもりはないよ。ただ、俺は本気で後悔してるんだ。たとえ失敗続きで今よりずっと早く刑事でなくなっていたとしても、言いたいことを言い、考えたことをちゃんと捜査の中に生かして仕事をしていれば、もっと別な人生になっていたんじゃないか、そういう思いが確かにあるんだ。だからあんたには言わせて貰《もら》うよ。頭をつかえ。足だけに頼るな。歩き回っていれば仕事だなんて思うな、ってな。だけど他人にはそう言えても、俺自身はもう、だめだ。俺の刑事としての脳味噌《のうみそ》は足の裏に移動しちまってる。俺は今さら定石からはみ出すことはできないし、はみ出すつもりもない。この土壇場《どたんば》で失敗するわけにはいかないんだ。俺は安楽に穏当に定年を迎え、警備員か何かしながら、子供たちに金がかからなくなる日をじっと待つ。その日が来たら、女房とオーストラリアあたりにでも旅行して、それから猫でも飼うよ」

「猫、ですか」

「うん。俺は猫が好きでな、昔っから。だけどこんな仕事してたら、家に戻ってもゆっくり猫を膝《ひざ》にのせてる時間なんかほとんどないだろう。子供の教育費を捻出《ねんしゅつ》するために女房はずーっとパートに出てるし、子供たちもある程度大きくなると、友達と遊ぶことばかり熱心になって家にいる時間は短いし、家にいたって自分の部屋に閉じこもって何をやってるんだか、親の顔なんかろくに見ようとしない。まして動物の面倒なんかみやしないからなあ」

「さっきの女性は、山茶花と沈丁花のことを、ペットの猫のことでも話すみたいな感じで話してましたね。植物でも、愛着を持つとあんなふうになるもんなんですね」

「何か不自然だと思ったか？」

今津は口調を変えていた。人生談義から捜査へと素早く切り替え、神経を研ぎすませている。この人が頭をつかっていなかった、などと言うのならば、自分はいったいなんだ？　龍太郎は、心の中で自分に活《かつ》を入れた。

「いえ、不自然とまでは思いませんでしたが。ただ」

「ただ？」

「あれだけ可愛がっていたとすると……たとえば猫なんかが植木にションベンか何かかけたりしたら、相当怒っただろうな、と」

「うん」

今津は小さく頷いた。

「つまり、近所の人間と植木が元でトラブルを起こしていた可能性はある、そう思うわけか」

「下町ですから、猫は放し飼いにしてるとこも多いでしょうし」

「猫には限らないな。犬の散歩、なんて線はどうだ？　犬の飼い主がずぼらで無神経なやつだったら、植木にションベンひっかけるのを平気で見ていた可能性もあるだろう。それを家人に見とがめられて口論になった、とか」

「でもそういう事実は、これまでの捜査では出て来ていないんでしょう？」

「ああ。だがな、捜査と言っても、地域課だって毎日忙しい。人が殴られたんならともかく、植木が壊されただけの事件で、それほど完璧《かんぺき》で綿密な捜査をしているとは思えん。仮に、今回の被害者たちとトラブルになっていた人物のことなど、ちらっと噂を耳にしたとしても、民事不介入の原則がある限り、ずかずかと住民同士の問題に警察が踏み込んで行くわけにはいかないだろう」

「つまり、もっと事が大きくならないと警察は動けない」

「住民同士のトラブルだとしたら、そうだ。器物損壊だから即、刑事事件だ、と騒ぎたてて、万が一、被害者の側の落ち度が著しく大きかった場合、警察が弱者を虐《いじ》めたってことになっちまうからな。植木鉢を壊すくらいの仕返しは仕方ないんじゃないか、と、世間が思うようなひどい敵対行為を被害者の方がしていた場合、マスコミがどんな騒ぎ方をするかは想像できるだろう？　お隣さん同士ってのは、関係がうまく行っていれば何かと頼りになるが、ひとたび関係が悪化すると始末に負えなくなる。いがみ合うようになってしまえば、どちらが本当の被害者かなんてことは、第三者には判断がつかないことの方が多いからな」

「どちらも被害者であり加害者である、ということもあり得ますね」

「その通りだ。だから民事ってのはある意味、刑事よりずっと複雑なんだ。下手に我々が介入すると、さらに複雑になってしまうかも知れない。もっとも、一度介入した以上はそれなりの成果をあげないと収まらないんだけどな」

今津は肩をすくめた。

「警察が本気出して調べ始めたって噂は、もうこの町一帯に広がってるよ。そうなれば犯人をきちんと特定しないと、地域住民の間に疑心暗鬼が広がる源になってしまう。

その前に勝負をかけないとな。ともかく、あんたの着眼点は間違っていない。盆栽も植木も、ただのイタズラにしては無惨に破壊されている。程度はともかくとして、何らかの恨みとか悪感情が犯行の動機になった可能性は、酔っぱらいが暴れたって可能性よりずっと高いよ。音をたてないように注意して犯行を行ったことからもそれは明らかだ。しかし、遣《や》り口《くち》はどうだ？　どんな印象を受ける？」

「遣り口ですか……なんと言えばいいのか……節操がない。秩序が感じられない……幼稚な印象を受けます。盆栽は鉢を割って枝を折っただけですが、山茶花《さざんか》と沈丁花《じんちょうげ》は花を楽しむことが出来ないように徹底して潰《つぶ》してます。三件目のプランターに至っては、ストレス解消の為に壊したのか、と思うほどでたらめに壊しています。しかし、音をたてないように注意したにしては、全体に雑です」

「つまり？　遣り口、手口から犯人の想像がつけられるか？」

「……成人の男、という印象はあまり受けません。もし成人の男が犯行を思いたったとしたら、もっと大きく破壊するような気がするんです。たとえば……盆栽の鉢を放り投げる、とか。もちろん、音をたてないように注意したのでどことなくこぢんまりとした結果になった、ということなのかも知れないですが」

「俺は、やっぱりガキの仕業だと感じてる」

今津が、ぐるっと首をまわした。

「龍さんの言った通り、これは大人の男の犯行じゃないな。もちろん断定はできないが、仮に大人の男だったとすれば、相当に非力なやつだ」

「非力、ですか」

「ああ。あんたも男だからわかるだろう。男ってやつは、自分の力を誇示するチャンスをみすみす逃すことができない因果な動物なんだよ。憎い相手がいて、その憎い相手に仕返しするのに、わざわざ計画的に花の鉢を壊す、なんて真似《まね》はしないのさ。そういう時には、多少のリスクは承知の上でもっと力を誇示出来る方法を選ぶだろう。俺だったら、その花の鉢を目当ての家の窓めがけてぶん投げて逃げる」

今津は笑った。

「犯人は、花の鉢を壊す程度の力しか持たない者だろう。そして花の鉢を壊すなんて卑屈な行為で、ある程度自分の心を満足させられる人間でもある、ということ、つまり、本質的な暴力傾向は意外と弱いんじゃないか、という気がするよ。少なくとも、日常的に拳《こぶし》を振り回しているようなタイプではない。どうだ、俺もこうやって無い頭を絞って、あんたの真似をして推理してるんだぜ。足の裏に移動した脳味噌を上の方に引き戻すだけでも大変なんだ、だからあんたももう少し意見をくれよ」

「これまでのところ、今津さんの推理に敬服してます」

「おべっかなんかつかうな、いじましい」

今津は龍太郎の足を軽く蹴《け》って笑った。

「あんたの推理に期待してるってのは本心なんだ。この事件での手がかりってのは、極めて限られてる。目撃者が出ない限りは、この町内の噂《うわさ》話が唯一《ゆいいつ》の頼りみたいな状況なんだ。足をいくらつかっても歩けるところはたかが知れてるからな。さて、最後の被害者のとこに行こう。俺はこの三件目を中心に考えてる」

「三輪車のサドルのことですね」

「うん……花の次は子供の持ち物。わずかではあるが、犯行ははっきりと変質した。人以外のものから人へと犯人の興味が移っているのかも知れない。あるいは……龍さん、続けて」

「あるいは」

「そう、あるいは？」

「あるいは……これまでの二件と、三件目の事件とは犯人が、違う、か」

2

自宅にいたのは、ここでも、加藤あき、という名前の主婦だった。加藤家は六人家族、夫婦に十歳と五歳の男の子、それに夫の両親。四十に少し手前、といったところだろうか、あきは化粧っけのない、ショートカットがよく似合う活動的な雰囲気の女性だった。それまでの二軒が玄関先での応対だったのに比べて、わざわざ二人の刑事を家の中にあげ、リビングとして使っているらしい広い和室に通したのは、あき自身が単にプランターが破壊されたことだけではなく、子供の三輪車が傷つけられたことに恐怖と危機感を抱いている証拠だろう。

和室はよく片づけられてはいたが、家族六人、それも小学生と幼稚園の兄弟が普段から使っているその気配は随所から滲《にじ》み出ていた。壁にはところどころ、やんちゃな男の子が何かをぶつけたような窪《くぼ》みがあるし、柱にはシールを剝《は》がした痕跡《こんせき》がいくつも残っている。幸せな市民生活の痕跡。部屋の隅に置かれたマガジンラックには、健康食品と漢方薬の雑誌が入っている。老夫婦が定期購読でもしているのかも知れない。これガーデニングのハウツー本が何冊も、壁に沿って置かれた本棚に収まっている。これは主婦の趣味なのだろうか。

「すみません、散らかっていて」

龍太郎が部屋の中を興味深げに見ている視線に気づいて、あきが恥ずかしそうな笑顔を見せた。

「あ、いえ、自分はひとり者ですから、こういう、アットホームな雰囲気に憧れます」

まんざら嘘《うそ》ばかりでもなく龍太郎は言った。憧れ、というよりは、決して手に入ることはないだろうものへの羨望《せんぼう》、切ない感情、と言ったところか。

自分の心の中ではとうに決着がついている問題ではあったが、こうして目の前に、当たり前の男と女がつくる家庭、ごく普通の人生が具体的に形を見せていると、それらのものが自分と自分の選択を拒絶しているような感覚をおぼえる。だが、自分が普通に女性に恋慕を感じることができたら、それらの当たり前の幸せ、その断片が自分にも手の届くものになるのだ、と、後悔にいくらか似たもどかしさをふと、感じてしまう。

だが、やはり自分には普通に女を愛することができない。

青春と呼べた時代からずっと悩み続けて、やっとここ数年で、自分の心に決着をつけたばかりなのだ。

自分はたぶん、結婚することもなければ子供を持つこともないだろう。それを残念だとは思わないが、少し淋《さび》しさをおぼえているのは正直な気持ちだった。

茶が出されたが、今津は聞き込み先で出されたものに絶対に口をつけない。それが正しい姿勢なのだが、実際にはそこまで厳格な刑事は少ないだろう。龍太郎がこれまで、研修中からついて歩いた先輩たちも、茶ぐらいはみんなすすったし、菓子も出て来れば頬ばった。

「どうかおかまいなく。仕事ですから」

今津は言って、ゆっくりとした動作で手帳を取り出した。

「やはり、うちに恨みのある人の仕業なんでしょうか」

加藤あきは、今津が口を開くより早く自分から言葉を切り出した。胸には茶を載せて来た盆をしっかりと抱きしめたままで。

「そうお考えになった理由がありますか」

今津は少し膝《ひざ》を乗り出し、熱心さをあらわしながら訊《き》いた。

「心あたりが？」

「いいえ、でも……」

「どんな些細《ささい》なことでもいいんです」

龍太郎はたたみかけた。

「普通なら恨みなど買うわけがないようなことでも、トラブルの原因になることはよくあります。加藤さんの方ではまったく悪気もなく責任もないようなことでも、逆恨みに近い感情を抱かれてしまうということもあり得ると思うんですが」

「それはわかります……このご近所でも、洗濯物が庭に飛んで来た、なんてことで口論になったなんて話はあります。普通なら喧嘩《けんか》になるわけがなくて、ごめんなさい、で済むことでも、間が悪いとそうなるもんなのだな、と驚きました」

「そうです。自分の側の感覚でたいしたことではない、と思うようなことでも、相手にとっては重大だ、ということはある。もう何度も同じようなことを警察から訊かれてうんざりしているとは思いますが、もう一度よく考えて、思いついたことは何でもいいから教えてもらいたいんです」

今津の口調には熱意と哀願と脅しがない混ぜられていて、耳にした者がつい、考えていることをすべて打ち明けてしまいそうな迫力がある。この域に達するのに自分は何年かかるだろう、と、龍太郎は今さらのように感服していた。今津は取調室でも大声で怒鳴ったり机を叩《たた》いたりすることはほとんどないが、この独特の口調はそうした物理的な脅しより遥《はる》かに効果的なのだ。

「あの」

加藤あきは、舌をちろりと出して唇を舐《な》めた。よほど言い難いことなのか、それとも、言って相手にされなかった時のことを心配しているのか。

「なんですか」

今津はタイミングを逃さなかった。

「なんだっていいんですよ。我々にとって情報が唯一の頼りなんです。どんなことでもいい、話してください」

「本当に……くだらないことなんです」

「いいんです、それで!」

今津は語気を強めた。

「くだらないかそうでないかは、こちらで判断しますから」

加藤あきは、深呼吸でもするように大きく一度、呼吸した。

そして言った。

「確か、春のことですから……もう十ヶ月くらい前の話です。四月だったか三月の終わり頃だったか、いずれにしても小学校や幼稚園が休みではなかったと思います。息子たちがそばにいた記憶がありませんから」

「すると、三月なら二十日頃まで、四月なら七日過ぎ、ですか」

「たぶん。すみません、曖昧《あいまい》で。いずれにしても春で、わたしは玄関先で土いじりをしていました。御存じのようにうちには庭なんてものがありませんから、車庫の前でプランターをいじっていたんです。チューリップだったと思うんですけど、それのプランターに生えてしまった雑草をひき抜いているところでした。その時、背中で小さな悲鳴のような声が聞こえました。びっくりして振り返ると、中学生くらいの女の子が立っていたんです。見たことのない子でした。その子がとても怖い顔でわたしを睨《にら》んでいました。わたしは気味が悪くて、何か用ですか？　と訊いたんです。その女の子は、わたしが引き抜いたばかりの雑草を指さして、怒ったように言ったんです。どうしてそんなことをするんですか、と」

「雑草を引き抜いたことを抗議した、と？」

あきは頷《うなず》いた。

「わたしは呆気《あっけ》にとられてしまったんですけど、いきなりそんなことを言うなんて失礼な子だな、と腹もたったものですから、雑草が生えるとプランターの花が綺麗《きれい》に咲かないのよ、そんなことも知らないの？　と……後でおとなげなかったなとは思ったんですけど、なんだかその子の雰囲気がその……異様な感じがして、なめられてはいけない、という気持ちが先に立ってしまったものですから、かなりきつい口調になっていたと思います」

「その子はどうしました？」

「わたしのことを睨んでいました。それから一言、なんにも知らないくせに！　と怒鳴って……とっても綺麗な花が咲くのに！　蝶《ちょう》も喜ぶのに！　とたて続けに言って、駆け出して行ってしまったんです。あ、ごめんなさい、かなり前のことなんで、言葉は正確ではないかも知れません。でも意味はそんなようなものだったのは間違いありません」

「つまり、あなたが引き抜いた雑草は綺麗な花をつける、それなのに引き抜いてしまうなんて花が可《か》哀想《わいそう》、というような感じだったんでしょうかね」

「そうだと……思います。雑草にも綺麗な花をつけるものがあることくらいは知っていますけれど、だからと言って雑草を抜かずにおくと、せっかく育てた花に悪い影響が出るんです。雑草というのはたいがいとても生命力が強くて、花壇のように地面に直接花を育てている場合ならまだしも、プランターのように限られた土で育てる場合には、雑草が生えると根を張られて、栽培植物の根が充分に張れなくなったりします。それに雑草によっては、根から毒素を出して、他の植物を枯らそうとするものもあるんです」

「しかしその少女の目から見れば、雑草だからと言って問答無用に引き抜かれてしまうのは可哀想だ、ということになったわけですね」

「そうなんでしょうね、きっと。でも、普通はそういうことを思ったとしても、わざわざあんなふうに反抗的にというか、挑戦的に口に出したりはしませんでしょう？　なんだか奇妙な子だな、と、しばらくの間は気にかかっていました。でもそれきりで、その子を見かけることもなかったものですから、そのうち忘れてしまって。今度のことでも、川北さんや菅原さんのお宅で植木が壊されたという話を耳にした時点では、その子のことなんてまるっきり思い出しませんでした。でもうちのプランターが被害に遭った時、そう言えば、とやっと思い出したんです。ただ……あまりにもつまらないことですし、十ヶ月も前のことですから……」

「いえ、つまらないことなんかではないですよ」

今津はぽん、と膝を叩いて見せた。

「少なくとも、破壊行為の対象になったプランターに直接関わることで、僅《わず》かでも悪感情を持った可能性のある人間がいた、というのは大きな前進です。ところで、その時に引き抜いた雑草というのはどういうものだったんですか？　名前を御存じですか？」

「いえ、正確には。ただ、葉っぱの形なんかから、菜の花の仲間だろうな、とは思いました。アブラナ科の雑草というのはとても多くて、春先に元気に成長するものはたくさんあります。花がついていれば何だかわかったかも知れないんですけど」

「花はついていなかったんですね？」

「はい。もう咲き終わったあとだったのか、それともこれから咲くところだったのか、そこまでは記憶していません。雑草のことですから、あまり深く考えずにさっさと引き抜いてしまっていましたので」

「蝶が喜ぶ、とその少女は言ってましたね」

「ええ、モンシロチョウのことです、きっと。モンシロチョウは菜の花の仲間を好みますから。幼虫が食べる葉っぱが、菜の花とかキャベツなんですって」

「その少女のことは、それから一度も見かけなかった？」

「見ませんでした。その時も知らない子だ、と思いましたから、たぶん、この近所の子ではないと思います。あ、でも、マンションの子だったら普段顔を見ることはありませんね。このあたりには賃貸や分譲のマンションがけっこうたくさんあるんです。そういうところに住んでいる人たちとは、あまり交流もありませんから……」

今津は何度も頷いた。それから、龍太郎に向かって、地図、と小声で言った。龍太郎は住宅地図を取り出して加藤あきの前に広げた。

「川北さんと菅原さんのお宅は、この、同じ路地にありますね。永代通りからこの路地に入って、そのまま突き抜けると、こちらのお宅のある、自動車の入れる一方通行です。もし永代通りからここまで出て、こちらのお宅の前を通ったとすると右に曲がったことになる。この先は富岡八幡宮《はちまんぐう》ですね」

「八幡様の参道は横に突っ切れます。このあたりの人たちは、車の入って来る道を歩くより八幡宮の境内を横切って歩くことが多いですよ。でも、永代通りからわざわざ路地に入った理由はわかりません。永代通りから八幡宮には直接入れますから」

「あの路地は、皆さん、花ものを育てていらっしゃいますね。川北さんと菅原さんのお宅以外にも、玄関前に植木や鉢を置いているお宅ばかりだ」

「このあたりの家は、みんな、庭がないんです。中には広いお庭のあるお宅もありますけど、少ないです。江戸時代から人がたくさん住んでいた下町ですから。それで鉢やプランターで植物を育てるんです。一軒がやると自然と広まるものですよ。うちも、下の子が幼稚園に入るまではとてもそんな時間がなくて何もやっていなかったんですけれど、やっとできるようになって、この二年ほど楽しんでいます」

「永代通りを歩いていた少女が、ふと路地に目を止めると、花の鉢が並んでいるのが見えた。それで路地を入ってみた。そんなところですか」

あきは頷いた。

「そうなんでしょうね、きっと。花が好きな子なのは間違いないと思います。雑草を引き抜くのすら嫌がるくらいですから。でもそれなら、今度のことはやっぱりあの子とは無関係ですよね……花が好きなのに、今度みたいなことができるはずはありませんから」

「確かにその点は解《げ》せませんね。だが、ともかく調べてみる価値はありそうです」

「そうなんですか？　でも、三輪車のサドルはどうなります？　まさかあの少女が、三輪車のサドルを刃物で切り裂くなんてことまでは……」

「問題の少女が犯人だというわけではないんです。今のお話だけでそう結論するのは、いくらなんでも突飛すぎる。しかし、少女が自覚していなくても、何か今度の事件と間接的に関係してしまっている可能性は考えられます。たとえば、これはほんとにただの思いつき、たとえに過ぎませんが、その少女にボーイフレンドでもいたと仮定します。十ヶ月前、少女はあなたに対して、あまりよくない感情を抱いた。そのことを何気なくボーイフレンドに話していたとします。その少年が少し不良がかっていたり、反抗的な時期にさしかかっているとすれば、何か面白くないことでもあって、八つ当たりに、少女から話を聞いたことがあるこのお宅のプランターを壊し、ついでに目についた三輪車のサドルを切り裂いた、ということも、まあまったく起こり得ないというわけではないでしょう」

あきは、なるほど、という表情になった。龍太郎は今津の推測はかなり強引だな、と思ったが、今津自身、それをそのまま信じているわけでは、もちろんないだろう。

「でも、わたし、その子のことはっきり憶《おぼ》えているわけではないんです。何しろ十ヶ月前のことで、それもじっくり顔を見ていたわけではありませんから」

「学校の制服か何か着ていませんでしたか？」

龍太郎が訊いた。

「いいえ、私服でした。ジーンズに、赤い、ぴったりしたセーターみたいなものを着ていたのは憶えています」

「髪は？　茶髪でした？」

「どうだったかしら……強く印象に残ってませんから、染めていたとしてもそんなに派手ではなかったと思います」

「からだつきは？　身長はどのくらいだったか思い出せませんか？」

あきは小首を傾《かし》げ、懸命に記憶をたどっている。

「痩《や》せても太ってもいなかった……そうです、ごく普通の子に見えましたから、痩せてるとか太ってるとか感じるような外観ではなかったと思います。身長は……小柄ではなかったですね、少なくとも。わたしと同じくらいじゃなかったかしら。あ、わたしは百六十ちょうどぐらいです」

「何か持っていませんでしたか」

「え？　えっと……何か手に下げていたような気がします……何だったかしら。あ……あ！」

あきは嬉《うれ》しそうに手をぱちんと打ち鳴らした。

「そうでした！　御菓子屋さんの袋を下げていたんです。そこの、門前仲町の商店街にある、小さな手焼きのお煎餅《せんべい》屋さんの袋です」

「その店の名前は」

「伊勢屋煎餅、だったと思います。うちもよく買うんですよ、伊勢屋のお煎餅。とってもおいしいんです。鶯《うぐいす》色の紙袋で、白い字で伊勢、と入ってるんです。でも自分の家でおやつに食べるだけなら、あんな袋に入れてもらったりはしないと思います。おつかいもので缶入りのを買うと、あの袋に入れてくれるんです」

「なるほど、大変参考になります。十ヶ月前に来た客のことですから伊勢屋さんでは憶えておられないかも知れないが、赤いセーターで若い女の子ということですと、店員さんが記憶しているかも知れない」

今津が力強く頷いたので、あきはほっとした表情になった。

「あの子が犯人だとは思えませんけど、何か関係しているのならばお役にたてて良かったです。プランターのことは諦《あきら》めれば済むことなんですけど、三輪車のことがどうしても頭を離れなくて。悪い想像ばかりしてしまうんです」

「その少女とは、お子さんのことでは何も会話しなかったんですよね？」

「していません。会話らしい会話は出来なかったですから。いきなりつっかかって来られたんでわたしもカッとしてしまいましたし、何より、気味が悪くて。思い出してみれば、まあ可愛《かわい》らしいと言ってもいい顔をしていた気がするんですけれど、雑草を抜いたくらいであんなに怖い顔で睨《にら》まれると、ねぇ」

＊

「進展、しましたね」

加藤宅から路地を戻る途中、龍太郎が言った言葉に今津は小さく首を横に振った。

「進展とまで言えるかな。雑草を引き抜いた、なんてことを恨みに思って、十ヶ月も経《た》ってから仕返しするなんて馬鹿《ばか》げているだろう」

「でも、ボーイフレンドって線は、あり得ますよ」

「どうもしっくり来ない。仮にそういうことだったとしたら、その不良少年ってのも随分中途半端《はんぱ》じゃないか？　なんだかなあ……しかし、他にとっかかりが何もない以上、赤いセーターの女の子に賭《か》けてみるしかないだろうな。だけど見つかるかな。煎餅屋がその子の身元を知っている可能性なんて考えない方がいいだろう。加藤の奥さんが言っていた通り、その子がおつかいものの煎餅をぶら下げていたんだとしたら、その子はこの近所の子ではなくて、親に頼まれたおつかいか何かで、この近所のどこかの家に行く途中だったことになる」

「町内を虱潰《しらみつぶ》しにあたれば、出て来るかも知れないですよ、その子の身元」

「相手は未成年で、しかも犯罪とは言えないくらいの軽微な器物損壊だ、町内中にウォンテッドの貼《は》り紙をするわけにはいかないんだぞ。仮にその子が事件に関わってると判明したら、俺たちは手をひいて少年係に任せた方がいい。三輪車のサドルを切り裂いたのがただの八つ当たりなら、幼い子供が犯罪の犠牲になるかも知れないって心配は、とりあえず薄くなるんだからな。俺たちが出しゃばる理由はなくなるよ」

さっきのコースを逆にたどって菅原宅に寄り、あらまたですか、と目を丸くした啓子に、雑草の話を持ち出した。

「雑草？　雑草って、あの、雑草ですか？　そのへんの草の？」

「ええ。山茶花と沈丁花の鉢にも雑草はよく生えました？」

「そりゃ……春先になると少しは生えてましたよ。タンポポとかスミレなんかは綺麗《きれい》だからそのままにしておくこともあるけど、たいがいの雑草はやっかいなだけでしょ、見つけたらこまめに摘みますよ。だけど山茶花も沈丁花も、ああいう樹木の鉢にはあんまり雑草って生えないんですよ。樹木は鉢いっぱいに根を張るでしょ、土が固くなるんで草には向かなくなるのね」

「それじゃ、雑草を引っこ抜いていて誰かに文句言われた、なんて経験はありませんね？」

「雑草を引っこ抜いて、どうして文句言われないとならないんです？」

「雑草でも綺麗な花をつけるものは、引っこ抜いたら可哀想《かわいそう》、と考える人もいるでしょう」

「そりゃあね、だから言ったでしょう、わたしだって、スミレなんかだと花が咲くのが楽しみで、わざわざスミレのために水をまいてやったりしますよ。西洋カタバミなんかもいいわよねえ、桃色の可愛い花で」

「雑草でも綺麗な花をつけるものは、名前がわかりますか」

　龍太郎がせっかちに質問したので、啓子はひるんだように身じろぎした。

「いったい、なんなんです？　何かわかりましたの？」

「いえ、まだ」

「まだ五里霧中ですよ」

　今津がすかさず笑顔で言った。

「しかし今は、到底無関係だろうと思われるような小さなことから、ひとつずつ潰して行かないとならないんです」

「それが雑草なんですか」

「ええ、三件目の被害者の、加藤さんの奥さんがずっと以前、雑草を引き抜いていて通りすがりの人からイチャモンをつけられたことがあったんだそうです。その草は綺麗な花をつけるのに引き抜くのか、ってね」

「あらまあ」

啓子は口元に手をあてた。

「加藤さんが……そうですか。だけどまさかねぇ、そんなことで」

「ええ、たぶん事件とは無関係だと思っています。でも確認だけさせていただこうと思いまして」

「あいにくですけど、わたしはそんな経験はありませんよ。植物に詳しいってわけじゃないですけどね、まあ普通に見かける野草で、綺麗な花を咲かせるものならたいていは知ってると思います。このあたりは下町で、もともと緑の少ないとこでしょ。生える草の種類も限られてるんですよ。綺麗な花をつけるってわかってるものだったら、あたしは引き抜きませんから」

「菜の花に似ているもので、綺麗な花をつける草というと、どんなものがあるんでしょうか」

「菜の花、ですか」

啓子は空を見上げるように顔を上げ、自分の頭の中の知識を整理して、なんとか情報を取り出そうと眉《まゆ》を寄せた。

「菜の花に似てる雑草っていうのはものすごく多いんですよ。アブラナ科、って言うんですか、あの仲間はなんとなくわかります。葉っぱの形とか花の付き方とかね、共通点が多いから。まあそうねぇ、あまり見かけないけど、紫ナズナなんかは、わざわざ園芸店で種を売ってるくらいで、とても綺麗ね」

「珍しいものなんですか」

「ナズナ、っていうのが春の七草のひとつだ、というのは御存じですわよね？」

啓子は龍太郎の顔を見て、試験でもするように言った。

「春の七草ですか。セリ、ナズナ、のナズナですね」

「ええ。ぺんぺん草のことね。紫ナズナっていうのはあれの仲間なんでしょうけど、花はもっと大きくて、赤紫のかわいい花なの。花が綺麗なんで園芸品種として種が売られるようになったんでしょうね。だけどこのへんの植木鉢なんかに咲いてるのは見たことがないわねえ。ああ、そうだ、やっぱり紫の花をつけるのがあるわ！　そうそう、あれは菜の花に似てるわね、葉っぱも」

「それはどんな草なんですか？　名前は？」

「正式な名前なんて知りませんよ。下町の人は大根の花、って言ってますよ。シベリア大根、って」

「シベリア大根？」

「たぶん俗称でしょうね。正式な名前は他にあるんでしょうけど、要するに、大根の仲間らしいですよ。大根って白いとっても綺麗な花をつけるんですけど、大根の種類によっては、白じゃなくて紫や、紫と白が混じったような花が咲くものも多いんです。亡《な》くなった祖母の田舎が八王子の方でね、昔は大根をたくさん作ってたの。子供の頃に畑で見たことがあるんです。大根は根っこを食べるわけでしょ、だから普通は花を咲かせないんです。花が咲くまで置いておいたら、食べる部分が痩せちゃうから。でもたまに、種をとる目的で、大根を掘らないでそのまま花が咲くまで待つのもあるんですよ」

「それじゃその雑草は、大根なんですか」

「ううん、それは知らないわ。要するに、大根の花に似てる、って意味じゃないかしら？　いえわかりませんよ、もしかしたら大根なのかも知れないけど。でもさっきの話に出た紫ナズナにも似てるんです。それでシベリア大根のことも紫ナズナ、って呼ぶ人もいます。でも紫ナズナの花は赤紫で、シベリア大根は、青みがかった菫色《すみれいろ》なの。シベリア、なんて名前で呼ばれるんだから、外来種なのかしらね。青紫ナズナ、っていうのがあるって聞いたことがあるから、それのことなのかしら。なんだかややこしくてわからないわ。あなた、七草を御存じのようですけど、あのホトケノザ、ってどんな草か御存じ？」

「ホトケノザっていうのは……面白い形の赤紫の花がつく……」

「ほら、勘違い」

啓子は相手が警察官なのをすっかり忘れているようにけらけらと笑った。

「春の七草のホトケノザ、は、普通ホトケノザ、と呼ばれてる、あの複雑な形の赤紫の花をつけるあれじゃないのよ。タビラコ、って言ってね、タンポポによく似た、黄色い花が咲いて、葉っぱがぺたっと地面に……」

「で、そのシベリア大根ですが」

今津が龍太郎を窮地から救い出した。

「花が咲いていなくてもわかりますか、あなたでしたら」

「ええまあ、たぶん。……あんまり若い内だと他のアブラナ科の草と区別できないかも知れませんけどね。蕾《つぼみ》でもついてたら、花が咲くまで待ちますよ、引っこ抜いたりしないで。だってとっても綺麗な花なんですもの、上品な色で」

「三月の二十日頃から四月の初めだと、どうですか、育っていないでしょうか、まだ」

「雑草って育つのが早いですからねぇ。そのくらいの時期だと花がついていてもおかしくないけど、種が飛んで芽が出ていたかも知れないわね。加藤さん、シベリア大根を引っこ抜いてしまったのかしら、もったいない。ああ、そうそう。シベリア大根のことでは、面白い話を耳にしたことがあります。本当のことなのかどうか知らないんですけどね、ラジオでやってたんだったかな？　あの花って、東京中の路地とか公園なんかに繁殖して増えてるらしいんですけど、それってね、大根おじさんのせいなんですって」

「大根おじさん？」

今津と龍太郎は、思わず声を揃《そろ》えてしまった。

「なんですかいったい、その大根おじさん、って」

「なんでもね、シベリア大根の花がとても好きなおじさんが東京に住んでいて、その人が東京中、特に下町のあたりを歩きまわって種をせっせと播《ま》いたんですって。もともと雑草みたいなものだから、それがどんどん繁殖してあちこちで花が見られるようになった、ってそういう話なんですよ。生態系がどうのこうの、って学者さんからは怒られてしまいそうだけど、こんな時代でしょう、なんだかほのぼのしたいい話だと思いません？　でもその話には続きがあって、東京中にシベリア大根が増えたおかげで、シベリア大根の葉っぱを幼虫が食べて育つ、なんとかいう白い蝶《ちょう》も一緒に増えちゃったらしいの。それで、東京では、普通はいちばんたくさんいるはずのモンシロチョウよりそっちの蝶の方が多いんですって。ほんとかしらね」

「いずれにしても、なかなかすごい話ですね。ひとりの人間の情熱が、東京中で花をつけたわけだ」

「現代の花咲爺《はなさかじい》さん、よね」

啓子は、笑いながら言って、それから眉をしかめた。

「だけど花咲爺さんだとシロがここ掘れわんわんするのよね。あれは嫌だわね。犬はまっぴらだわ。あちこちオシッコはかけるし、ウンチだってそのへんに転がってるのよ、朝になると。夜の間に散歩させて、始末しないで平気な人がいるから」

今津が龍太郎の顔を見た。今津の片方の眉がひくりと持ち上がっている。

「犬が山茶花《さざんか》や沈丁花《じんちょうげ》にオシッコをかけることがあったんですか」

龍太郎は慎重に言った。

「飼い主がそばにいるのに？」

「ええ、ありましたよ、そういうこと。大学生くらいの男がね、ドーベルマンって言うんですか、あの気味の悪い獰猛《どうもう》な黒い犬、あれを連れて散歩してて、わたしはたまたま二階の物干にいて何気なく上から見てたんです。そしたらまあ、山茶花の根元めがけて片足あげて、シャーッて。それで上から怒鳴ってやりました。ちょっとあなた、人の家の植木にオシッコさせるなんてどういうつもりなんですか、ってね」

「その男はどうしました？」

「上を見てわたしの方をギロッと睨《にら》んだけど、謝りもしないで行っちゃいました。ものすごく感じが悪かったわ」

「それはいつのことです？」

「いつって……いつだったかしら？　今年になってからだから、一月の半ばくらい？」

3

啓子の話を聞いたその足で、二人は川北家に向かった。川北家の本来の被害者、盆栽の持ち主である川北有三は、最初のうち、犬の話をしてもぴんと来ない、という顔で小首を傾《かし》げていた。

「ドーベルマンってのは、どんな犬でしたっけね」

龍太郎は手帳から一枚紙を破りとって、毛が短く頭が小さく、足の長い瘦《や》せた犬の絵をさっと描いて見せた。

「色は黒と茶色、ですね。耳が小さくて尖《とが》っていて、とても精悍《せいかん》な顔つきの種類です。勇敢で飼い主には従順なんですが、気性が荒いので、番犬としてよく使われます」

「嚙《か》むのかね」

「飼い主の躾《しつけ》次第でしょう。頭はいい犬なので、飼い主がきちんと訓練して人を嚙まないように躾けてあれば、そう無闇《むやみ》と嚙むことはないはずです。ただ、飼い主がとんでもない勘違いをして、犬をつかって人を脅かそうなどと考えていた場合には、平気で人を嚙む犬に育ってしまう可能性は高いでしょうね」

「この道は車が入って来ないんで、犬の散歩をする人は多いからねえ」

「盆栽にオシッコかけられたことはないですか」

「そりゃ、しょっちゅうだよ。夜中にやられるとどうしようもないけどね、毎朝、水をやる時に鉢を洗ってやったり、まったく腹がたつ。犬の躾もまともにできない人間が増えた」

「現場を目撃して注意されたご記憶はありませんか」

「それもしょっちゅうだね」

有三は笑った。

「わたしはほら、家にいる時は、その、通りに窓が面した和室にいることが多いんだ。だから窓が閉ってても、犬の散歩をしてる人間が近づいて来るのは気配でわかる。それでじーっと様子を窺《うかが》っててさ、シャー、なんて音が聞こえたらガラッと窓を開けて、コラァッ、と怒鳴ってやる」

「すると、相手は?」

「謝るよ。たいていは謝るけど、中には走って逃げるやつとか、うるせぇクソ爺《じじ》イ、なんて捨てゼリフを吐くやつもいる。そうそう、一度なんかは、若い男にすごい顔で睨まれたよ。妙に反抗的でね、気味が悪かったんで、なんだその顔はっ、言いたいことがあるならはっきり言えっ、とさらに怒鳴りつけてやった。ああいうやつはこっちが弱いとみるとカサにかかってナイフなんか持ち出しかねないと思ったんだ」

「その男の連れていた犬は、この絵みたいじゃなかったですか?」

「うーん」

有三は苦笑いした。

「実を言えばさ、わたしは目が悪くってねえ。白内障なんだよ。手術すればよく見えるようになるらしいんだが……あの時はどうだったかな、飼い主の男が無気味だったんでそっちの顔は気をつけて見たけど、犬のことはあんまり見てなかったなあ。けど、黒っぽくて痩せた犬だったのは間違いないよ。そうだなあ、こんな犬、だったかな」

＊

「いました、いました！」

龍太郎は、届いたＦＡＸに思わず小躍りして今津の机に走った。

「ドーベルマンと若い男！　地域一帯の交番に届いた苦情の中に、三件ほど同じ相手に対するものがあったんです。いずれも、ドーベルマンを連れた男に対するもので、えっと、お読みになりますか？」

「読み上げてくれ」

今津は笑顔で湯呑《の》み茶碗《ぢゃわん》を手にした。

「読み上げたいだろ、龍さん」

「ええっと、古いものから順番にいくとですね、昨年の十一月に、八幡宮裏の小学校の近隣住人から通報があり、ドーベルマンを連れた若い男が、学校から帰る途中の小学生を脅した、ということで交番から巡査が出ています。噛みつかれたとかそういうことではなく、ただ、ドーベルマンが子供たちに向かって激しく吼《ほ》えた、というだけだったみたいなんですが、飼い主の男が笑って見ていたことで、目撃した近隣の住人が怒って飼い主に抗議したけれど無視された、という事件でした。警察が介入する事件とまでは言えないということで似顔絵は作成されていないので、男の顔はわかりませんが、年齢は二十歳かそのくらい、まだ頬にニキビが残っていて、身長は百七十から七十五程度、茶髪だった、と記録されていますね。この時念のため、巡査が管轄《かんかつ》区域の犬の登録を調べて、ドーベルマンの飼い主を探しましたが見当たらなかったということです。二件目は同十二月、大晦日《おおみそか》ですね、これはちょっと離れて平野町での事件ですが、分譲マンションの一室で、禁止されている大型犬を飼育しているということで管理組合とトラブルになった男が、抗議した組合長をこづいて怪我《けが》させた、というものでした。管理組合の者が一一〇番通報して捜査員が出向いています。しかし男は組合長の肩を強く押しただけで、組合長が足を挫《くじ》いたのはバランスを崩して倒れたからということで、直接の暴行の結果なのかそれとも組合長がわざと倒れて怪我をしたと言い張っているのか判断できなかったみたいです。しかも、組合の連中は問題の男の部屋に無理に入ろうとしていた形跡があり、それが事実ならば家宅侵入未遂が成立する可能性もありますから、どっちもどっちと判断したんでしょう、民事事件ということで警察は介入しなかった」

「管理規約を破って大型犬を飼っているというだけでは、警察が介入することはできないわな、それは」

「そういうことです。しかしこの件で男の名前と年齢ははっきりしました。名倉高志《なぐらたかし》、二十一歳、W大の文学部に在籍していますが病気を理由に休学中。実家は浜松で鰻《うなぎ》の卸し業を営んでいるようで、かなりの資産家です。平野町の分譲マンションも父親の所有、息子が東京の大学で生活するのにわざわざ買ったんですかね」

「生活費には不自由してないってことか」

「仕事もせず学校にも行かず、犬の散歩だけが楽しみで、あちらこちらとうろうろしているのかも知れません」

「大晦日にも帰省せず、か。休学の理由が知りたいな」

「どうですか、この男。臭《にお》いますよね」

「うん、臭う」

今津はゆっくり立ち上がった。

「川北家のご老人も、盆栽めがけて犬がションベンしたのを見て、飼い主を怒鳴りつけたことがある、と言ってたろ？　もっとも犬がドーベルマンだったかどうか、忘れたと言ってるが」

「川北さんとこの、あのお爺さん、かなり目が悪そうでしたよ。でも黒っぽくて痩せた犬、と言ってましたからまず間違いないですよ」

「結局、大根おじさんは無関係、ってことかな」

今津は複雑な笑顔を見せた。

「犯人は大人の男じゃないって俺の推理は、見事にはずれだな」

「いえ、違います。当たったんですよ」

龍太郎は言った。

「犯人が名倉だとしたら、この男は大人になりきっていないんです。自分が社会道徳に違反するような真似《まね》をして注意されたり糾弾されたからと言って、花や子供に八つ当たりするような人間は、大人とは言えない。しかもドーベルマンのような犬を常に連れ歩いて、怖がる人間を見て悦《よろこ》んでいるんだとしたら、自分の力に対してまったく自信がないことの裏返しです。つまり、非力なんですよ。しかも仕返しするのに、深夜にわざわざ出掛けて行って、音をたてないように鉢を壊した。捕まるのが怖い、捕まって非難されることを極端に怖《おそ》れているんです。それならば犯行を諦《あきら》めればいいのに、それも出来ない。植木鉢を窓ガラス目掛けて投げ付けるだけの度胸も反抗心もなく、卑屈に他人を恨んで、常に上目遣いで生きている、そんな人間です」

今津はコートを手にし、龍太郎の肩をぽんと叩《たた》いた。

「事情聴取だ。早く行ってやらないとな。もし奴《やつ》が本ボシなら、今ならまだ、刑事事件としては微罪だ。謝罪させてそれで被害者が納得すれば、送検しなくても済む。だが放っておけばきっとエスカレートする。未来を棒に振る前に、止めてやろう」

＊

平野町のマンションは、まだ建ったばかりの新しいものだった。最近になって増えて来ている、都会型の、一部屋のサイズが小さなマンションで、独身者や子供のいない夫婦などが多く入居しているのだろう。念のため最初から管理人に同行して貰《もら》った。各住人は非常用に、スペアキーをひとつずつ管理人に預けている。

三〇六号室。呼び鈴を押しても応答はなかった。外出しているのか、と諦めかけ、今津も、出直して来るか、と帰りかけたところで、後になってみれば幸運な偶然としか思えないことが起こった。龍太郎が、靴の紐《ひも》がほどけているのに気づいたのだ。

龍太郎は膝《ひざ》を折ってしゃがみ、紐を縛り直した。その時、異変に気づいた。

新聞受けの差し込み口のあたりから、ほんの微《かす》かな異臭が漂っていた。

「ガスだ！」

龍太郎は管理人の腕を摑《つか》んだ。

「早く開けてくれ、早くっ！」

管理人が動転しながら鍵《かぎ》を開けた。だがドアは少しだけ開いてがつんと止まった。チェーンがかけられていた。

玉葱《たまねぎ》を腐らせたような臭《にお》いが一気に開いたドアの隙間《すきま》から流れ出し、管理人は悲鳴をあげて飛び退《の》いた。

「龍さん、ベランダだ！　隣からだっ！」

今津の声より一歩早く、龍太郎は隣室のドアに飛びついて呼び鈴が壊れるほど鳴らした。しかし応答はない。

「留守か！　管理人さん、こっちを開けて、早くっ！」

「そ、そちらの、ス、スペアキーは管理人室で……」

「持って来てくれっ！」

龍太郎は怒鳴った。

「急ぐんだ！　いや、俺も行く！」

龍太郎は管理人の腕を摑んで引張った。今津が無線機に何か怒鳴る声が聞こえた。

龍太郎は管理人を引きずるようにしてエレベーターに飛び込んだ。

まごつく管理人をせきたてて隣室の鍵を摑み、龍太郎は非常階段を駆け上がった。

隣室に飛び込み、土足のままでベランダを目指す。ついでに、リビングの片隅に置かれた机の上から、目についた金属製の文鎮も失敬した。名倉の三〇六号室との境は非常時には簡単に蹴破《けやぶ》れるパネル一枚。一蹴りで穴が開く。だがベランダのサッシは手《て》強《ごわ》かった。小さな金属の文鎮ではなかなかヒビが入らない。金槌《かなづち》でも探すしかないか、と思った時、やっとヒビが入った。龍太郎は拳に巻き付けた背広ごと、文鎮を思いっきり叩き込んだ。割れた！　クレセント錠を回してサッシを全開にする。室内の生暖かい空気が、むせかえるような玉葱の腐臭と共に流れ出して来た。そのままリビングに飛び込む。

「名倉！」

龍太郎は怒鳴り続けた。

「大丈夫か、名倉！　返事しろ！」

ガスのシューシューする音はキッチンから聞こえていた。息をとめて小さなキッチンに飛び込み、コックをひねってガスを止め、玄関に突進してチェーンをはずす。今津が龍太郎を押し倒す勢いで室内に飛び込んで来る。

「名倉は！」

「リビングには見当たりません！」

もつれるようにして寝室のドアを開けたが、六畳ほどの洋室に置かれたベッドは空だった。

「どっかにいるんだ！　探せ！」

リビングにとって返してクロゼットを開け、テーブルの下を覗《のぞ》き込む。いない！

今津が奇声に近い怒声を発しながらソファをひっくり返した。

「名倉っ！」

前倒しになったソファの裏側、壁との隙間に人が横たわっていた。

「しっかりしろぉぉおっ！」

今津の声は泣き声に聞こえるほど震えていた。

「馬鹿《ばか》野郎！　こんな若いのに死ぬやつがあるかぁっ！　目を醒《さ》ませ、醒ませよおおおぉっ！」

今津は名倉のからだをひきずり、開け放したサッシの外へと転がした。

名倉高志は、何かをしっかりと抱いていた。腕の間から黒くて細長い、犬の頭が見えた。

救急車のサイレンの音が聞こえて来た。

龍太郎は名倉の頰を手の平で叩いた。叩き続けた。名倉の頰には温かさがあった。

犬は、冷たかった。

4

「まあ」

加藤あきは絶句して、それから眉《まゆ》を寄せ、小さな溜息《ためいき》をついた。

「病気で……それは可哀想《かわいそう》に」

「ジステンパーだそうです」

今津は珍しく、あきが出した紅茶に口をつけた。

「登録するとマンションの部屋で飼ってるのがばれるって、買ってから一度も獣医に連れて行ってなかったんですよ。犬に関しての基本的な知識もなかったんでしょうね。昨年の秋までは小犬だったので外には出していなかった。それが散歩させるようになって、たちまち感染してしまったわけです。強い犬をみんなに見せびらかして肩で風を切って歩く快感がたまらず、毎日せっせとかなりの距離を散歩して、他の犬を見かけるとけしかけて喧嘩《けんか》させたりしていたようです。予防接種をしてなかったんですから、ひとたまりもありません」

「野良犬からうつったんでしょうね……でも死ぬ前に具合が悪くなったはずですけど、それでも獣医さんに行かなかったんですか？」

「どうして獣医に診せなかったのか、名倉高志が回復したら詳しく訊《き》くことになると思いますが、名倉は一年以上前に大学病院の精神科を受診し、軽度の鬱《うつ》病という診断を受けています。それで学校も休学していたわけです。そんなことから類推して、他人とまともに話をしたり社会に対峙《たいじ》したりすることができない精神状態にあったんじゃないか、と思います。獣医に連れて行くとあれこれ質問される。規約に違反して大型犬を飼っていることで、またトラブルになるかも知れない。そうすると犬を取り上げられてしまうかも。まあそんな不安から、溺愛《できあい》している犬がなすすべもなく衰えて死んでいくのを見ているしかなかったんでしょう。川北さんや菅原さんにオシッコのことで怒鳴られたり、管理組合の人たちから糾弾されたりしたことは、名倉にとって大変な恐怖だったんだと思いますね。爺臭《じじ》い言い方なんですが、これから彼のようなタイプの若者は増えてしまうような気がします。まともに社会と向き合うことは怖くてできないのに、そうした社会に仕返ししたい、一泡吹かせてやりたいという復讐心《ふくしゅうしん》だけは持っている。自分の方に非があっても怒られるとプライドを傷つけられ、仕返しすることを考える。しかし、自分、という存在が相手の目に止まるのは嫌なんです。こっそり、匿名《とくめい》で復讐したい。実に卑劣で、非力で、哀《かな》しい人間ですが、同時に非常に脆《もろ》く、偏《かたよ》った愛を常に追い求める。認めるつもりはありませんが、否定するのも気の毒だし、我々、図々《ずうずう》しく戦って生きることに慣れた大人には、やっかいな存在です」

「でも」

あきは頬に手をあてて考え込む仕種《しぐさ》をした。

「お電話をいただいた時も申し上げたんですけれど、わたしは記憶にないんですよ、そのドーベルマンも、名倉という若い人のことも。うちのプランターにオシッコをかけたことで、家の者に何か言われたなんてことが、あったのかしら？」

「ご家族ではなく、近所の人とか通行人にたしなめられたのかも知れませんよ。いずれにしても、詳細は名倉が退院しないと調べられないんですが。今はまだ、一日に十分程度しか話が聞けません。川北さんの盆栽と菅原さんの植木については、はっきりとではありませんが、認めるような反応を示しています。実は他にも、警察には届けなかったけれど夜間に植木が壊されていた、という家は何軒かあるようなんです。いずれも、名倉のマンションから犬の散歩に歩ける範囲でのことです。どうも名倉は、わざと花や植木にオシッコをさせて歩いていたようです。糾弾されるのが怖いくせに、トラブルになるようなことをわざわざする。どうにも摑み切れません」

今津は両手を広げて苦笑いした。

「問題は三輪車のことなんですが、名倉が元気になったら少しずつ聞き出しますよ」

「よろしくお願いします」

あきは頭を下げた。

「うちは告訴なんてまったく考えていませんから。賠償なんかもけっこうです。プランターも三輪車も古いもので、値段なんてあってないようなものでしたし。ただ、子供たちが安全になったと保証していただければそれで。謝罪も無理にしていただかなくても……それより、今度動物を飼う時には、こんな可哀想な飼い方はしないでください、と、それだけお伝えいただけますか？」

「わかりました。謝罪についてはけじめとして必要だと思いますが、できるだけ、彼の将来に傷がつかないように対処するつもりです。プランターも三輪車もたぶん、彼の親が賠償すると言いますよ。まあその場合は、受け取ってやってください。親の気持ちとしては、受け取ってもらった方が楽になるでしょうから」

あきは目を細め、慈愛を感じさせる笑顔になった。人の子の親である者同士にしかわからない、ある種の共感がそこにはあるのだろうな、と龍太郎は思った。

＊

「それで、大根おじさんってのは実在してるのか」

及川がビールのコップを目の高さに上げ、泡を見つめた。及川が、仕事に関して考え事をする時の癖だった。及川にはいろいろな癖がある。学生時代から六年余り、自分はその癖をいくつ把握したのだろう、と、龍太郎は考える。

「わからないよ。今津さんは、都市伝説みたいなもんじゃないか、って言ってた」

「なんだかすっきりせんな」

「なにが？」

「三輪車のサドルだ。刃物で切り裂いてあったんだろう？　そのひねくれたボーヤは、植木鉢を割るのに何を使ってたんだ？」

「部屋の中から金槌が見つかってる。それと、汚れたバスタオルも。タオルに鉢の部分をくるんで、音が出ないように叩《たた》き壊してから、足で踏んづけてたんだ」

「瀬戸物や素焼きの鉢は金槌で割れる」

及川は、やっとビールに口をつけた。

「だけど、プラスチックのプランターを割るのに金槌は必要ないぜ」

「持ってれば壊し易《やす》いじゃないか」

「俺が金槌を持って歩いてて、何かを壊したいと思ったら、気持ちよく壊れる物を壊すね」

及川は皮肉な笑いを口元に浮かべた。

「プラスチックは気持ちよく割れない。一方、瀬戸物や素焼きの鉢を壊すのに刃物は必要ない」

「臆病《おくびょう》な男だから、常にナイフを携帯していたのかも知れない。腕力に自信のない不良と同じで」

「それでたまたま、目についたサドルを切り裂いた、か」

「おかしいか？」

「おかしくはない。一応、筋は通る。だが、龍、俺はすっきりせんぞ」

「先輩の事件じゃないですよ。先輩がすっきりする必要はありませんね」

龍太郎がわざと敬語をつかうと、及川はスツールの下で龍太郎の向こう脛《ずね》を蹴《け》った。

「先輩だ何だと、くだらないことを言うんだったら、その先輩の意見はちゃんと聞け。俺はマル暴畑を歩いてる人間だが、捜査って意味では何だって同じだ。捜査の鉄則は、出て来た材料はとりあえずみんな鍋《なべ》に放り込むことだ。煮てみて、口に入れてみてから、はじめて食えないもんを捨てろ。他に旨《うま》い材料が煮えてるからって、横着は危険だ」

龍太郎は、及川の言葉を心の中で反芻《はんすう》した。及川の言う通りだった。自分もまだ、本当の意味ではすっきりしていないのだ。大根おじさんと赤いセーターの娘。煎餅《せんべい》屋はその少女のことを憶《おぼ》えていなかった。だが、少女は実在しているのだ。そして加藤あきは、名倉とドーベルマンを見ていない。

「俺、ちょっと先に」

龍太郎はスツールから下りた。及川はニヤッと笑った。

「ま、がんばんな。どんな小さな事件でも事件は事件、コロシやタタキばかりが犯罪じゃないからな」

自分の飲み分を財布から出した龍太郎に、及川は、前を向いたままで言った。

「そろそろ、寮を出ないか？ 俺も今の部屋は飽きたとこなんだ。……一緒に生活するのも、いいと思うけどな」

龍太郎は言葉を探し、そして言った。

「考えとく」

同性愛者《ホモ》だ、ということに引け目や恥は感じていない。及川との関係が恋愛である、と言い切ることも出来る。自分は及川が好きだ。一緒にいることは楽しい。母親には申し訳ないが、俺は生涯結婚しないだろうし、孫も抱かせてやれないだろう。そのことはもう、心の中で片づけた問題だった。それなのに、この違和感はいったい、何なのだろう？

酔ってもいないのに息が苦しかった。犯罪者の気持ちが想像できるほど、強い後ろめたさがある。口の中が苦い。

おまえは無理してる。

及川は最初からそう言った。恋愛が始まったと龍太郎が思ったその最初の時から。

学生時代、まだ二人共、刑事でも何でもなく、ただお互いに、お互いが運命の相手だと感じたあの、はじめての夜に。

泣きそうだった。

泣いてもいいか、と、思った。泣いたらいいじゃないか。

なぜ、泣けない。

男だからか？　男が恋愛に悩んで泣くのは、恥か？

泣けないままに地下鉄に乗り、泣けないままで加藤宅の前に着いていた。

泣けないまま、龍太郎は刑事に戻った。

あてなどはない。ただ、現場百回、の言葉だけが頭の中でぐるぐる回っている。こんなものは捜査ではない。ただの当てずっぽうだ。今津に誉《ほ》められたような推理なんて、俺には出来やしない。今までのことはただの偶然。

だがたぶん、これでいいんだろう、と漠然と感じた。この執念が、刑事という仕事の本質なのだろう。この先、どれだけ続くかはわからない刑事人生は、執念でしか支えて行かれない。執念が保てなくなった時が、自分の刑事人生の終焉《しゅうえん》の時なのだ。

午前零時を過ぎた。加藤家の窓の灯りも消えた。下町の住宅街の真ん中で、街灯はつるんとしたアスファルトをむなしく照らしている。

龍太郎は待った。あてもなく、ただ、待った。

「今晩は」

暗がりの中から現れた、濃い色のダウンジャケットを着た少女に、龍太郎はそっと声をかけた。街灯の光の中に少女が立った時、ジャケットの色は、赤だ、と判《わか》った。

「噂《うわさ》を聞いたんだね。プランターを壊して三輪車のサドルを引き裂いた犯人が捕まった、って噂を」

少女は黙っていた。挑戦的な目で龍太郎を睨《にら》みつけているが、その唇が細かく震えているのは離れたところからでも見てとれた。

「どうしてなのかな、犯罪を犯してしまった人っていうのは、いつかはその現場に戻って来るんだよね」

「……何の話ですか？」

少女は言葉を発したが、語尾は聞き取れないほど乱れていた。

「わたし、ただ通りかかっただけですけど。あなた、誰ですか？」

「誰なのかは何となく、想像ついているんじゃないかな。もう安心だ、と思って来てみたのに、まだいたのか、ってがっかりしたんじゃない？　もっとも、警察が乗り出して来るほど大事になるなんて、もちろん君は思っていなかった。ただ、川北さんと菅原さんの事件を耳にして、便乗してやろうと思っただけだった。プランターを壊したくらいのことで警察沙汰《ざた》になるなんて、まあ普通は思わないものね」

龍太郎は肩の力を抜いた。足には自信がある。逃げられはしないだろう。

「ラジオで大根の花の種を播《ま》き続けた男の話を聞いて、君は感動したのかな。君自身もきっと、その青紫の花が好きだったんだろう。それなのに、この家の主婦はその花を、雑草だと言って引っこ抜いた。君の目には、引き抜かれたその草の種は、大根おじさんによって播かれたものに思えたのかも知れない。君は思わずカッとなって主婦に言葉をかけた。ところがこの家の奥さんは、そんな君の態度を生意気だと感じて反論した。君はものすごく腹をたてた。だけど、去年の春のことだ、いつまでも根に持っていたわけじゃないよね。たまたまこの近所で植木鉢が壊される事件が続いたと耳にして、あの時の腹立ちを思い出した。そのことを、誰かに喋《しゃべ》っちゃったんだね。誰に喋ったの？　恋人かな？」

龍太郎は返事を待ったが、少女はすすり泣きを始めただけだった。

「びっくりしただろうね。そのすぐ後で、この家のプランターがひどいことされて、水仙や桜草が被害に遭った。その上、三輪車のサドルまで。君はそれが誰の仕業か知っている。でも言えない。君は犯人のことが好きなんだ。そうだよね？　花を潰《つぶ》したり子供のオモチャを壊したり、ひどく残虐《ざんぎゃく》で乱暴で、憎むべき人間だけれど、それでも君はその人間が好きだ。そういう気持ちは、誰にも否定できない。誰かを好きになるのは理屈じゃないものね。でも君自身は違う。残虐でも乱暴でもないし、花が大好きで、子供だって憎くはない。君は悩んだ。打ち明けようかどうしようか。ところが、犯人が捕まったと今日、聞いた。間違いだ。本当の犯人はその人じゃない。君は知っている。どうしたらいい？　君は悩みに悩んで……」

「ごめんなさいっ！」

少女がしゃがみこんだ。両手をぐっと伸ばし、何かを龍太郎の方に突き出している。

街灯の白い光の中で、それは不思議な色合いに輝いていた。小さなビニールのカップに植えられた、一株の水仙。もうじきほころぶ蕾《つぼみ》をつけた、春の使者。

「どうしたらいいかわからなくて、せめてこれだけでもそっと置いて帰ろうと思って……カレのこと、責めないでください。悪いヒトじゃないの。ほんとは優しいの。みんなわかってあげないけど、あたしにはわかるの。でもみんながカレを責めるから、カレ、わざと暴れるの。水仙のこと聞いてあたし、泣いて怒ったの。お花だって生きてるのに、どうしてそんなひどいことしたのよ、って。カレも泣いてた。後悔してるんです。ほんとなんです。でもみんなが、みんなが怒るから、カレに反省してないって怒るから、カレは、後悔してない振りばっかりする。三輪車のことだって、子供が嫌いだからしたんじゃないんです。プランターを壊してる時に三輪車に躓《つまず》いちゃって、カレ、そういう時、物にあたる癖があって……」

「刃物は？　護身用に持ち歩いていた？」

少女は、地面に顔をふせるようにして小さく頷《うなず》いた。

少女が愛した雑草は、まだ、美しい花をつけるまでには時間がかかるだろう。傷ついてねじ曲がった心と、抑え切れない暴力衝動、武器を携帯してしまう猜疑心《さいぎしん》。それでも、この子がついていれば、いつかは花になる日も来るのかも知れない。警察には決してできないだろうこと、それができたとすれば、この子の優しさの勝利なのだ。

龍太郎は少女の手をとり、そっと立ち上がらせた。

「明日、君のカレシと一緒に、ここに謝りに来よう。これから少しだけ、署の方で話を聞かせてくれる？」

龍太郎は少女の背中を包み込むように抱いた。

小さな事件。

こんな小さな事件だって、かかわった人間はみんな、泣くんだ。

要するに、今津さん、あなたの推理がすべて正解でしたよ。

見上げてみても、東京の夜空に星はまばらだった。

闇を駆け抜けろ

戸梶圭太

戸梶圭太（とかじ・けいた）
一九六八年、東京生まれ。九八年『闇の楽園』で新潮ミステリー倶楽部賞を受賞。作家業のかたわら、自主製作映画やイラストなどにも才能を発揮する。『溺れる魚』『牛乳アンタッチャブル』『未確認家族』『東京ライオット』などの著書がある。

十一月二十九日（土）
新宿区××町二丁目の交差点
00：34

「おえわっ！」

一瞬前までゲラゲラ笑いながら運転していた江上弘志が、突然変な声を上げた。

ボガーン！　と大きな音がして、ワゴンに乗っていた三人とも前につんのめってそれぞれ頭や肩や胸を打った。

ヘッドライトの光輪の中に、自転車と人間が倒れていた。また、ビールの空き缶が数本、どれもてんで勝手な方向にころころと転がっていた。

完全空白のコンマ数秒が流れ、助手席の倉木澄男がまず第一声を発した。

「やべっ！」

他の二人にとっても「やべっ！」以上の言葉は必要なかった。いくらしこたまアルコールを食らった後でも、今の状況は明瞭《めいりょう》に理解できる。

はね飛ばされた人間は男で、上下ダサいジャージ姿、この寒いのに素足に健康サンダルを履いていた。ダサい死に方である。

いや、本当に死んでいるのか？

「死んだっ？」

後部席の永山悠太がいがらっぽい声を上げた。三人の中でもっとも顔が赤い。

「きゃあ！」

勤め帰りとおぼしき女が、今更という感じで悲鳴を上げた。それともさっきから悲鳴を上げ続けていて今やっと自分たちが気づいただけなのかもしれない。

弘志の頭の中で声がした。

まただ。今度は本当にヤバい。

無免許で、飲酒運転で、シャブもやっていて、**人をはねた。**

「やべぇえ！」

弘志の声はさっきの澄男の「やべっ！」と微妙にニュアンスが違う。周囲の状況と自分の立場をわきまえた上での「やべぇえ！」なのである。つまり、より恐怖が濃いのだ。

こんな時間ではあるが、人も車も多かった。

歩道から、車の中から、いくつもの目がはねられた人間とはねた車に向けられていた。

信号は、赤だったか、青だったか。全然見ていなかった。が、もはやそんなことはどうでもよい。でも、今は青だ。三人が乗った**石沢工務店**の白いワゴンの後には数台の車が連なっていた。

弘志はアクセルを踏み込み、ハンドルを左に切った。倒れた自転車と人間をよけて走り出した。

「あ、逃げた！」

「コノヤロー！」

そんな声が背後で聞こえた。

逃げるには充分な理由があった。弘志の体には大量のアルコールだけではなく、覚《かく》醒《せい》剤も染《し》み込んでいるのだ。それは澄男も悠太も同じだ。数十分前まで地元の仲間たち八人と、街道沿いの無法地帯のようなカラオケボックスで馬鹿《ばか》騒ぎしていたのだ。

弘志は今夜中にワゴンを勤務先に返さなくてはいけないので、家の方向が同じ澄男と悠太を乗せたのだ。

今度捕まったら、間違いなく懲役だ。澄男も悠太も覚醒剤所持でそれぞれ一度逮捕されている。

だから、弘志が車を走らせても二人とも、何も言わなかった。

事故現場はあっという間に遠くなった。

「おい、止めろ、降ろせ！」澄男が怒鳴った。「俺は関係ねーぞ！」

「そうだ、下ろせ！」悠太も怒鳴った。

つまり、轢《ひ》き逃げでサツに捕まって覚醒剤のことがバレたら困るので、お前一人で捕まってムショに入れ、ということだ。

非常に頭にくる態度だ。

「俺らカンケーねえだろ！」

「そうだ、さっさと止めろ！」

友情の欠片《かけら》もない。

「今は止められねえんだよ！」

弘志は吠《ほ》え、さらに加速した。

「降ろせよお！」

「轢いたのはオメーだろ、俺たちゃ関係ねーだろ！」

弘志は一人になりたくなかった。怖かった。一人で警察に捕まるのなんかゴメンだ。確かに轢いたのは自分だが、だからといって見捨てて逃げようとする二人は汚い。卑《ひ》怯《きょう》だ。自分さえよければいいのだ。だったら、俺は車を止めない。止めてやる義理はない。そんなに降りたきゃ飛び降りろ。

「てめえだけ逃げようとすんじゃねーよコノヤロー!」

弘志は口から大量の唾《つば》を飛ばして喚《わめ》いた。額に冷たい汗が滲《にじ》んでいた。

「前見ろバカッ!」

信号が赤だった。

横断歩道で女が立ちすくんでいた。一瞬だが、恐怖に目を剝《む》いた女の白い顔が見えた。

弘志は女をよけようとしてハンドルを右に大きく切った。切り過ぎてガードレールに突っ込みそうになったので咄嗟《とっさ》にブレーキを蹴飛《けと》ばした。後輪が大きく流れ、体を助手席の方にぐーっ、と持っていかれた。

ガードレールに突っ込むのは免れたが、車は扇形のタイヤ痕《こん》を曳《ひ》きながら道を塞《ふさ》ぐようにして止まった。

弘志の左腕はシフトレバーで強打したため、電気を流したようにじんじん痺《しび》れた。

「いってぇ……う……」

助手席のサイドウインドウに頭をぶつけた澄男がうめいた。

「……馬っ鹿野郎」

悠太の声もしたが、姿が見えない。横倒しになったらしい。

弘志は起き上がり、方向転換しようとした。頭がぼおっとしている。胃袋がバケツ一杯の氷を飲み込んだみたいに冷たく、重かった。

パウパウパウパウパウパウパウパウパウ！

パトカーのサイレンが急速に近づいてきた。そして、視界にパトカーが現れた。これまでの二十二年の人生において、こんなに急いでやってきたパトカーは見たことない。

逆方向からもう一台のサイレンも聞こえる。

最初に来たパトカーが弘志たちのワゴンから五メートルくらいの距離を開けて急停車した。

パトカーから三人の警官が飛び出してきた。ハリウッド映画みたいに拳銃《けんじゅう》を抜いてはいないが、明らかに殺気立っていた。

「おーい、ちょっと降りなさい！」

明らかに柔道で鍛え上げたと思《おぼ》しき図体《ずうたい》のでかい、細い銀縁眼鏡の警官が怒鳴った。

「逃走車を確認。車輌《しゃりょう》に打痕あり」

助手席から降りた警官が無線機に向かって話し出した。

「降りるんだ、おい！」

後方からもう一台のパトカーも現れ、進路を塞ぐように斜めに停車した。やはり三人飛び出してくるのがルームミラーに見えた。最近のオマワリは三人単位で行動しているのだろうか。

「くそっ！」

悠太が悪態をつき、ドアノブを摑《つか》んで開けた。

「あ〜チクショー！」

澄男もドアを開けた。

眼鏡オマワリが拳銃に手を伸ばした。

弘志はアクセルをグン！　と踏み込んだ。

「どわっ！」

「わひっ！」

澄男と悠太はそれぞれ声を上げて車の外に転がり落ちた。

0 0 : 4 0

「あれだ！」

(いたぞ！　ふざけやがって)

先々週三十七歳になった古藤巡査はブレーキを踏み込み、そのワゴンの数メートル手前にパトカーを停車させた。

白いワゴンの車体には**石沢工務店**と書いてある。

(工務店、鳶《とび》野郎か！　やっぱり鳶とトラック野郎は人殺しだ！)

鳶野郎とトラック野郎は古藤巡査が嫌いな人種であった。それより嫌いな人種はヤクザと暴走族とバカ外人だ。

(ちょっとでも抵抗したらぶちのめしてやる。もし刃物とか持っててかかってきたら撃ってやる！　待て、落ち着け、落ち着け。まず被疑者確認だ。ま、どう考えてもアレだけどよ)

シートベルトを解除してパトカーから降り、用心しながら近づく。

「おーい、ちょっと降りなさい！」

低くどっしりした声で怒鳴りつける。古藤巡査は自分の声に自信を持っていた。この一声で逃げるのを観念した被疑者は過去に少なくない。

「逃走車を確認。車輌に打痕あり」

助手席から降りた松田巡査が無線で報告する。

「降りるんだ、おい!」

周囲に響き渡る声で怒鳴りつける。拳銃のホルスターに手をかけた。全身の筋肉が緊張で強張《こわば》った。

助手席と後部席のドアがほぼ同時に開いた。二人の若造が出てきた。一人は赤いダボダボのヨットパーカにヒップホップ系の極太ズボン、もう一人は黒いトレーナーにかぎ裂きだらけのジーンズ姿だった。肝心の運転手はよく見えない。

(ガキだ! 蔦ガキだ! 人殺しの蔦ガキだ! この野郎、人殺しめが!)

その時、ワゴンが急発進し、降りようとして片足を地面につけた二人が転倒した。

運転手と同乗者の思惑は一致していなかったようだ。

ワゴンのヘッドライトが古藤の顔をカッ、と照らした。

突っ込んでくる。

間はもうわずか三メートルほどだ。

左右どちらに逃げてもはね飛ばされるか轢き潰《つぶ》されるかするような気がした。そこで古藤は回れ右して自分のパトカーめがけて走った。

ブオン！

すぐ後でワゴンのエンジンが吠えた。

「んぬっ！」

さすがの古藤も恐怖の呻《うめ》きを漏らした。右足を上げ、パトカーのバンパーを踏みつけた。ほぼ同時に左足で地面を蹴る。ボンネットに飛び乗った。

轟音《ごうおん》と共に大きな衝撃が襲い、ワゴンはパトカーのノーズに突っ込んだ。

84kgの古藤の巨体は前方に飛ばされた。下半身がフロントグラスにぶち当たり、上半身はルーフの上のランプに激突した。肋骨《ろっこつ》を強打し、肺から空気が叩《たた》き出された。

とんだ屈辱と恐怖であった。

ワゴンがバックする音が聞こえた。

「こらー止まれえ！」

「やめんかコラーッ！」

松田巡査と山井巡査が同時に叫んだ。

「おっ！」「わあっ！」「んなっ！」

後から駆けつけたパトカーの警官三人はバックしてきたワゴンに恐れをなして散った。

転げ落ちた三人の若造もサルのようにすばしっこく逃げた。ワゴンはもう一台のパトカーの側面に突っ込む寸前で止まり、間髪入れずにまた前方に飛び出す。

古藤のパトカーの左横すれすれを走り抜けた。

「待てコラー！」松田巡査が吠えた。

パトカー二台で挟んだのに逃げられた。古藤の頭にカッと血が上り、逃げた野郎に対する殺意が燃え上がった。

「あ、待て！」

「逃げるな！」

古藤が振り向くと、車に乗っていた二人の若造が別々の方角へ走って逃げ出した。

二人とも足が早い。

三人の被疑者は三方向に逃げ出した。

「赤い奴《やつ》を追えっ！」

「黒だっ、クロクロ！」

警官たちは二手に別れて被疑者を走って追いかけた。

「松田ーっ！」古藤は走り出した松田巡査に向かって雷のようにでかい声で怒鳴った。

「ワゴンを追跡だーっ！」

「は、はい！」

立ち止まった松田はパトカーに走って戻った。

古藤はひしゃげたボンネットから飛び降りて、運転席に乗り込むとシートベルトを装着した。

心臓がかつてないほどの早さで脈打っていた。

松田が乗り込むと同時に方向転換し、サイレンを鳴らして追跡を始めた。さいわいエンジンは無事だった。

（人殺しのクソガキが！）

古藤は見失ったワゴンを追ってアクセルを踏み込んだ。見失ったといってもすぐに追いついてやる。

一般車輌は道の端に停車して古藤たちに道を譲る。

前方から援軍のサイレンが聞こえてきた。

キイイイ！　と激しいスキール音が聞こえた。

（いる！すぐ前にいるぞ！）

古藤はさらに加速した。

00：44

「う、う……うう……」

うんと前のめりになって車を爆走させながら、弘志は泣き声とも呻き声ともつかぬ音を咽喉《のど》から漏らした。

四方からパトカーのサイレンが近づいてくる。

交差点に差しかかり、何も考えず左にハンドルを切った。耳障《ざわ》りなスキール音が鼓膜に突き刺さった。

（追ってくる追ってくる追ってくる）

捕まったらおしまいだ。どこかで車を捨てて逃げないと、そしてさっきカラオケボックスにいた仲間の誰かと連絡を取ってアリバイを作るんだ。俺は運転していなかったことにしないといけないんだ。

たとえ澄男と悠太のバカが捕まっても、俺は絶対に車を運転していたなんて認めねえぞ。ハンドルやレバーに指紋がついていたって、俺の勤務先の車なんだから当たり前だ。運転していたのは別の奴なんだ。その別の奴が誰なのかはひとまず逃げ切ってから考える。でも、身代わりに刑務所に入ってくれる奴なんかいねえか。

「チクショー！」

いいや、アリバイ作りはやめだ。

こうなったらもうどこまでも逃げてやる。どうせ東京にゃ未練なんかねえ。別に東京じゃなくたって生きていける。酒とパチンコとシャブと、ヘルスがあればどこの町だって生きていけるんだ、俺は。

さっきぶつけたパトカーが交差点を曲がって追いかけてくるのが、ミラーに映った。

(この車に乗ってたら逃げきれねえ)

弘志は悟った。

(車を捨てなきゃ！)

0 0：4 9

倉木澄男はもう何年も全力疾走なんかしていなかったので、たちまち息切れした。

この辺は閑静な住宅街だが、今、あちこちの民家で明りが点《とも》っていた。何事か見るためベランダに出てきた奴もいる。

「待てーっ！」「こらーっ！」

警棒を手に、二人のオマワリが追いかけてくる。あちこちで犬が吠《ほ》え出した。

「逃げられんぞー！」「止まれーっ！」

(確かに逃げ切れねえよな、いやダメだ！　尿取られたらシャブが出ちまう、くそっ、シャブさえやってなきゃ)

体が熱くなり、鼻水がたらーっと垂れてきた。脇腹《わきばら》は刺すようにズキズキと痛むし、頭がガンガンする。

(あっ！)

前方から犬を散歩させている自転車がやってくる。

柴犬が立ち止まって、澄男に向かって吠える。自転車に乗っているのは中年の女だ。

(寄越せ、自転車！)

澄男は目を剝《む》いて、自転車に向かってダッシュした。

「バウッ、バウバウバウバウ！」

中年女はハンドルを切って逃げようとしたが、犬がついてこないため、バランスをくずしてよろけた。

「おらぁ！」

澄男は吠え、中年女に肩からタックルをぶちかまして、ふっ飛ばしてやった。ガシャーン！　と自転車と女が倒れ、柴犬が飛びかかってきた。ダボダボの赤いヨットパーカに食いつく。

澄男は犬には構わず女の尻《しり》を蹴飛《けと》ばして、自転車を起こす。犬が唸《うな》りながらヨットパーカをぐいぐい引っ張る。

(うぜえ！　犬は好きなのに……)

「こらっ、やめろ！」「逃げるな！」

オマワリたちの制止の声は虚《むな》しい。あいつらにも疲れが見えている。

まんまと自転車奪取に成功したが、柴犬はまだぶら下がっている。ぶら下げたままペダルを漕《こ》ぐ。重い。邪魔だ。

「待てコノヤロー！」

ついに警官の一人がブチ切れ、とんでもない行動に出た。持っていた警棒を振りかぶり、澄男の顔めがけて投げつけたのだ。

ひゅひゅひゅひゅひゅひゅん！

空気を切る音と共に特殊警棒が縦に回転しながら襲ってきた。シャレにならない。

（オマワリがそんなことしていいのかよ！）

澄男は右腕で顔を庇《かば》った。

飛んできた警棒は、右腕と柴犬の後頭部にカツン！　と同時に当たった。

澄男は左手だけで自転車を漕ぎ続ける。すると、柴犬の顎《あご》がヨットパーカから外れた。打ち所が悪かったのだろうか。

（ラッキー！）

「止まれガキッ！」

もう一人のオマワリが警棒を振り上げ、道の真ん中に仁王立ちした。

（すぐ切れるオマワリかよ、レベル低いぜ）

「止まれええ！」

澄男は太腿《ふともも》の筋肉も千切れよとばかりにペダルにかけた足を全速で動かした。オマワリの右側をすり抜けようと試みる。一番危険な瞬間である。

「待てっつってんだ、このボケーっ！」

およそ警官らしくない言葉を澄男に浴びせて、殴りかかってきた。

ブン！

警棒の先が後輪の反射パネルを打ち砕いた。澄男はかろうじてヒットを免れた。

（逃げ切れるかも！）

全身汗だくになっていた。

「止まらんと撃つぞーっ！」

そのヤケクソなオマワリの声は澄男の、追われる者の逃走力をさらに搔《か》き立てた。

（ぜってえ捕まらねえっ！　轢《ひ》いたのは俺じゃねえんだ。逃げ切ったらこのパーカ捨ててアリバイ作んねえと）

0 0：5 3

「そこにいろーっ！」

「危ないぞ、こらっ、動くな！」

永山悠太は四車線道路を走って突っ切ろうとしたが、道のちょうど真ん中で立ち往生してしまった。

いつ轢かれてもおかしくない状況であった。

車の流れは一向に途切れない。

気分が猛烈に悪い。吐きそうだ。

ブー、ブブーッ！

大型貨物トラックが悠太にクラクションと排気ガスを浴びせかけ、通過した。

今だ！

右足を踏み出したら走り屋仕様のセルシオがやってきた。あわてて足を引っ込める。

緊張と恐怖と慣れない運動でどうにも気分が悪く、我慢できずに足元にゲロを吐いた。

「えぶおっ！　オロロ……ゲウロッ！」

背後ではオマワリたちが虚しく叫んでいる。

「そこでじっとしてろ！　バカなこと考えるなよ！」

「逃げられんぞ！」

唾《つば》とゲロのカスを口から飛ばし、悠太は顔を上げた。双方向からサイレンが近づいてくる。ランプの赤い光が見える。

てことは……。

一般車輌が減速し、歩道に寄って停止し始めた。

「ラッキー☆！」

悠太はまた走り出した。轢かれなかった。

「こらーっ、ばかもん！」

「止まれぇ、このガキ！」

まんまと渡り切り、ちらっと後を振り向いた。二人の警官も流れの絶えた車道を走って渡っていた。一人が悠太のゲロをぴょこんと飛び越えた。

キキー！

もう一人の警官が、パトカーにはね飛ばされた。体がぽーん、と二メートルほど飛んだ。

「ああっ！」

先を走っていた警官があわててはねられた警官に駆け寄る。

「巡査長ううう！　巡査長、しっかり！」

（チョーバカでやんの！）

悠太は鼻汁を手の甲で拭《ぬぐ》い、さらに走り続ける。吐いたら大分楽になった。俺が逃げ切ったらサツはあのゲロから俺のDNAを採取したりすんのかな、うわ、マジかよ、汚ねえ。

（くそっ、どっかにチャリとか原チャリ捨ててねえかな、そうすりゃ一気に引き離せるのに。捨ててあるわけねえか、じゃあ奪うか）

００：５８

弘志はもう自分がどこをどう走っているのかわからなくなっていた。完全にパニックに陥っていた。未《いま》だに捕まっていないのは奇跡かもしれない。

上を見たらちょうど標識が目に飛び込んできた。

歌舞伎町《かぶき》← 3 km

（歌舞伎町、そうだ、歌舞伎町！　あそこに逃げ込みゃなんとかなるかも！）

土曜の夜の歌舞伎町はオマワリも多いがそれ以上に一般人が多い。俺と似たような雰囲気の人間も多い。紛れ込めばきっと見失うはずだ。防犯カメラがたくさんあるけど、策はある。まず『ドン・キホーテ』に入って安い上着を買って外見を変えちまえばいいんだ。頭いいぜ！　俺はもう二度と家には戻れないから、朝まで歌舞伎町に潜んで、その間にゆっくり今後のことを考えりゃいい。それがいい。歌舞伎町の手前まで行って、道の真ん中で車から降りて大渋滞を起こしてやる。ざまーみろ、ポリめ。

０１：１７

（弘志と悠太の奴《やつ》はどうなったんだろ、捕まっちまったかな。悠太はともかく、弘志の奴ぁどうにもなんねえよな。だっててめえの勤務先のワゴン乗ってんだもんな。ぜってえトボけらんねえよ、あいつ超バカだし）

澄男は時にレースにスカウトされそうなほどのスピードで、そして時にはゆっくりと周囲を警戒しながら、未だ捕まらずに走り続けていた。狭く暗い道を選んで進む。幸い、このあたりの土地鑑はある。こういう住宅街ではパトカーより、チャリのオマワリが敵だ。どこから飛び出してくるかわかったもんじゃねえ。

（オマワリも結構ダメだよな、まだ俺を捕まえられねえなんて。それとも弘志か悠太がもう捕まって俺の名前ゲロって、今頃パトカーが俺んチに向かってんのかな。で、苦労して逃げ帰ったら家の真ん前であっさり捕まったりして、くそっ！　マジかよぉ。今夜は帰れねえ、誰かんチに泊まるかしてぜってえにアリバイ作らねえと。こういう時、女がいるとやっぱり便利だよなぁ。三つか四つ年上で落ち着いてて、機転の利《き》く女、そういうのいねえかなぁ）

一番地と番地を隔てている少し広い生活道路に出た。前方から車がやってきたので一瞬ひやりとしたが、ワンボックスカーだったのでほっとする。オマワリの白チャリを警戒しながら中速で漕ぐ。

ガラの悪い改造を施したワンボックスカーの車輪片側が、緑色に塗られた歩行者ゾーンに入ってきた。

澄男は舌打ちし、仕方なく歩道の端に寄った。

ところがワンボックスカーは少しもスピードを緩めることなく澄男に突っ込んできた。

「だわっ！」

あわてて逃げようとしたその時、足下をすくわれるような格好ではねられた。左の頬骨からフロントグラスに突っ込み、口の中がざっくり切れた。左目の視界が赤く染まる。

鼻と口から噴き出した血で車の前面が汚れた。

首がおかしな具合に捻《ねじ》れ、元に戻らなくなった。脳が機能停止し、じいんと痺《しび》れた。

運転席が開いて、澄男と大して年の違わぬ、もしかして年下かもしれない、金髪の男が出てきた。赤い上下のウィンドブレーカーを着ていた。

「……やっべ」

男は倒れて血を噴いている澄男を見下ろし呟《つぶや》いた。が、その目を見る限り、澄男に対して悪かったという感情はあまり持っていないらしかった。「……やっべ」というのはあくまで自分の立場に対する危惧《きぐ》だけのようだ。

「超やべえ！」

男は助手席に向かって声をかけた。助手席のドアが開いて、女が出てきた。濃い化粧のちょっと肥えたブスだった。

「ちゃんと前見ろよ！」

女は男をなじった。

「見えなかったんだよ！」

「見てなかったんだろ、バカ！」

「ああ、やべ、やっべえ、どうしよ」

「病院連れてかないと……」

女も澄男を見下ろす。ミニスカートの奥が見えそうで見えない。見ても大したモノではないだろうが。

「連れてけるわけねえだろ、酒飲んでんのに！」

男が怒鳴った。

（てめえ……ふざけんなよ）

痺れた脳味噌《のうみそ》にようやく浮かんだ思考が、それであった。

「病院の前に捨てて帰りゃいいじゃん！　逃げてこのまま死んだらやばいって」

「死なねえだろ、そんなにひどくぶつかってないし」

「病院の前に捨てて帰りゃあ、後で捕まっても罪軽いって」

「ええっ、ヤダよぉ」

「見られたらどうすんのよ、早く自転車ごと車に乗せるんだよ、ほら」

女が男を急《せ》かす。

０１：２８

これ以上走れなかった。心臓から血を噴きそうなほど苦しく、足の筋肉は千切れそうなほど痛い。

悠太の目の前に突如公園が現れた。

たった一基の弱々しい街灯しかない深夜一時の公園は、どことなく非現実的に見えた。

「……水」

よろよろと走ってトイレに駆け込むと蛇口を開け、普段だったら「死んでも飲まねー！」と思うに違いない水道水を掌《てのひら》ですくって飲んだ。

やっぱりまずい。当たり前か。

そのくそまずい水を腹いっぱい飲んでしまった。体が欲してしまったのだ。

（とりあえず、撒《ま》いたかな。いや、まだ安心はできねえ。これからどうすっかなぁ）

もう走るのは嫌だった。

右手が無意識に尻《しり》ポケットからケータイを抜き出し、開いた。悠太は自分をこの窮地から救い出してくれそうな人間をアドレスの中から探し出そうとした。

（そんな都合のいい奴なんかいねえよなぁ）

その時、公園の前の道で車の止まる音がした。

（パトカーか！）

悠太の胃袋が縮こまり、鉄臭い水が咽喉《のど》を上がってきそうになった。

（やべっ、どうしよ、やべえ！）

バタン、とドアを開閉する音がして、足音が近づいてくる。小走りだ。

（くそっ！）

悠太はそっと顔を出した。

止まっているのはパトカーではなかった。タクシーだった。

小柄で痩《や》せた男が、股間《こかん》を押さえながら内股《うちまた》でトイレに向かってくる。「ほっ、ほっ、ほっ」と変な声を上げる。

(なんだぁ、よかった。ああっ！)

悠太は閃《ひらめ》いた。

そっとトイレから出て、脇《わき》の植え込みにしゃがみ込んで隠れた。

運転手は便所に飛び込む前に既にジッパーを下ろし、モノを引っ張り出していた。よほど我慢したらしい。

悠太は放尿の音が聞こえ出すと、植え込みから出て走った。目的ははっきりしていた。タクシーだ。

運転手はキーを差しっ放しにしてあった。

(バーカ！)

悠太はドアを開けて乗り込み、急発進した。

運転手はまだ放尿を続けながらトイレから飛び出してきたが、知ったことか。

やったぜ！

車内にはオヤジの臭《にお》いがしみついている。シフトレバー脇の物入れに運転手のケータイが入っている。

ラッキーだ。あの公園にも、周囲にも公衆電話はないから、運転手が警察に通報するまでに数分は稼げる。車なら数分で遠くまで逃げられる。

01：46

弘志は靖国《やすくに》通り沿いを走っていた。車ではなく、二本の脚で。車は大ガードの下に乗り捨ててきた。おかげで追突事故と大渋滞を引き起こしたが、知ったことか。大事なのは俺の身の安全だ。他の奴はどうでもいい。

そこら中にサイレンが響き渡る。たった一人、俺を捕まえるために。

ほっとけよ、馬鹿野郎。とにかくドンキだ。ドンキで着替え買わねえと。

店内はごった返していた。ふと、朝までここにいればいいんじゃないかという気がしてきた。

（いや、ダメだ。今頃もう俺の身元は割れてる。それにここは一階の出口がひとつしかねえ。店内には防犯カメラがあるはずだし、それが警察と繋《つな》がってねえとは限らねえ。とにかく着替えを買って……）

「あれ？」

極端に狭い通路で弘志とすれ違おうとした若い男が、弘志の顔を見て声を上げた。無視しようとしたが、随分昔の記憶の中にある顔と一致し、弘志も「あっ？」と声を上げた。

「江上っ」

「野村っ」

二人は同時に相手の名前を呼んだ。

高校の同級生だ。仲は、すごくとは言えないが、まあまあ良かった。

「すっげー久しぶりじゃねえ？」

野村は金髪で、髭《ひげ》を生やし、以前にも増してガラが悪くなっていた。いかにも新宿のドン・キホーテが似合う。

「おお、そうだなぁ」

「今何やってんの？」野村が訊《き》く。

「いやぁ、別に、特に何にも」弘志はそう答えた。自分の中で石沢工務店はもう消えている。「お前は？」

「俺もバイト辞めたから、今は何にもやってねぇ、はは」

野村の短い笑いにはちょっと悲哀が感じられた。

「そうか。ここ、よく来んの？」

「ああ、結構来るかな」

「一人で来てんの？」

「おお、まぁ……」

（土曜深夜に、一人でドンキで買物かよ。暗えなぁ）

とはいうものの、自分も週末に一人でこの店にふらっと買物しに来たことは何度もあるから、あまり野村をバカにはできないが。ごった返す店内にいる間だけは少し孤独を紛わせることができるが、帰る時は入った時以上に虚《むな》しかったりすることもある。

（ま、似た者同士ってわけか）

野村が今の弘志の事情を知ったら「どこが似た者だ、この野郎！」と怒りそうだが。

「ほいじゃ」

野村は去ろうとした。

「あの、なぁ」弘志は思い切って呼び止めた。

「ん？」

「あの、良かったら会ったついでにどっかでちょっと飲まねえ？」服を変えても一人は不安だ。サツはひとり者を追っているのだ。だが、二人ならオマワリの目をごまかせるかも、という知恵が働いたのだ。

「ううん……俺、金全然ないんだけど」野村が渋い顔をする。

（金たんまり持ってるお前なんてありえねえよ）

弘志は思いながらも、「奢《おご》るよ」と大胆発言をした。

警察から逃れるカモフラージュ代である。どれほど効果があるかわからないが。

「マジ？」野村の顔が急に明るくなった。「じゃ飲みに行こうぜ」

（まだ身元が割れてなかったらＡＴＭに行っても大丈夫だよな？　ゲッ、そうだ！　早く全額引出しとかないと。轢《ひ》き逃げの時効まで銀行に行けないからな。行ったら防犯カメラに写っちまうから。まだ四万円くらいは残っていたはずだよな。くそっ、四万円かよ！　四万じゃどうにもならねえじゃん、いや、今そのことを考えてもしょうがねえ）

「よし。俺さ、ちょっと着替え買ってくるから、それから行こうぜ」

「着替え？」

「この服、脇の下に穴が開いててよ。ちょっと待っててくれよ」

「おう、待ってる待ってる」

（結構簡単に逃げられるかも）

弘志は思い、衣服の売り場に向かった。

01：56

「あった、病院！」

路肩に車を止めてナビをいじっていた男が嬉《うれ》しそうな声を上げた。

「どこ？」

女はモニター画面を覗《のぞ》き込み、男の肩をどつく。「歌舞伎町の病院なんかに連れて行けるわけないでしょ！　思いっ切り見られるじゃん！」

「あ、やべ、そうか」

「もっと遠くの病院探せよ！」

「わかったわかった、ちょっと待て」

後部席の床に押し込まれた澄男の鼻と口からどくどくと血が溢《あふ》れ続け、顔の周りに小さな血の池ができつつあった。手足が痺《しび》れ、ほとんど動かすことが出来ない。

(し……死にたくねえ。ここで死にたくねえ)

「ごほっ!」

鼻血が気管に入り、澄男は咳《せ》き込んだ。激しく何度も咳き込む。

女が助手席から身を乗り出して澄男を見た。

「げぇっ!」女が下品な声を上げた。

男も身を乗り出し、澄男を見た。男の鼻の下には汗の粒がぷつぷつと浮いている。

「うわっ………」

「これ、マジ死んじゃうんじゃない?」

(これってなんだよ、これって。バカブスが)

澄男は咳き込みながら、女に殺意を覚えた。

「こいつ……助かったらぜってぇ警察に俺らのこと話すよなぁ」

男が同意を求めるように訊いた。

「あたし帰る」

女は唐突に宣言した。

「えっ?」

「よく考えたら、轢いたのあたしじゃないもん。あたし関係ない」

「なんだよそりゃあ！」

「怒鳴んないでよ、ひと目引くでしょ！　も、帰るっ」

女がドアノブを摑《つか》んだが、ドアは開かない。運転席側でロックを解除しなければ開かないようになっているらしい。

「開けろよぉ！」

女はさっきの男と同じぐらいでかい声を上げてドアをブーツでガンガン蹴飛《けと》ばした。不穏な空気を察知したどこかの犬が吠《ほ》え出した。が、二人はそのことに気づいていない。

「おめえも共犯なんだよぉ！」

「あたしは何にもしてねえよ！」

「俺が捕まったらおめえのこと警察に言うぞ！」

「言えば！」

「てめえ車から降りたら警察に通報すっだろ！」

「どうしようと勝手でしょ！　バカッ」

「うっ……」

ふいに男が変な声を漏らした。何かと思ったら嗚咽《おえつ》を漏らしたのだった。

「ひでえじゃねえかよぉ」

男がめそめそと泣き出した。だが、女は泣き落としには乗らなかった。澄男には、なんとなく二人の関係というか距離がわかったような気がした。

(カレカノのカンケーじゃねえな)

「自分の問題にあたしを巻き込まないでよね。大体、帰りに運転するのに飲んだテツが悪いんでしょ」

男の名前はテツ、というらしかった。

テツは嗚咽を飲み込み、言った。

「警察に通報しないって約束しろ」

精一杯ドスを利《き》かせたつもりらしいが、てんで迫力ない。

(バカヤロ、さっさと病院連れてけ)

大量の血が失われたためか、ひどく寒い。

「ちっ！」女は下品ででっかい舌打ちをした。「言わねえよ」

それに対して男は何も言わない。

「大丈夫。言わないから、下ろしてよ」

テツは黙っている。

「あたしだって警察には関わりたくないんだから絶対言わないってば」

「…………ダメだ」

テツが言った。その声から、何か重大な決意がテツの中でなされたらしい、と澄男は感じた。

「ああん？」

女は〝てめえふざけんなよ〟とでもいう声を出した。聞いていて反吐《へど》が出そうなほどガラが悪い。

澄男の全身がガタガタ震え始めた。

（寒い……寒い……）

「片がつくまで一緒にいろ」

「なに命令してんのよ」

女も負けていない。

「終わるまで一緒にいろ」

「降ろしてよ！」

「てめ、**刺すぞ！**」

テツが吠えた。つい一分前はベソかいていたくせに。

(てめえ、頭おかしいだろ)

澄男は震えながら思った。

(ぜってえシャブやったことあるよな、こいつ。女もやってんだろな。さ、寒い)

テツがズボンの尻《しり》ポケットに手を入れた。そこにナイフが入っているらしい。

女も動いた。摑んでいたハンドバッグでテツの顔を打った。が、打撃は大した威力がなかった。

無言で何度も殴る。

テツは左腕で顔を庇《かば》いながらナイフを抜いた。カチャ、という音がする。飛び出しナイフか。

「ぎゃあ、ぎゃあ！」

女が下品な悲鳴を上げながらドアの方に逃げ、ブーツでテツの脇腹《わきばら》を蹴る。何度も蹴る。

近所の犬がますます吠える。この馬鹿《ばか》二人は、ここで騒いで通報されるかもしれないという危険に思い至らないらしかった。

(ま、バカだからよぉ……畜生、誰か助けてくれぇ)

澄男の両目から冷たい涙が溢れ、血に汚れた頬をつーっと伝った。

テツが、金槌《かなづち》で釘《くぎ》を打つようなぶざまな動きでナイフを女のブーツに突き立てた。

「ひいいい！」

女は右足を引っ込めようとしたが、テツの左手に足首を掴まれた。

「ひいっ、ひいっ！」

女が左足でテツの顔を蹴った。顎《あご》に当たる。

「いっ！」

テツが顎を引く。女はもう一度、今度は頬骨の下に蹴りをぶち込んだ。

「でっ！」

テツがひるむと、女は運転席と助手席の間をすり抜け、後部席に飛び込んだ。

女の右足が澄男の折れた肋骨《ろっこつ》を踏みつけた。しかも思い切り。

「ふぶっ！」

澄男の肺から空気が叩《たた》き出され、咽喉《のど》の奥から血が霧吹きみたいに勢い良く飛び出した。澄男の真っ赤に充血した目がカッと見開かれた。

「いやあああ！」

女は荷物室の方へと逃げた。

「うおおお！」

男も吠えながら、女を追って後部席に飛び込んだ。そして澄男の骨折した右腕を踏みつけた。

「んべっ！」

脊髄《せきずい》から脳天に電気が走り、頭が吹き飛びそうになった。膀胱《ぼうこう》から血混じりの小便が漏れた。

「待てコノヤロー！」

「きゃあ、きゃああああ！」

テツと女は狭い車の中で、荷物室と運転席を実に二往復もして、その度に澄男の損傷個所を汚い靴で踏みつけた。

（だ、誰か通報してくれ……このバカどもを……）

女がまた澄男の腹を踏みつけて運転席に飛び込む。女は額と頬をざっくりと切られ、顔が血まみれだ。またコートもズタズタで、血で汚れている。

「んなろお！」

テツが荷物室から後部席に飛び込んで澄男の顔を踏みつけたとき、車が急発進して、テツは後部席にドスンと尻餅《しりもち》をついた。

女がハンドルを握っている。

「うわぁ、ぎゃあ、きいい！」

女は意味不明のわめき声を上げながら、車を加速させる。テツが立ち上がれないほどのスピードだ。

「やめろ、テメ！」

テツが立ち上がろうとすると、女がハンドルを切った。車が傾き、スキール音が長く轟《とどろ》いた。

「んどっ！」

テツはよろけ、澄男の顔面に肘《ひじ》から倒れた。

女が逆にハンドルを切る。

「やめろおおお！」テツが叫んだ。

ブブー、ビーッ、パッパー！

さまざまなクラクションが狂ったように鳴り出した。一体どこをどう走っているのか。澄男にはまるでわからない。それが発狂しそうな恐怖をもたらした。

女は泣き叫びながら大きく蛇行運転をする。

そうしながら「ふざけんじゃねえええ！」と吠えた。

「止めろぉ！」

テツが助手席のシートバックを摑んで起き上がり、ナイフを振り上げた。それを女の腕に突きたてようとした時、女がブレーキを蹴飛ばし、車はガクンと前のめりになった。テツが胸板をシートバックに叩きつけた。

後方でクラクションとスキール音が同時に轟き、ガン！と澄男の体が二つに千切れそうな衝撃が襲った。

車がまた急発進する。

テツは体を後にもっていかれ、よりによって澄男の腹部に尻餅をついた。澄男の意識が遠くなった。でも気絶しない。いっそ気絶できたらどんなにいいか。

ガン、ガンガンガン！

車が飛び跳ねた。続いてバキーン！と何かを破壊したような音がした。

「やめろ、やめろお！」

翻弄《ほんろう》されたテツが弱気になった。

「止めてくれよぉ！」

声に〝泣き〟が入った。

だが、女は止めない。なおもスピードを上げて走り続ける。

プププー！

右側でクラクションが鳴り響いた。

「あうっ！」

女が押し殺したような悲鳴を上げた。

次の瞬間、車の右側がふわりと持ち上がった。コンマ1秒後、車は左側を下にして路面に火花を散らしながら滑った。

今度は澄男がテツの上に覆《おお》い被さった。

02：08
「おうっ！」

悠太が助手席に放ってあった運転手のたばこ臭い上着を羽織って、盗んだタクシーを走らせていると、明らかにスジ者という感じの中年男が手を挙げて、タクシーを止めようとした。

（やべ、空車の札が立ってた）

悠太はあわててスピードを上げ、走り去った。

（誰がてめえなんか乗せるかっての）

「なんだコノヤロー！」背後でヤクザが罵声《ばせい》を浴びせた。「海に沈めっぞオラーッ！」

（先にてめえが沈むって。空車はやべえな、回送にしとかねえと。あれ？　どうやってやるんだ？）

車を止めて操作しようかとも思ったが、さっきのやくざが追いかけてくる可能性もなきにしもあらずなので、先を急いだ。

三分ほど走ったところで自転車に乗った警官二人とすれ違い、心臓が止まりかけた。

警官は悠太にはまったく気づかずに走り去った。

（まだタクシーの盗難は通報されてねえみたいだな。でものんびりはしていられねえ、後ちょっと走ったら乗り捨てよ。あ、指紋拭《ふ》き取らねえと）

さらに三分ほど経《た》ち、悠太はさっきよりも小さな公園の前でタクシーを止め、服の袖《そで》でハンドルやシフトレバーなどについた自分の指紋を拭《ぬぐ》っていた。

ここから先どうするかという算段はないが、とにかく隣の区には来たので幾分安心感がある。サツは連携が悪いから区を越えれば意外と逃げ切れるという話を誰かから聞いたことがある。

(他に拭き残したところは……)

コンコン
誰かがウインドウをノックした。

「どえっ！」

悠太の心臓が飛び上がった。

若い女がびっくりした顔で悠太を見ていた。

悠太はその女に見覚えがあった。

(え？　あれ？……似てるなぁ)

女は歌手の結城《ゆうき》エリに似ていた。地味な色のコートを羽織って、ベージュのマフラーを巻いている。

女が、車を指差し〝乗れます？〟という顔をした。

(マジかよ！　結城エリじゃねえか！)

テレビで見るよりも小柄で顔が小さい。でも紛れもなく結城エリだ。

(うわ、信じられねえ！　結城エリが俺の車に！　でもなんでこんな場所に？)

「あ、ちょ、ちょっと待ってください」

悠太は後部席の開け方がわからなかった。大いに焦《あせ》ってドアの開閉ボタンを探す。

(どこだ、どこどこ！)

試しに押してみたボタンで、ドアがパカッ、と開いたので悠太は安堵《あんど》した。

「すいません、どうぞ」

悠太は顔をだらしなく緩めて、結城エリに言った。

「すいませぇ〜ん」

結城エリは可愛い声で乗り込んできた。

間違いない、この声、本当に本物の結城エリだ。

「えっと、江古田二丁目の『ライフマート』の近くまでいってください」

(可愛《かわい》いなぁ〜どこだよ、そこ。あの辺に住んでんのかな。意外と庶民派なんだな)

「はい、わかりました」

とりあえずドアを閉めて車を出す。

(わかんねえけど、ま、なんとかなるか)

ミラーに映る結城エリをちらちらと見る。走る密室に二人きり。心拍数がぐんぐん上がっていく。本当はこんなことしている場合ではないのに。車を捨てて警察から逃げなくてはいけないのに。

(でも……結城エリとドライブだぜ！　こんなチャンス二度とねえ！　ひええ！

人生最悪の夜かと思っていたのに、最高じゃねえかよ！　な、なんか話したい、どうしよう、どうしよどうしよ）

「あ……あの……」

声を出すのに凄《すご》い勇気がいった。

結城エリがケータイ画面から顔を上げた。

「あ……あのう……ゆ、結城、エリさんじゃ、ないですか？」

結城エリがニコッと笑った。

（うおお！　可愛いいい！　超性格良さそうじゃん！）

テレビと実物は全然違って本当は嫌な女なのではないかという心配は杞憂《きゆう》だった。

感動と興奮でハンドルを握る手が震える。

「そうでぇす」

（ひょええ！　やべ、涙が出てきた）

「あの……あの、ぼ、僕、結城さんの……シ、CD、いっぱい、も、持ってます」

声がどうしようもなく震えてしまう。気持ち悪い奴《やつ》だと思われないだろうか。

「うそぉ！」

結城エリの大きな瞳《ひとみ》がさらに大きくなり、輝いた。

「ほ、ほんとです。ほとんど全部持ってます。こないだも『ミュージック・トライブ』に出てましたよね」

「わぁ〜嬉《うれ》しい。あたしょっちゅうタクシーに乗るけど、あたしのこと知ってる運転手さんには初めて会った！　うれし〜い！」

悠太の脳味噌《のうみそ》は歓喜に溶け出した。

「い、いやそんなことないですよ。皆、気づいてても言わないだけですよ。ぼ、僕も話しかけたりなんかして、いいのかなって思ったけど、がが、我慢できなくて」

「別に我慢なんかしなくていいじゃないですかぁ。あたしが逆の立場なら絶対我慢しないですよぅ。これも何かの縁だし、ふふふ」

か、可愛い！　輝いてる！　キラキラしてる！

「は、はぁ、すいません、あの、疲れてませんか？」

「ううん、全然。今まで友達んチにいて、これからまた別の友達んチに行って遊ぶところだから、あはは」

(俺も遊びてぇ！)

「友達って……じょ、女性ですか？」

「うん、そう。番組の収録で知り合った女優の娘《こ》。芦田《あしだ》久美子って知ってる？」

「えっ、マジ！　ですか？」

普段の言葉遣いが出てしまった。

「結構しょっちゅう会ってるんだ。お互いの部屋に行ったりね」

「外だとファンとかが集まっちゃうからですか？」

「ううん、そう。それに二人とも仕事が忙しいから、こんな夜中とかじゃないと遊べないの」

「へぇえ、大変ですねぇ」

「ごめんね。あたしすごいおしゃべりで。みんなからお前少し黙れよって言われちゃうんです、うふふ」

「いや、いいじゃないですか、全然」

結城エリと友達みたいに話している。夢みたいだ。

「ねえ運転手さん、凄い若くないですか？」

「いやぁ……ははは」

「え、いくつなんですか？」

「ええ、あの、二十三です」

「うっそー！　あたしと同じ！」

「そうなんですよ、あはははは。まだこの仕事、全然慣れていなくて」

「そうなんだぁ、大変そう」

「結城さんに較《くら》べたら全然ですよ。僕、『バックフラッシュ』の中の『ビッグチェンジ』っていう曲が大好きで……う……」

また涙が出そうになった。

あの歌を書いて歌った本人が後に乗っているのだ。こんな凄いことってあるか？

「ありがと。あの曲、ちょっと地味なアレンジだけどあたしも気に入ってるの」

「いい曲ですよ、アレンジが地味だから、余計に歌詞がしみてくるんですよ」

「わぁ、嬉しいこと言ってくれるなぁ」

「エリさん、おかしなファンに付きまとわれて困ってるとか、そういうことないですか？」

「ん、なんで？」

「いえ、あの、有名人だから……」

「ん〜、一人いるんだけど……でも今んところそんなに変な行動には出てないよ、でもなんで？」

「いや、もし困っているんなら、俺が追っ払ってやりますよ」

「本当？　じゃあいつかお願いするかもね、ふふっ」

「その時は喜んで、ははは」

０２：３７

「くそうっ！」

野村が吠《ほ》え、空になったマルボロの箱をグシャッと潰《つぶ》して地面に叩《たた》きつけた。

「お高く止まってんじゃねえぞコラ！」

野村は弘志以上に酒癖が悪かった。おかげで弘志がなだめ役に回っていた。

「この辺は常連じゃない客にはつめてえんだよ、いいからヨソで飲もうぜ」

☆

二人はつい数分前、歌舞伎《かぶき》町ゴールデン街のとある飲み屋に入って、そこで屈辱を受けたのであった。

その店の名は『チャンドラー』。意味は弘志にはわからなかった。まぁ、どうせ大した意味はないだろう。

その時は弘志も野村も機嫌が良かった。一軒目の居酒屋で思いのほか話が弾み、野村が「二軒目行こうぜ、俺、前からいっぺんゴールデン街で飲んでみたかったんだ」と言い出したので弘志は「おう、じゃ行こうぜ」とノッたのだった。

『チャンドラー』に一歩入った途端、暗い店内のカウンターで飲んでいた三人の中年おやじが一斉に振り向き、弘志たちを汚いものでも見るような目で睨《にら》んだ。

どうも場違いなところに来たようだと弘志は思ったが、野村はそういった空気を感じ取れなかったらしく、さっさとカウンターの空いている席にどっかと腰を下ろした。

仕方なく弘志も隣に腰をかけた。

注文を取ったマスターのおやじも感じが悪い。早く出てけよ、とでも言いたげな顔をしていた。

おやじたちが自分たちの会話に戻った。弘志は聞くともなしに聞いていた。

「もうついていけないね、まったく」

「いやぁ、でも確かに先生の仰《おっしゃ》る通りですよ。私なんかも仕事だから読みますが、正直つらいもんがありますよ」

「大体、カバーに女の写真を使うなんていうのがダメだ」

「及川幾多郎みたいな奴か？　あれは多分奴がやりたいっていったんだろ、バカが。アーティスト気取りやがって。ＯＫを出す編集者も編集者だ。文芸をなんだと思っているんだ。あいつ、お前んとこでも本出してなかったか？」

「はぁ、出してますねぇ」

「出すなよ」

「はぁ、すみません」

「奴といい、上原といい、根っこに文学がない。奴らの根っこはハリウッド映画なんだ」

「漫画もゲームも」

「主人公に葛藤《かっとう》がない。葛藤がないから行動が薄っぺらなんだ」

「いやまったく同感ですよ、先生」

「俺が選考委員だったら、あんな奴真っ先に蹴落《けお》とすぞ」

「はは、花さんならやるだろうなぁ」

「いやまったく、ウチの社としてはそろそろ先生にも最終選考委員をやっていただきたいのですがねぇ」

「そりゃー無理だろ、篠田が死なない限り」

決断

「こいつ！」

「だははははは」

「まったく、あいつ何年新作出してねえんだよ」

「そうですねぇ、『闇《やみ》を駆ける』からもうかれこれ三年くらいじゃないですかねえ」

「アレだって売れたわけじゃねえんだろ？」

「実は大きな声では言えないんですが、重版はかかりませんでしたねえ」

「けっ、過去の遺産でのうのうとしやがって」

弘志は聞いているうちに、三人のおやじについて少しわかってきた。二人は作家、もう一人は出版社の編集者らしい。で、昨今の文学界について愚痴っているらしい。

花さんと呼ばれている作家先生は全身これナルシズムの塊であった。スーツといい、髭《ひげ》といい、ヘアスタイルといい、いかにも金持ちの不良中年を気取ったクソボケオヤジだ。

（むかつく）

「なんなんだ、あいつら」野村が顔を寄せてきた。

「ん、なんか作家らしいぜ」

「**作家**っ？」

声がでかかった。

おやじたちが弘志たちの方を向いた。

「ひひひひひひひ」

次いで野村が笑い出した。

弘志はあわてた。

(やべえよ、なに笑ってんだよ)

「ひひっ、そうかぁ、作家かよ」

「声でけえよ、野村」

弘志は言ったが、野村は聞いていなかった。

「おい、若造」

花さんと呼ばれた作家オヤジが、弘志たちに声をかけた。

(やべ、マジかよ)

弘志はこんな所でのトラブルは御免だった。朝まで穏やかに過ごしてから逃亡するつもりなのに。

「作家になんか恨みでもあるのか」

オヤジは虫の居所が悪いらしかった。それとも単に大人気ないだけか。

「まぁまぁ花道さん」編集者のオヤジがなだめようとする。

「ひひっ、ひひひっ」

野村は笑い続ける。弘志は怖くなってきた。

「人間の心の闇とか、親子の絆《きずな》とか、魂の再生とか書いてんだろ？　おっさん、いっひひひ。新聞によく広告出てんじゃん、ぷぷぷ」

バーテンのおやじが無言で近づいてきて、弘志と野村のグラスをすっと取り上げて言った。

「申し訳ありませんが、お引取りください」

「んだよぉ、まだ残ってんだろ」野村がドスをきかせて言った。

「お代は結構なので帰ってください」

花道とかいう作家より、このバーテンのおやじの方が強そうだった。背は高くないが首が太く、胸板が厚い。顔も鉄でできているみたいに頑丈に見える。

野村とバーテンがたっぷり数秒間睨み合い、店の気温が下がった。

結局バーテンが眼力で勝利した。

「行こう」弘志は野村の肘《ひじ》を摑《つか》んで促した。

☆

「ちっ！」

野村は叩《たた》きつけた煙草《たばこ》の箱をさらに踏みつけた。

「クソオヤジどもが！」

「なぁ、もういいからどっかで飲みなおそうぜ」

野村は振り返り、『チャンドラー』の入り口を睨みつけた。もう一度突入しそうな雰囲気があった。よほど日頃の鬱憤《うっぷん》が溜《た》まっているらしい。ここでそれを爆発させないで欲しかった。

「ほっときゃいいんだ、あんなオナニー野郎は」

弘志は気持ちを和ませようと軽い口調で言った。

「………ダメだ」

野村は言い、また『チャンドラー』に向かって歩き出した。

「おいおいおい、やめとけ！」

弘志は野村の上着を摑んだ。野村が振り向いた。

「弘志、おめえナイフ持ってっか？」

「も、持ってねえよ！」

動揺し、どもってしまった。本当は持っていた。実用でなく、ファッションとして。

「貸せ！」

野村が弘志の上着のポケットに、無遠慮に手を入れてきた。

「持ってねえって！」

（やべ、こいつ頭おかしい！）

「持ってんだろ、貸せ！」

（やべ、渡したらお終《しま》いだ、俺の指紋のついたナイフで人刺されてたまるかよ！）

野村が、弘志の右手首を摑んで捻《ひね》った。凄《すご》い握力だった。対する弘志は昔から握力がない。

「いでででで！」弘志は情けない声を上げた。背中と腋《わき》の下に気持ち悪い汗が滲《にじ》んだ。

「どこだよぉ！」

野村が弘志の体をまさぐり、ジーパンの尻《しり》ポケットに入っていた折り畳みナイフを見つけた。

「やめろっ！」

弘志は叫んだ。

「すぐ返すって」

野村は弘志を突き飛ばし、『チャンドラー』に突進した。

「やめろよぉ！」

弘志は捻られた手首を押さえながら追いかけた。

（逃げろ！）という声が聞こえたが、下手すると共犯にされかねない。やはり自分のためにも止めなくては。

（なんでこうなるんだよぉ）

弘志は泣きたくなってきた。

０２：３８

結局、三人が運び込まれたのは、歌舞伎町の大久保病院であった。澄男は警察に捕まってもいいから病院でちゃんと手当てを受けたかった。死んだら元も子もないではないか。

（それに……もしかして病院にいることで警察に見つからないで済むって可能性もあるかもしんねえし。俺、何にも身分証もねえから用心のためにテキトーな名前でごまかしとこう。弘志と悠太はどうなったかなぁ）

「大丈夫ですか？　お名前をきかせてください。喋《しゃべ》るのがつらかったら、免許証か何かを見せてくれますか？」

クリップボードを持った看護婦が訊《き》いてきた。

「何も……持ってない」

「じゃあお名前だけでいいですから」

澄男は偽名を考えた。

「鈴木……ひろし」

（すげえわざとらしい名前でやんの……でもこれしか思いつかねえ）

「スズキ、ヒロシ」

看護婦はその名を書類に書き込んだ。

それから注射を打たれ、眠たくなってきた。

（とりあえず死なずに済んだ。退院する頃にはもう小便検査されてもヤクは抜けてるな。運がいいなぁ、俺って。別によかねえか。あ、ねみい。痛いけどねみい）

０２：３９

「すいませんホント、こんなに時間かかっちゃって、ごめんなさい」

悠太はひたすら謝った。

「ホントに仕事慣れてないんだね」

結城エリは笑顔で言ったものの、目が笑っていない。

（そりゃ怒るよなぁ。三回も道間違えたんだから）

「すみません、なんとか着きました。お金は要りません」

「何言ってんのよ」

「いえいえ、ホントとんでもないっす。こんなに迷惑かけちゃって、お金なんかもらえません。どうせ料金いくらかもわかんないし……」

彼女を乗せて走り出してから数分後に、彼女が気づいたのだが、料金メーターがずっと￥０００００のままだった。セットの仕方がわからないので「ちょっと壊れちゃって……」とごまかしてそのままにしておいた。

結城エリがケータイで誰かに電話をかけた。

「あーもしもし？　ごめんねー！　運転手さんが慣れてなくて何回も道間違えちゃって……うん、今マンションの下についた。今いくねー、ホイ」

ケータイを切り、「三千円くらいでいいかなぁ」と悠太に訊いてくる。

「いや、だからホント、タダでいいですよ、悪いから」

「そうもいかないでしょ！　個人タクシーじゃないんだから、はい」

エリは千円札を三枚悠太に渡した。

「すみません、どうも。あの、握手してくれませんか？」

「ああ、はいはい」

エリはにっこり笑って、悠太の手を握った。

細い指、さらさらとした肌。ちょっと冷たい。

お別れだ。

「またどっかで会うかもね」

エリが言って、手を離した。

「……はい、気をつけて」

悠太はドアを開けた。エリは「じゃね」と飛び出していった。

一応、彼女がちゃんとマンションに入るまで見届けようと思った。

（俺って好青年だよなぁ）

マンションの自動ドアをくぐろうとしたエリが、ふいに立ち止まった。

柱の陰から男が出てきた。

「きゃっ！」エリが悲鳴を上げた。

悠太はドアに体当たりして外に転がり出た。

「コラーッ！」

男に向かって吠《ほ》えると、男は意外にもあっさりと逃げ出した。そのことが悠太の攻撃性を掻《か》き立てた。

「何やってんだオラー！」

おっかけっこが始まった。男はデブだった。体格的にも自分の方が勝っている。さっきエリが言っていた、最近付きまとっているファンの野郎だろう。ふん捕まえてヤキ入れて、二度とエリにつきまとえないようにしてやる。そして俺はエリちゃんに感謝される。それがキッカケで付き合えるとは思えないが、感謝してもらえるだけでいいのだ。

あっという間に追いついた。

「このデブーッ！」

デブのシャツの後ろ襟に右手を伸ばした時、デブがくるっと振り向いた。

ブシューッ！

ガスが悠太の顔に浴びせられた。吸い込んでしまった。

鼻の奥と咽喉《のど》が焼けるように痛み、息ができなくなった。目も歯ブラシで擦《こす》られたように痛んだ。

悲鳴を上げようにも声が出ない。

立っていることもできなかった。ぶっ倒れ、冷たいアスファルトの上をのた打ち回る。

デブは逃げていった。

０２：４０

「うおらーっ！」

野村が吠えながら、作家花道に突っ込んでいった。

弘志は声も上げられず、一歩も動けなかった。

野村と花道が抱き合うような格好になり、花道がよろけた。

「ふぬおっ！」

花道がおかしな声をあげた。

野村がナイフを持った右手を素早く何度も動かした。

(刺してる！　さ、刺してる！)

もう一人の作家も編集者も弘志同様に固まってしまった。だが、バーテンのおやじは違った。手近にあったボトルを摑《つか》み、野村の頭に投げつけたのだ。

バカーン！　と音がして、角瓶が割れた。

「ぬがうごっ！　へぶぶ！」

花道は恐ろしい形相で苦悶《くもん》の呻《うめ》きを上げる。

野村の頭が酒と血で汚れ、がっくりと花道の上に伏した。

「おうげろっ！」

花道が血の混じったゲロを吐いた。

弘志は魅入られたように白目を剝《む》いた花道を見つめた。時間が止まったみたいだった。

ひゅん！

空気を切り裂き、弘志の顔に瓶が飛んできた。

反射神経でよけた。

パーン！　と瓶が砕け散る。酒とガラス片が顔に飛び散った。

（俺は何にもしてねえだろ！）

ひゃん！

今度はアイスピックが回転しながら飛んできた。

咄嗟《とっさ》に右腕で顔を庇《かば》った。

アイスピックは、信じられぬほど深々と上腕に突き刺さった。

（マジか……）

逃げようとして、割れた瓶の口を踏みつけ、足が滑った。体がふわりと宙に浮いた。

（よっ！）

次の瞬間、床に後頭部を打ちつけた。死ぬほど強く。

０３：３２

「おいおい、大丈夫か？」

手当てを終えて出てきた古藤巡査を見て、上司の曾根谷《そねや》巡査部長が声をかけた。

「余命半月みたいな顔じゃないか」

「はぁ……なんか、ここに来てから急に気分が悪くなってきて」

古藤は胸を包帯でグルグル巻きにされていた。顔は青白く、額に紫色の血管が不気味に浮き出ていた。

「マルヒを追跡している時は痛みなんか感じなかったのに……」

「ま、そんなもんだ。俺も十年ほど前、右足首を骨折したまま万引き犯を追って捕まえた。なんであんなことができたのかいまだにわからんよ、ぬはは、まぁまぁ」

「まだ捕まってませんか」

「ああ、残念だが」

「くそ、クソガキどもが。ぶち殺してやる」

古藤は歌舞伎《かぶき》町の手前まで石沢工務店のワゴンを追っていたのだが、ガキが道の真ん中で車を捨てたために大渋滞が起き、それで見失ってしまったのだった。

見失ったら、古藤は急に気分が悪くなり、体中が激しい痛みを訴えた。どうにも耐えられなくなったのでこの大久保病院にやってきたのだった。

クソガキに轢《ひ》き殺されそうになった恐怖と屈辱はこの先一生忘れられないだろう。特に運転していたガキは自分の手で捕まえて、警棒で頭をカチ割ってやりたかった。悔しい。

土曜の夜の大久保病院は居酒屋並に賑《にぎ》やかであった。次から次へと怪我《けが》人や病人が運び込まれてくる。通路には怒鳴り声や泣き声がやかましく響き渡り、職員たちの顔も殺気立っている。

「逃げられちゃいますかね」

古藤は忌々《いまいま》しげに吐き捨てた。

「運転していた奴の身元はとっくに割れたぞ」

曾根谷は軽い調子で言った。

「えっ？」古藤には初耳だった。

「江上弘志、二十三歳。石沢工務店の社員だ。今、自宅に捜査員が向かっている。同乗していた二人についてはまだわかっとらん、ま、逃げられやせんさ。飴《あめ》いるか？梅のど飴」

「すみません、いただきます」

それからしばし二人は黙って龍角散《りゅうかくさん》梅のど飴を口の中で転がした。

「せんせーっ！せんせー、しっかりしてください」

「花さん、花さん、気をしっかり持て！」

古藤たちの目の前をストレッチャーが通過した。その上には小太りの中年が乗っているが、あと一時間くらいでくたばりそうな顔をしている。

「あ〜ありゃダメだな」

曾根谷が断定した。

それから若者が乗せられたストレッチャーが相次いで二台、通り過ぎる。二人とも頭に怪我をしたらしく、一人は額、もう一人は後頭部が割れていた。

「喧嘩かな？」曾根谷がいかにもどうでもよさそうに呟《つぶや》いた。

「やぁ、曾根谷さん」

血のついた白衣を着た恰幅《かっぷく》の良い中年男が、朗らかな顔で曾根谷に話しかけた。

「あー、どうも日野原さん。相変らず血だらけで。お元気そうですな」

「いやいやいや、こう見えても立っているのがやっとなくらいですよ。何事も気力です」

「今夜はまた一段と賑やかですねぇ」

「満月が近いからねえ」

「それ、ほんとに関係あるんですか？」

「あるある、大アリですよ。満月は人を狂わせるんだ。科学的にも証明されているんだから。統計でも……」

「日野原先生ーっ」

看護婦が駆け寄ってくる。

日野原医師は〝またかよ〟というふうに顔をしかめた。

「あん？ どした」

「催涙ガスを吸った患者さんが、心臓停止を起こして……」

「あー、喘息《ぜんそく》持ちだろ。テキトーに処理しとけ」

「薬は？」

「ええと、よくわからんから太田先生に訊《き》いといて」

「はいっ！」

日野原医師は再び曾根谷に向き直った。

「統計でも立証されているんだ。どこだったかなぁ、ヨーロッパの国の警察は満月の夜には警官を増員して……」

「あ、日野原先生」

今度は研修医とおぼしき若い男がやってきた。

古藤は眩暈《めまい》を感じ、ストレッチャーに横たわった。

「なんだよぉ」

日野原医師は〝少しほっとけよ、この野郎〟とでも言う顔で研修医を睨《にら》んだ。

「偽名を使っている患者がいるんですが」

その言葉に曾根谷の目が光った。古藤も起き上がる。

「交通事故で運ばれた患者です。スズキヒロシと名乗っているんですが、ケータイに貼《は》ってあるプリクラのシールに〝SUMIO&EMI〟って文字があるんです。女とピースしてるツーショットの写真なんですが」

「そんなこといちいち気にすんなよ。お前は刑事か、このおっ！」

研修医に対する日野原の態度は暴君的であった。

「す、すみません」

「ちょっと、その患者は今どこ？」

曾根谷が訊く。

13：50

目が覚めると、澄男は病院の個室にいた。

窓には薄いカーテンが引かれているが眩《まぶ》しいくらいに明るい。

（くそ、死にかけた）

澄男は車がひっくり返った瞬間を思い出して、ぶるっ、と身を震わせた。

（俺のことバレてねえかな？）

体を動かそうとしたが、ギプスで固められていて、どうにもならない。

（くそ、一体何箇所折れたんだよ、チクショー。あのバカ二人はどうなったんだろ）

カタッ、と静かにドアが開いて、眼鏡をかけたチビの看護婦が覗《のぞ》き込んだ。

「あ」

看護婦は驚いた顔をして、また引っ込んだ。

俺はどれくらい寝ていたんだ、と訊き損ねた。

それから澄男の時間感覚で十分ほど経《た》った頃、かつかつかつ、と足音が近づいてきた。三十代後半くらいの、がっちりとした体格の医者がカーテンを開け入ってきた。右手に黒い診察鞄《かばん》を持っていた。

「具合はどうですか、スズキさん」

鞄を足下に置いて丸椅子《いす》に腰掛け、訊いてきた。

「え？」

（スズキ……あ、そうだ！　名前を訊かれてスズキって答えたんだった、やっべえ）

「あ、はい、なんだか頭がぼおっとして……」

「それは薬のせいです。回復は順調ですよ」

「あ、あの……」

「ん？」

「僕を轢いた、二人は、どうなったんですか？」

「君を轢いた？」

「そうなんです。僕、自転車に乗っていてあの車に轢かれて、自転車と一緒に車に押し込まれて……」

「ふぅん、そうだったんだ。あの二人は死んだよ」

「…………」

澄男は言葉が出てこなかった。

「ま、どうせ大した人間じゃないさ」

医師が暴言を吐いたが、頭がぼおっとしている澄男はなんとなく聞き流してしまった。

「実は……どうしても君に会いたいという人間が来ていてね」

澄男は警戒した。

「な、なんでしょう……今ちょっと気分が悪くて」

「あ〜いや、警察じゃないよ」

医師は澄男の心を見透かしたようなことを言った。

「若い女性なんだが……」

「…………え？」

心当たりがない。彼女などいないし、女の兄弟もいない。

「誰なんです？　名前……」

「ま、会えばわかるさ」

医師は言って丸椅子から立ち、ドアに向かった。そしてドアを開けて、外に向かって「どうぞ」と声をかけた。

（な、なんだよ勝手に。知らない奴なんかと……）

二十代前半の、髪の長い美人が入ってきた。

まったく知らない女だ。

（だ、誰？　あ、でもいい女、胸もあるし）

女の着ている赤のタートルネック越しに、丸い胸の膨らみが綺麗《きれい》に見えた。

女が悲しそうな顔で近づいてきて、椅子に腰掛けると前置きなしにこう言った。

「兄を返してください！」

「………？」

女がギプスで固められた澄男の腕をがしっ、と掴《つか》んだ。澄男はギクリとなった。

「兄を返してください！　あなたたちが轢き殺した兄の命をかえしてください！」

直径十センチほどの、氷のように冷たい槍《やり》が澄男の心臓に突き刺さった。

（ま、マジかよ！）

「………え………」

「とぼけないで！　あなたたち三人が轢き殺して逃げたんでしょ！」

槍がさらに深く突き刺さる。

女の両目に涙が溢《あふ》れていた。

澄男の口から、言葉なんか出てくるわけなかった。

妹。

轢き殺した人間にも当然、家族や恋人や友達がいるわけだ。当たり前なのに今この瞬間まで考えもしなかった。

「返してええええっ！」

女は半狂乱になって澄男に掴みかかった。医師は止めない。

澄男の心臓から血がどくどくと流れた。

「返して、返して返して返して返して返して返してえええええええ！」

女は絶叫しながらハンドバッグで澄男の顔をぶっ叩《たた》いた。何度も何度も何度も執拗《しつよう》に叩く。

澄男は顔を無事な方の腕で庇《かば》いながら泣いた。

やっと自分が何をしでかしたのかわかった。嗷いたのは自分ではなかったとはいえ、逃げることに反対しなかったし、警察からも逃げた。

澄男はおいおい泣きながら、鼻汁を垂らしながら打たれ続けた。こんな思いをするなら死んでしまいたい、と思った。

医師はそんな澄男をじっと見ていた。

どうしてバレたのか、と考える余裕などあるわけなかった。わかったからわかったんだろう。警察もバカではない。

バッグの角が眉間《みけん》にぶち当たり、目の中に火花が散った。

14：44

「お母さんが来たよ」

医師は悠太に笑顔で言うと、ドアまで行って「どうぞ」と外に向かって声をかけた。

ドアが乱暴に引き開けられ、中年の女がドタドタとがに股《また》で入ってきた。

母親ではなかった。全然知らない女だった。枝毛だらけの潤《うるお》いのない髪を振り乱し、目をカッと吊《つ》り上げ、両手を突き出して悠太に摑みかかってきた。

「この、人殺しがあああああ！」

わけもわからないまま、首を絞められた。

「ジュンイチを返せえええええええええ！」

医師が止めてくれると思ったのに、止めてくれない。

（やべっ、轢いた奴《やつ》の親……）

恐怖に心臓が凍りついた。

「殺してやるううう！」

悠太は母親の手首を必死で払いのけた。それでもまた摑みかかってくる。

「俺じゃねえよおお！」

悠太は声を裏返して叫んだ。自分の声とは思えないくらい怯《おび》えたか細い声だった。

「俺は轢いてない！　俺は逃げるのはいけないって言ったんだ！　警察を呼ぼうって

言ったんだよう!」

「嘘《うそ》つけコノ轢き逃げの人殺しがあああ!」

母親がベッドの上に飛び乗ってきた。ストッキングがビリ、と破れる音がした。

「助けてくれえ!」

医師はいつの間にか消えていた。

病室で怒り狂った被害者の母親と二人きりだった。

悠太はまた呼吸困難を起こした。それがパニックに拍車をかけ、ますます息ができなくなり。

助けを呼びたくても声がでない。

心臓が……苦しい……死にたくない。

悠太は咽喉《のど》からひゅうひゅうと音を漏らしながら、白目を剝《む》いた。

意識を失う寸前、母親が悠太の顔に唾《つば》をかけた。

15:39

「家族の方がみえたよ」

やけにガタイのいい医師が弘志に笑顔で言った。こういうタイプの顔の奴はなんというか、生理的に嫌いだ。

(家族……あんまり会いたくねぇ、ていうか来んなよ。それより警察はどうなったんだ?)

目覚めた時からそれ以外のことがほとんど考えられない。当たり前ではないか。病院なんかで寝ている場合ではないのだ。今すぐはるか遠くに逃げたいのに。

医師が個室のドアまでいって、ドアを少し開け「どうぞ」と声をかけた。

するとドアが乱暴に引き開けられ、三十くらいの緩いパーマをかけた女と角刈りの中年おやじが入ってきて、弘志に向かって突進してきた。

しかも女は手にペンチ、おやじは金槌《かなづち》を持っていた。二人とも目が〝てめえを殺《や》ってやる!〟とばかりにギラギラしていた。

わけがわからない。

「おわっ!」

弘志は変な声を上げて逃げようとした。腹が真っ二つに千切れるかと思うほどに痛んだ。息が詰り、一瞬で脂汗《あぶらあせ》が噴き出た。

「この轢き逃げ野郎がぁ!」

オヤジが目玉をひん剝いて金槌を振り上げた。

「ひいん！」

弘志はベッドから転げ落ちた。脇腹《わきばら》から床に激突し脳味噌《のうみそ》の中で小さな核爆発が起きた。

女が左手で弘志の足首を摑んでぐいっと引っ張った。その手の薬指には指輪が光っていた。

「人殺しが、こうしてやる！」

女はペンチで弘志の右足の小指をはさんでねじ切ろうとした。

「へむっ！」

弘志は激痛と恐怖で小便と緩いクソを漏らした。包帯から瞬《また》く間に血が滲《にじ》み出てきた。

「まあまあ、まあまあまあ」

医師が止めに入ったが、その顔はなぜか少し楽しげだった。

15：43

「ちょっとやり過ぎましたかね、あたし？」

廊下に出ると女がカツラを脱いで言った。ウィグネットが現われる。

古藤はにやけながら首を振った。

「いやあ、全然。いい気味だぜ、クソガキが。しかし巡査部長、驚きましたよ。凄《すご》い演技だったじゃないですか！」

「いやいやいやぁ、梶原《かじわら》君に較《くら》べれば私なんか素人《しろうと》だよ。あんなの演技なんてもんじゃない」

曾根谷巡査部長は実に楽しげだった。こんないきいきした表情の巡査部長は初めて見た。

「そんなことありませんよぉ。おいしいところ持っていかれたなぁ。ちょっと悔しい」

梶原巡査は古藤が差し出したウェットティッシュの箱から三枚引き抜いて自分の顔を拭《ぬぐ》った。メイクを落とした顔にはまだあどけなささえ残っていた。

梶原舞子。二十四歳。新宿警察署生活安全課の巡査である。彼女は警察官になる前は小劇団に所属していた元舞台女優である。その演技力を活《い》かし、これまで何度か、主に高齢者を対象とした市民防犯講習において『オレオレ詐欺《さぎ》にご用心』『催眠商法で泣き寝入りするな』『年金返金詐欺に引っかからないために』などのベタなタイトルでオリジナル劇を数人の同僚と披露していて、都内の警察官の間ではかなり有名である。テレビのニュースにも二回ほど登場したことがある。

実際、梶原巡査の化け方を目の当《ま》たりにして古藤は衝撃を受けた。特に三番目の被害者の妻役など、見ていて背中がぞくぞくしたほどだ。惚《ほ》れてしまうかもしれない。

「はぁ〜おもしろかった♪」

梶原巡査はまったく悪びれずに言い、ウィグネットを取って頭を振った。艶《つや》のあるさらさらとしたショートヘアがふわっ、と広がった。

古藤の心臓が、ドクン、と大きく脈打った。

まずい、本当に惚れそうだ。

「どうだい古藤君、ちったぁ気が晴れたかい？」

日野原医師が廊下の向こうからのんびりとした足取りでやってきてニコニコ顔で訊《き》いた。

「ありがとうございます、おかげさまですっかり」

古藤は晴れやかな顔で言った。

梶原巡査がぺこりと医師に挨拶《あいさつ》し、曾根谷巡査部長は「や、どうも」と軽く会釈《えしゃく》した。

「ただ、マルヒがベッドから落ちてまた内出血しちゃったんですけど。ついでにウンコも……」

「あ〜、いいのいいのそんなの。別に死んだっても僕は困らないから、あっははははは」

その意地悪そうな顔とは裏腹に、日野原医師は健全なユーモア精神を持った人格者である。

「先生、ご協力ありがとうございました」

古藤は日野原医師に深々と頭を下げた。

「私からも礼を言います。ありがとうございました」

曾根谷も一礼した。

「ありがとうございましたぁ！」梶原巡査も可愛《かわい》く礼を言った。

「可愛いねえ、あっははは」

日野原医師も彼女が気にいったようだ。

それから四人は病院の廊下でひとしきり笑いあった。その間もひっきりなしに病人や怪我《けが》人を乗せたストレッチャーがせわしなく行き来した。

ストックホルムの埋《うず》み火

貫井徳郎

貫井徳郎（ぬくい・とくろう）

一九六八年、東京生まれ。九三年、鮎川哲也賞の最終候補作となった『慟哭』で作家デビュー。ハードボイルドの味わいと本格ミステリの切れ味を持った稀有な才能の持ち主である。『修羅の終わり』『迷宮遡行』『神のふたつの貌』『追憶のかけら』などの作品がある。

1

頭の芯《しん》まで痺《しび》れるような冷気が、夜を覆《おお》っている。戸外にいると、こめかみがずきずきと痛み出す。ストックホルムの夜は、降臨節《アドベント》に入ったとたんに冷え込むようになる。今夜もおそらく、寒暖計は氷点下を指し示しているだろう。

だがそれは、ブラクセンにとって歓迎すべきことだった。アドベントの夜は皆、苔《こけ》と苔桃《こけもも》の枝を入れた小箱に四本のアドベント蠟燭《ろうそく》を立て、火を灯《とも》す。ジンジャークッキー《ペッパルカーカ》で作った家を飾り、香料入り赤ワイン《グロッグ》を飲んで時を過ごす。凍えるような戸外に出ていきたがる酔狂な者は、そう多くない。往来が少なければ、ブラクセンが目撃される確率も下がるのだ。手足のかじかみに悪態をつきたくても、今はこらえるべきだった。

周囲の家には温かな団欒《だんらん》の明かりが見えるが、道路に影を落とすのはブラクセンひとりだけだった。求めても得られなかった、家族の温《ぬく》もり。どこかから楽しげな笑い声が聞こえるたびに、ブラクセンの胸には暗い怒りが降り積もっていく。この怒りがある限り、自分は躊躇《ちゅうちょ》などしないだろうとブラクセンは確信した。

おれの気持ちに応《こた》えようとしなかったクリス。週に三度は顔を合わせ、そのたびに微笑《ほほえ》みかけてきたあの態度はいったいなんだったのか。おれとクリスの間には、間違いなく温かな感情が通い合っていたはずだった。それなのにクリスは、そんなことなどまるでなかったかのように振る舞った。自分の行動がどれだけ深くおれを傷つけたか、あの女はわかっていない。クリスはおれの気持ちをはねつけることで、死に値する大罪を犯したのだ。命が尽きようとするその瞬間に、せいぜい己の愚かさを悔いるがいい。

クリスはブラクセンが勤めるビデオショップの常連客だった。勤め帰りに寄るのか、やってくるのはたいてい夜の七時前後。一度に一本だけビデオを借り、その二日後には返すついでにまた新しいビデオを借りていく。借りるビデオは大作映画から小品、ホラーもコメディーもアクションも恋愛ものもなんでも観《み》る、いわゆる映画好きのようだった。

ブラクセンはビデオショップでアルバイトをしてはいたが、取り立てて映画が好きというわけではなかった。暇な時間を利用して観るようになったのは、もちろんクリスに興味を持ったからだ。大勢やってくる客の中でも、クリスはひときわ目立っていた。ブロンドの髪に青い眸《ひとみ》、そばかすひとつない頬、控え目な色を差した唇。どのパーツを取っても非の打ち所がなく、総体としては目を瞠《みは》るほどに美しい。初めてクリスを見たとき、きっとモデルに違いないとブラクセンは考えたものだった。

自分から話しかけようとは思わなかった。週に三回、美しい顔を見られればそれで満足だった。ブラクセンは自分の容姿が強く女性にアピールする力を持っていないことを自覚していた。背が低く、顔の彫りが浅い平凡な容姿。壮年を過ぎても堂々たる押し出しだった父親とは似ても似つかず、むしろ父の妹である醜い叔母に似てしまった運命を、何度呪《のろ》ったことか。父は何度も浮気を繰り返した挙げ句、脳卒中であっさりと逝《い》った。好き勝手に生き、綺麗《きれい》にこの世から去った父親の一生を、ブラクセンは羨《うらや》んでいる。なぜあの父親の血を引きながら、自分はこんな人生を送っているのか。

それもこれも、すべて凡庸な容姿のせいだ。

幼い頃から眼鏡をかけ、前歯が幾分反り気味だったせいで、ブラクセンは日本人《ヤパーン》という渾名《あだな》をつけられていた。クラスの男子だけでなく、女子もブラクセンをそう呼んだ。三十三年間の人生において、女性に好きだと言ってもらったことは一度もなく、おそらくこれからもないだろう。父に対する劣等感。自分を馬鹿《ばか》にする異性への恨み。

そのふたつはブラクセンの心底にがっちりと食い込み、二度と引き離すことなどできそうになかったが、だからこそよけいに美しい人への憧憬《しょうけい》も人一倍強かった。テレビのブラウン管や雑誌の誌面で微笑む美女は、孤独な生活をわずかなりとも慰めてくれるような気がした。

ブラクセンにとってクリスは、あるときまでそのような存在だった。どこか遠いところから、大勢に向かって笑いかける美女。ブラクセンのような醜い人間の存在など視野に入れていない、別世界の住人。クリスはあくまで、眺めて楽しむ鑑賞物でしかなかった。

それでもクリスは、生身の人間としてブラクセンの前に立つ。その点が芸能人やモデルとは違っていて、特別な興味をかき立てた。ブラクセンはそれを満たすために、クリスが返却するビデオを棚に戻さなかった。彼女がどんな映画を観たのか、自分も知りたかったからだ。クリスが店を出ていくとすぐ、レジの横に設置してあるテレビでそのビデオを観た。面白い映画もあればつまらないものもあり、クリスもきっと自分と同じ感想を持ったのだろうと想像すると、その夜は幸せな気分になれた。

ある日のことだった。いつものようにクリスがビデオを返却して帰っていくと、それを見た他の客がすぐに同じビデオを借りていった。だからその夜はクリスが抱いたであろう感想を共有することができず、満たされない思いが残った。いっそその客には、「これはまだ貸せない」と言えばよかったと後悔したほどだった。

しかし後に、ブラクセンはその客に感謝をした。客がビデオを借りていかなければ、クリスと言葉を交わすこともなかったからだ。人生にはどんな形で幸運が訪れるかわからない。そんな思いをブラクセンは、しみじみと噛《か》み締めたのだった。

ビデオが返ってきたのは四日後で、ブラクセンはすぐにデッキに挿入した。それを観ながら、ビデオを借りに来る客に応対する。そうこうするうちに、時刻は七時になろうとしていた。クリスがやってくる時間だった。

クリスは店に入ってくると、まず借りていたビデオを返すために受付カウンターに近づいてくる。その日も彼女はまったく同じ行動をとったが、ひとつだけいつもと違う点があった。レジ横のテレビに目をやると、「それ、面白いですよね」と話しかけてきたのだ。

まさか向こうから声をかけてくるとは想像もしなかったブラクセンは、うまく答えることができなかった。「そ《ヤ、》、そう《ャ》ですね《ー》」と言葉を詰まらせて頷《うなず》くだけで、クリスの顔を見ることさえできなかった。見る見る赤面していくのが自分でもわかる。それを悟られまいと、ブラクセンは必要以上に俯《うつむ》き続けた。

女性とまともな応対ができない自分を、これほど情けなく感じたことはなかった。あの美しいクリスが向こうから話しかけてくれたのに、ただ「ヤー」としか言えなかったとはあまりにもったいない。何人も愛人を作った父ならば、このような機会を決して逃さず有効に活用できたことだろう。それを強く後悔したブラクセンは、家に帰ってから言葉を発する練習をした。次にクリスが来たときには、もっと気の利《き》いたことが言える男になっていたいと望んだ。

鏡に向かって、何度も話しかけた。もう二度と、言葉を詰まらせたり赤面したりしてはいけない。ごく自然に、単なる世間話として声をかけるのだ。何しろ先に話しかけてきたのは向こうなのだから。

次の機会に、ブラクセンはクリスの目を見て話しかけた。「あの映画、面白かったです」。たったそれだけの言葉でしかなかったが、練習の成果を発揮するにはありったけの勇気を振り絞る必要があった。声は硬く、フレンドリーな雰囲気を作れたとはとても思えない。だがそれでもクリスは、「そうですよね」と明るく応じて微笑んでくれた。ブラクセンも反射的に、ぎこちない笑みを浮かべた。

それ以来、クリスは気さくに声をかけてくるようになった。「これ、面白かったですよ」とか、「何か面白いのはないですか」といったたわいないことばかりだが、ブラクセンにとっては天使の囁《ささや》きに等しかった。だからブラクセンは、クリスが借りたビデオを後追いで観るだけでなく、彼女に薦めるために店にあるビデオを片端から観た。そうして面白い映画を発見し、クリスに喜んでもらうことが、ブラクセンの生き甲斐《がい》となった。

言葉を交わす回数が増えれば、親密さも増してくる。いつしかブラクセンたちは、互いに軽口を叩《たた》くようにまでなっていた。もちろんブラクセンは、もうクリスと向き合っても緊張などしなかった。これまでの半生において、女性と緊張せずに話せたことなどない。クリスはブラクセンにとって、特別な存在となったのだった。

クリスの微笑の中に、ブラクセンは明らかな好意を感じた。かつて一度も向けられたことのなかった、女性からの好意。ブラクセンはそれが単なる錯覚ではないかと、何度も疑った。自分が女性から、それもクリスのような突出して美しい女性から好意を寄せられることなど、起こり得るのだろうか。独りよがりの思い込みで、クリスの微笑みを都合よく解釈しているだけではないのか。

疑っても、クリスの気さくな態度は単なる儀礼には見えなかった。クリスは今や、自分でビデオを選ばずにブラクセンの推薦に頼るようになっている。ブラクセンの言葉を頭から信じ、そして観終わった後に感想を交換し合うのを明らかに楽しんでいた。

と、奇跡が起きたのだ。自分のような冴《さ》えない男を好いてくれる女性がついに現れたのだ

だからブラクセンは結論せざるを得なかった。

ブラクセンは、次の一歩を踏み出すことにした。それもまた多大な勇気を必要としたが、最初に話しかけたときに比べればそう難題でもなかった。クリスがにべもない態度をとるとは、とても考えられなかったからだ。

「映画のチケットが二枚、手に入ったんだけど、今度の日曜日にでも一緒にどうかな」

この台詞《せりふ》も、家で鏡に向かって練習をしてきた。過去に女性を誘ったことがないわけではないが、すべて無惨《むざん》な失敗に終わっている。こうしたことには過度な緊張は禁物で、さりげなさこそ大事なのだとブラクセンは失敗から学んでいた。とても慣れた態度とは言えないが、まずまずの口振りだったのではないかと思う。

クリスは軽く驚いたように目を丸くし、心底申し訳なさそうに眉根《まゆね》を寄せた。

「ごめんなさい。日曜日にはちょっと用があるの」

「じゃあ、来週は？」

「ううん、来週ももう予定が入ってるんだ。せっかく誘ってくれたのに、ごめんなさい」

「いや、いいんだ」

過去に同じようなことは何度もあった。だから、こうした返事を予想していないわけではなかった。だがクリスの態度は、過去にブラクセンに冷たくした女たちのそれとは違っていた。用があるという言葉はただの口実ではなく、本当なのだと信じることができた。

ではいつなら暇なのだろう。ブラクセンは素朴に疑問に思った。今度誘うときは、断られないようにしなければならない。そのためには、もっともっとクリスのことを知る必要がある。今こそ積極性を発揮しなければならないと、ブラクセンは判断した。

クリスの住所や電話番号を調べるのは簡単だった。ビデオショップの会員になる際に、登録用紙に記入してもらっているからだ。ブラクセンは休みの日に、その住所を訪ねてみた。地下鉄の駅から八分ばかり歩いたところにあるアパートは、大きさからして単身者向けのようだった。家族と同居しているわけではなく、クリスはひとり暮らしなのだ。

クリスがモデルではなくただの会社員であることは、すでに知っている。勤め先の住所や名前も、会員登録用紙に書いてもらった。だからブラクセンは、次にその勤め先まで行ってみた。住居だけでなく勤め先の雰囲気を知るのも、クリスを理解するためには欠かせないことだった。

会社の場所はすぐに特定できた。クリスが会社を出てくる時刻も、ほぼ想像がつく。ブラクセンは周囲をうろうろして時間を潰《つぶ》し、クリスが帰ると思われる時刻には遠くからビルの出入り口を見張った。そして彼女が出てくると、声をかけずに後を追った。

今日はビデオショップに寄らない日のはずだった。案の定、クリスは真《ま》っ直《す》ぐ家に帰ろうとしない。地下鉄を中央駅で降りると、橋を渡ってガムラ・スタンへと向かった。

クリスは特に迷う様子もなく、ガムラ・スタンのレストランへと入っていった。少し高級そうなそのレストランは、ブラクセンがひとりでふらりと入れる雰囲気ではない。もちろんクリスもひとりで食事をするわけもなく、誰かとここで待ち合わせているのだと思われた。まさか男ではないだろうかと、ブラクセンの心は嫉妬《しっと》に燃えた。

またしても待つ時間が続いた。今度はクリスが何時頃に出てくるのか見当がつかないので、店の入口から離れるわけにはいかない。道の曲がり角に張りつき、顔だけを出してレストランを見張り続けた。

夏のストックホルムは夜の訪れが遅く、九時を過ぎてもまだ明るかった。そのためブラクセンは、クリスと連れ立って店を出てきた男の顔をはっきりと見ることができた。逞《たくま》しい体軀《たいく》と、いかにも男らしい引き締まった顔つき。その男の顔を見上げるクリスの表情は、幸せに満たされているようだった。

嫉妬心は、瞬間的に極限にまで膨れ上がった。クリスには男がいたのだ。それも見るからに女性から好意を持たれそうな、ブラクセンの父を連想させる男。やはりそうなのか、クリスのような美女には、釣り合う男がいるものなのか。ブラクセンは己の貧相な容姿を思い、強く歯嚙《はが》みした。

クリスは男の肘《ひじ》に腕を回し、軽くしなだれかかるようにした。男はそれを、当然のように受け入れる。そしてふたりは、駅とは反対の方角へと歩き出した。

ブラクセンが後を尾《つ》けたのは、確たる考えがあってのことではなかった。正確に表現するなら、そのときのブラクセンは自失状態にあった。だが嫉妬心が足を動かし、彼らの後を追わせた。尾行がついているなどとは夢にも思わぬふたりは、まるで背後を気にしない。見破られる心配のない、簡単な尾行だった。

クリスたちは、バーに入り、またブラクセンは取り残された。二時間近く待ち続け、そしてふたたび、出てきたふたりを追う。今度こそ帰宅するのだろうと、ブラクセンは不毛な尾行の終わりを期待した。

クリスたちは中央駅まで歩いた。そして同じ電車に乗る。いつ別れるのかとブラクセンは見守っていたが、とうとうふたりは一緒に下車した。そこはクリスのアパートの最寄り駅だった。

信じたくないと思ったが、ブラクセンの予想は当たった。クリスは男とともにアパートに帰り着き、ごく当然のように部屋に招き入れたのだ。アパート一階の部屋の窓に明かりが点《つ》く。その明かりは一時間ほどで消えたが、男は出てこなかった。結局ブラクセンは、暗い嫉妬を抱えて翌朝まで監視を続けることになった。

その日を境に、ブラクセンの中で何かが外れた。クリスに嫌われたくないと考える臆病《おくびょう》な思いは消し飛び、自分という存在を是が非でも強く意識させてやりたいと望む決意が心を支配した。特定の男がいながら安易に微笑《ほほえ》みかけてきたクリスを、ブラクセンは絶対に許すつもりはなかった。

まずは電話をかけた。話したいことは何もない。ただ単に、何かの手段でクリスと接触したいだけだった。最初はクリスも、受話器を取り上げても何も聞こえないのは、電話機の具合がおかしいせいではないかと考えたようだった。だがそれが二度三度と重なると、これが無言電話であると否応《いやおう》なく理解できたらしく、「誰？」と訊《き》いてくるようになった。むろん、応じるつもりはない。ただ耳を澄まし、クリスの背後から聞こえるささやかな音に注意を払った。そこに男の気配を感じ取ったなら、夜通し電話のベルを鳴らしてやるつもりだった。

電話は一週間に二度くらいのペースでかけていたが、やがてそれでは飽き足らなくなった。しかしビデオショップの仕事があるときは電話をするわけにもいかず、夜勤明けの日中ではクリスが自宅にいなかった。そこで次には、手紙を出すことにした。ラブレターではない。いかにクリスが魅力的な女性かを、ブラクセンは淡々と文章にした。そこに自分の思いを込めるつもりはなかった。込めたとしても、クリスが喜ぶはずもないからだ。こんなにも熱烈な賛美者がいるのだということをわかってもらえれば、ただそれで充分だった。

もちろん手紙は匿名《とくめい》で、筆跡を残さないようタイプライターを使って書いた。念のため投函《とうかん》する場所はその都度変えたが、消印から何かがわかるとも思えなかった。クリスはこれを読んでどう感じるだろうかと想像すると、ブラクセンはぞくぞくするような快感を覚えた。

やがて、ビデオショップにやってくるクリスに変化が現れた。かつてのような明るい表情は影を潜め、いつもうち沈んだ顔をしているようになったのだ。そのためか、観《み》たがる映画は笑えるものが中心になった。ブラクセンはクリスのリクエストに応じるために、店にあるコメディー映画ばかりを観る羽目になった。

最近元気ないですね、と話しかけてみることもあった。だがクリスは疲れたように微笑むだけで、詳細を語らない。まさか自分を悩ませる相手が目の前にいるとは、想像もしていない態度だった。匿名の陰に完全に隠れていることを確認して、ブラクセンは満足だった。

しかしそれもわずかな間のことだった。そのうちクリスは、ビデオを借りに来なくなったからだ。会社の帰りに寄り道するのが怖くなったのかもしれない。ブラクセンは自分のやりすぎを自覚した。

だからといって、クリスへの接触を控える気にはなれなかった。クリスが店に来ないなら、なおさらこちらから働きかけなければならない。そこでブラクセンは、店が休みの日はずっとクリスの動向を見張り続けることにした。クリスは会社とアパートを往復するだけで、至って地味な生活を送っていたが、それでもブラクセンは退屈しなかった。クリスに影のようにつき従っていること自体に、強い満足を覚えていた。

ある日、クリスはまた男と会った。以前のように食事をし、バーに入り、クリスのアパートに帰る。クリスに恋人がいることはわかっていても、どうしようもない嫉妬心をブラクセンは抑えられなかった。アパートの明かりが消えた後、ブラクセンは公衆電話を探し、そこからクリスの家に電話をかけた。

電話口には出てもらえないと予想していた。最近のクリスは、警戒してなかなか電話を取らなくなっていたのだ。だが案に相違して、電話は繋《つな》がった。ブラクセンは暗い期待を胸に耳を澄ませる。すると、聞こえてきたのはなんと男の声だった。

「お前、いつまでふざけた真似《まね》をしてるんだ。いい加減にしないと、痛い目に遭わせてやるぞ」

かかってきたのが無言電話だと見抜いて、代わりに男に出てもらったようだ。男は声を低め、凄《すご》んだ口調でそう言う。ブラクセンは驚いたが、すぐにこの状況を楽しむ余裕を取り戻した。痛い目に遭わせるなどと強がっても、向こうはこちらの正体を知らないのだ。電話線を介する限り、何を言われても怖くなかった。

男の言葉に、ブラクセンは沈黙で応じた。もっと相手に喋《しゃべ》らせようと考えた。男が喋れば喋るほど、こちらは愉快になる。ふたりきりの親密な時間を壊してやれたかと思うと、痛快ですらあった。

しかし、男の声は続かなかった。受話器を受け渡す気配に続いて、クリスが平素からは考えられない甲高い声で応じたからだ。

「本当よ！　これ以上つきまとうなら、あんたのことぶん殴ってもらうから！　あんた、ビデオショップの店員でしょ！」

ブラクセンはのけぞり、反射的に電話を切ってしまった。そして一瞬後に、その行為を悔いる。これではクリスの言葉を認めたも同然ではないか。

なぜクリスは気づいていたのか。正体を悟られているとは露ほども思わなかったので、今の言葉には胸を錐《きり》で刺されるほどの衝撃を受けた。心臓が口から飛び出しかねないほど躍っているのがわかる。冷静になるんだと、ブラクセンは何度も自分に言い聞かせた。

尾行をしているときに、顔を見られたのだ。ブラクセンはそう結論した。それ以外に、感づかれた理由はあり得ない。何度も尾行を続ければ、向こうも警戒しているのだからいずれ気取られるのは当然だった。自分の考えが甘かったことを痛感した。

もう駄目だ、人生の破滅だ。ブラクセンは絶望した。あの男は店にやってきて、ブラクセンの胸倉を摑《つか》むだろう。そしてひと悶着《もんちゃく》が起き、ブラクセンは仕事を辞めざるを得なくなる。それだけではない、最悪の場合は警察に突き出されるかもしれなかった。そうしたら、もうストックホルムにブラクセンの居場所はなくなってしまう。何もかも終わったも同然だった。

殺すしかない、という決意を固めるまでには、さほど時間はかからなかった。これは正当防衛だ。自分の生活を守るためには、クリスの口を封じなければならない。クリスはこちらを怖（おび）えさせたことで、自分の死刑執行許可証にサインをしたようなものなのだ。クリスさえいなくなれば、ブラクセンはこれまでどおりの生活を続けることができる。たとえ冴《さ》えないくすんだ毎日であろうと、これが自分の人生だ。他人にみすみす破壊されるのを待つわけにはいかなかった。

——そしてブラクセンは今、アドベントの夜をひとり歩いている。クリスを殺すための用意は、抜かりなく調えてきた。窓から侵入するためのガラス切り。手袋。そしてクリスの命を奪うナイフ。自分に人を殺せる度胸があるだろうか、とは考えなかった。驚くほどに躊躇《ちゅうちょ》はない。冷静に、ひとつの作業を片づけるようにクリスの胸にナイフを突き立てることができるだろうと、ブラクセンは考えていた。

クリスのアパートに辿《たど》り着き、周囲を窺《うかが》った。通りかかる者はいない。ブラクセンはアパートの外構を乗り越え、敷地内に入った。

回り込んで、ふと眉《まゆ》を顰《ひそ》めた。クリスの部屋に明かりが点いているのだ。いつもならばもうクリスはベッドに入っている時刻だ。今日に限って起きているのは、アドベントだからか。ならば、もう少し侵入を遅らせなければならない。

そう考えながら、部屋に近づいた。カーテンの隙間《すきま》から明かりが漏れているので、外から覗《のぞ》くことも可能だと考えたのだ。中の様子がわかれば、対策も立てやすい。

音を立てないように近づいて、四つん這《ば》いになりながらカーテンの隙間に目を近づけた。まず視野に入ってきたのはテーブルで、その向こうにクリスの投げ出した足が見える。床に坐《すわ》ってテレビを見ているのかもしれない。ブラクセンは徐々に視線を移動させた。

腰の辺りまで見えるようになったとき、ブラクセンは異変に気づいた。クリスは坐っているのではない。床に直接寝そべっていたのだ。こんな寒い日に、ベッドではなく床に寝ているとは尋常でない。見つけられる危険性も忘れて、ガラス窓に顔を近づけた。

クリスと目が合った。一瞬、そう感じた。だがそれは間違いで、クリスの網膜には何も映っていなかった。クリスはただ、中空を見つめているだけだったのだ。

クリスは瞬《まばた》きひとつしなかった。それどころか、口からは膨れ上がった舌が飛び出している。ブラクセンは強い驚きのあまり、しばしそのままの姿勢でクリスの無惨《むざん》な姿を見つめたが、彼女が動き出すことはなかった。

死んでいるのか。ようやくその考えが頭に浸透してきた。ブラクセンはパニックに陥りかけ、そのまま逃げ出そうとした。それを引き留めたのは、周囲の静寂だった。今ここで音を立てれば、ブラクセンの立場が危うくなる。犯してもいない殺人の罪で、警察に捕まってしまうかもしれないのだ。そう考えることでかろうじて、ブラクセンはその場に踏みとどまることができた。

真っ先に思い出したのは、これまで送った何通もの手紙だった。あの手紙には名前を書いていないとはいえ、ブラクセンの指紋が残っている。あれをそのまま残しておいては、いずれまずいことになるのは目に見えていた。今、回収しておくに越したことはなかった。

窓の施錠《せじょう》状態を確かめたが、内側から鍵《かぎ》がかかっていた。当初の計画どおりにガラス切りで侵入しようかとも考えたが、念のために玄関に回ってみることにする。クリスを殺した犯人が、鍵をかけずに出ていった可能性があるからだ。

案の定、玄関ドアは開いていた。ブラクセンは目撃されないように周囲に気を配りながら、素早く室内に入った。そして靴を脱ぎ、靴下裸足《はだし》で中へと進む。短い廊下を抜けると、クリスの投げ出された足が見えてきた。

近づいて、本当に絶命しているかを確認した。肩を揺すっても、頰を軽く叩《たた》いても、クリスは無反応だった。疑いようもなく、クリスはもう生きていなかった。

いったい誰がクリスを殺したのか――。あの信じがたいほどに美しかった女性がもうこの世にいないかと思うと、ブラクセンの胸に強い悲しみが込み上げた。自分が殺そうとしていたことも忘れ、心からクリスの死を悼《いた》んだ。

2

死体発見の報があったとき、スウェーデン国家警察警視庁メルスタ署殺人課所属のロルフ警部補は、同僚のエリクソンとチェッカーをしていた。待機の時間にチェスを打つ警察官は多いが、ロルフはあまり好きではない。真剣に勝とうとするなら頭を使い、休んだ気にならないからだ。その点チェッカーなら、適度にリラックスしながら楽しむことができるので、気分転換にもなる。もっとも、相手をしてくれるのがエリクソンだけというのが目下の一番の難点なのだが。

一般市民から九〇〇〇番通報があり、司令室を通じて殺人課に報告が入った。ヴェーストマナ通りそばにあるアパートで、変死体が発見されたとのことだった。

「やれやれ、また飯の種の発生か」

エリクソンは露悪的に言って、大儀そうに腰を上げた。エリクソンはロルフより三歳年上の三十七歳で、夫人との間に一男一女を儲《もう》けている。最近は長男が反抗的になってきたとかで、息子との話題に困っているとこぼすのが常の善良な警察官だった。

「別に、事件が起きなくても我々の給料は出るんですから、飯の種ではないでしょう」

壁に掛けてあるコートを取りながら、ロルフは応じた。軽口だとわかっていても、無言で出動する気にはなれない。誰にも言えないことであったが、ロルフは未《いま》だに死体を見るのが苦手なのだった。

車で現場に急行すると、すでにアパートの周辺には人だかりができていた。制服警官がふたりで現場保存に努めようとしているが、いかんせん人数が足りない。ロルフたちとともにやってきた他の警官たちが直ちに飛び出し、ロープを張って野次馬を遠ざけた。その後で、ロルフたち殺人課の刑事は悠々と現場に乗り込んだ。

手袋を嵌《は》めながら、現場の部屋に玄関から入る。入ってすぐに、部屋の中央に寝そべっている人物が目に飛び込んできた。後頭部がこちらに向いているので、表情まではわからない。そのことに、ロルフは密かに胸を撫《な》で下ろした。

「心臓を刃物でひと突き、といったところかね。死因は」

先に死体に近づいたエリクソンが、顔を近づけて胸部を覗き込んだ。なるほど、胸には果物ナイフ程度の刃物の柄が突き立っている。ロルフは口中に酸《す》っぱい液体が満ちないよう、歯を食いしばってそこに目をやった。

「まだ若いのに、かわいそうにな」

そう言ってエリクソンは、膝《ひざ》をひとつ打ってから立ち上がった。それにつられて部屋の中を見渡したが、荒らされた形跡はない。まだ断定はできないが、物取りの犯行という線は薄そうだった。となると、被害者の人間関係が重要になってくる。

遅れて入ってきた鑑識員たちが、室内から指紋を採るために動き始めた。この作業が始まると、ロルフたち刑事はただ邪魔になるだけである。同じくやってきた検死官に死体を任せ、いったん外に出ることにした。

「第一発見者は？」

廊下に出ると、班長のハンソン警部が制服警官に尋ねていた。この方です、と制服警官は自分の後ろに控えていた女性を指し示す。二十歳を少し過ぎたばかりと見える女性は、非日常的体験にすっかり参ってしまったらしく、顔色が真っ青だった。

「エリクソン、頼むよ」

ハンソンに促され、エリクソンは頷《うなず》いた。一歩前に出て、女性に笑いかける。エリクソンはとても強面《こわもて》とは言えず、日曜日に息子とキャッチボールでもしているのが似合いの穏和な雰囲気なので、こうした際の尋問をよく任される。当人も自分の外見を心得た上での、この笑みだった。

「では、ちょっとこちらにいらしていただけますか」

野次馬たちの目から遠ざけるために、エリクソンは女性を手招きした。エリクソンが横に並び、ロルフは手帳を構えて前に立つ。女性は口許《くちもと》をハンカチで押さえたまま、顔を上げようとしなかった。

「大変な経験をしてしまったところ、いろいろ訊《き》くことになってしまうけど勘弁してくださいね。話を聞かせてもらわないと、我々は何もできないから。いいですね」

優しい声でエリクソンが話しかけると、その口調にわずかに安堵《あんど》したのか、女性はこくりと頷いた。それを見て取り、エリクソンは質問を始める。

「ではまず、あなたのお名前から教えてください」

「ルース、シャスティン・ルースです。クリスチャンソンさんの会社の後輩です」

シャスティンと名乗った女性は、エリクソンの巧みな誘導によってぽつぽつと語り始めた。それによると、シャスティンは被害者であるクリスチャンソンの職場の同僚であり、連絡もなしに出勤してこない被害者を案じた上司に、様子を見てくるようにと命じられたそうだった。クリスチャンソンの勤務態度は真面目《まじめ》で、過去に一度として無断欠勤はなかったという。電話をしても通じないので急病などを心配され、シャスティンがわざわざ訪ねてきたとのことだった。

「いくら呼び鈴を押しても出てこないので、心配になってドアノブを回してみたんです。そうしたら鍵がかかっていなくて、変だなと思って中に入ってみたんですよ。それで――」

シャスティンは死体発見の際の衝撃を甦《よみがえ》らせたらしく、また口許をハンカチで覆《おお》って黙り込んだ。こういう際は気分を紛らわせる方がいい。ロルフが思うまでもなく、ベテランのエリクソンはさりげなく質問を変えた。

「クリスチャンソンさんはどんな人でしたか？　優しいとか、厳しいとか、できる人だとか」

「真面目で、仕事のできる人でした。でも後輩に厳しいなんてことはなくて、私を始め、みんなよくしてもらってました」

故人を悪く言いたくないという配慮がなせる人物評か、あるいは本当にそういう人だったのか、シャスティンの言葉だけでは判断がつかなかった。会社の他の同僚にも尋ねてみる必要があるだろう。そうロルフが留意していると、エリクソンはさらに続ける。

「では、誰かに恨まれるようなタイプではなかったんでしょうかね」

「もちろんです！」まるで自分の人格を貶《けな》されたかのように、シャスティンは語気を強めた。「そんな、ぜんぜんそんなことはなかったはずです」

「でも現実に、クリスチャンソンさんは何者かに殺されているわけですよ。恨まれてなければ、殺されたりはしませんよね。例えば、仕事ができるなら誰かの嫉妬《しっと》を買うとか、逆恨みされるとか、そういうことは考えられるんじゃないですか」

「そうですけど、でも……」

「心当たりはない、と？」

「はい」

シャスティンははっきりと否定した。おそらく今の段階では、この点をついても何も出てこないだろう。エリクソンもロルフと同じ判断をしたらしく、ふたたび話題を戻した。

「部屋に入ってすぐ、異変に気づきましたか？」

「ええ。寝ている足が見えましたから」

「それを見てから、どうしました？」

「声をかけたんですけど、動かないんです。寝ているにしては様子が変なので、病気じゃないかと心配になりました。だから中に入ってみたら、すぐにナイフに気づいて……」

「これは大変だと思ったわけですね。警察への通報は、この部屋の電話を使ったんでしたっけ？」

「はい。まずかったでしょうか」

「いえいえ、そんなことはありませんよ。ただ他の指紋と区別するために、あなたの指紋を採らせていただくことになりますが、ご了承ください」

エリクソンは穏やかに言ったが、シャスティンは怯《おび》えたらしく、曖昧《あいまい》にしか頷かない。それでも指紋採取は絶対に必要なことなので、エリクソンもロルフもこの点では慰めめいたことを言わなかった。

連絡先を訊き、シャスティンを解放した。制服警官に命じて、パトカーで自宅まで送らせることにする。予断は禁物だが、シャスティンはただの第一発見者以上の存在ではないだろうとロルフは考えた。もし事件に関わっているとしたら、相当の食わせ者だ。

メモに書き取ったことを、班長のハンソンに報告した。ハンソンは立派な鷲鼻《わしばな》を爪《つめ》で搔《か》きながら、「ふん」と頷く。ハンソンも第一発見者から何か有益な情報を得られるとは、期待していなかったのだろう。

指紋採取にはもう少し時間がかかりそうなので、その間に近隣の聞き込みをするよう、ハンソンは殺人課の刑事たちに命じた。アパートの周辺を四ブロックに区切り、それプラスアパートの住人担当の五組に分かれる。ロルフはそのままエリクソンと組み、アパートを受け持つことになった。

現場となった部屋の隣の住人は、訪ねるまでもなくドアを開けて顔を出している。エリクソンが笑いかけると引っ込みかけたが、それも不自然だと思い直したのか、中年女性は愛想笑いと苦笑いを混ぜ合わせたような笑みを浮かべた。

「ちょっとお話を伺わせていただきたいんですけど」

銀色がかったブロンドの女性は、エリクソンに話しかけられていきなり髪型を気にし始めた。手櫛《てぐし》でざっと整えようとするが、乱雑に膨らんだ髪は元に戻らない。そんな相手の慌《あわ》てようを気に留めずに、エリクソンは尋ねた。

「お隣で何が起きたか、もうおわかりですよね」

「ええ、本当に恐ろしいことですね。この辺りは静かな住宅街なのに、どうしてこんなことが起こってしまうのかしら」

警察に協力的かどうかは、第一声でだいたい判断がつく。この中年女性は、水さえ向ければ自分からべらべらと話してくれそうなタイプだった。

「事件が起きたのは昨夜の零時前後とのことですが」エリクソンは検死官の判断を口

にする。「その頃に何か物音とか言い争う声とかを聞きませんでしたか？」

「うーん、もうその頃には寝ちゃってましたからねぇ。特に何も気づかなかったんだけど……」

「眠りは深い方なんですか」

「ええ、一度寝たらぐっすりで」

では何も聞いていなくてもおかしくない。被害者は心臓へのひと突きで死んでいるから、悲鳴すら上げていないのかもしれなかった。

「じゃあ、昨日に限りませんが、お隣さんが何かトラブルを抱えていた様子はありませんでしたかね」

「さあ。あまり話をしたことはないんですが、どちらかというと真面目な方だったんじゃないですかね。ゴミ出しもきちんとしてたようですし、住人の間でのトラブルがあったとは聞いてませんよ」

「なるほど。さほどお付き合いはなかったわけですね。では、個人的なことについてもぜんぜんご存じないと？」

「そうですねぇ。すれ違えば挨拶《あいさつ》くらいはしましたけど」

「お友達が来ている様子はありませんでしたか。どなたか特定の人がよく出入りしていたとか」

「ああ、それでしたら付き合っている人がいたみたいですよ。何回かふたりで歩いているところを見ましたから」

その話題になると、中年女性の目はいきなり輝いた。こうしたゴシップが大好きなようだ。訊きもしないうちから、どんな相手だったかを自主的に話してくれる。ロルフはただ、それを書き取ればいいだけだった。

「それでは美男美女のカップルだったわけですね。亡《な》くなったクリスチャンソンさんも、人目を引くタイプですから」

「そうですね。本当に羨《うらや》ましいわ――といっても、亡くなってしまったのでは羨ましいも何もないわね」

中年女性は自分の言葉に自分で笑う。不謹慎だという意識もないところを見ると、確かに故人とはさほど付き合いがなかったのだろう。

「ふたりは親密そうでしたか」

重ねてエリクソンは尋ねた。中年女性は小首を傾《かし》げる。

「まあ、そうね。仲よさそうには見えたわ。でも、けっこう大声で喧嘩《けんか》することもあって、ちょっと迷惑に感じたこともあるけど」

「喧嘩？　どんなことで喧嘩をしていたか、わかりますか？」

「そこまでは知らないですよ。あたしも聞き耳を立ててたわけじゃないし」

中年女性は眉《まゆ》を顰《ひそ》めて手を振った。エリクソンは念押しをしたが、どうやらもったいぶっているわけではなさそうだ。その後、さらにいくつか形式的な質問を重ねたが、有益な情報は出てこない。ある程度のところで打ち切ると、もう終わりなのかとばかりに女性は残念そうな顔をした。またお伺いすることもあるかと思います、とエリクソンが顔を立てるような言葉を向けると、女性はようやく満足してドアの向こうに消えた。

被害者に恋人らしき人物がいたという話は、ひとまず収穫だった。さらに他の住人にも聞き込みをしたが、それ以上の証言は出てこない。すべての住戸を当たり尽くした頃に死体が運び出されたので、ロルフたちは現場の部屋に戻った。たった今得たばかりの情報を元に、故人の持ち物をチェックし始める。

だが、恋人の身《み》許《もと》を特定するのは難しかった。手紙の類《たぐい》はなかったからだ。ふたりきりで写っている写真が何枚もあったので、その相手がおそらく恋人だろうと推測はできるが、名前はわからない。電話帳や手帳を繰ってみても、特に目立った書き方をしている名はなかった。

とはいえ、それは奇妙なことでもなかった。付き合いが深くなれば住所や電話番号などは暗記してしまうものだから、事改めて大書しておく必要もないからだ。どこかに連絡先を控えてあるのは間違いないとしても、特定するための地道な調査は避けられそうになかった。

エリクソンと目を見交わすと、相棒は「やれやれ」とばかりに肩を竦《すく》めた。

3

テレビドラマや小説などで活躍する刑事は華やかなものだが、実際の仕事は至って地味だということを知らない警察官はいない。ましてそれを嫌うようでは、とうてい長続きなどしないだろう。ロルフを始めとする殺人課の刑事たちも同様で、むしろこつこつと足で調べ回る捜査は得意とするところだった。被害者の住所録に載っている人をひとりひとり訪ね歩くうちに、写真の人物を特定することができた。

「それはシュベーリンさんですよ」被害者の大学時代の友人が、そう証言した。「一度紹介してもらったことがあります。通っているスポーツクラブのプールでよく一緒になって、それがきっかけで付き合うようになったとか。気さくな明るい人で、お似合いでしたよ」

シュベーリンという名は、住所録に存在していた。ロルフとエリクソンは直ちにその住所に向かい、シュベーリンと接触をとろうとした。

だが訪ねたアパートに、人の気配はなかった。まだ勤め先から戻らないのかもしれないと考え、時間をおいて再度訪問したが、やはり帰宅していない。隣の住人に確かめてみると、昨日から帰ってきていないようだとの証言を得た。ロルフとエリクソンは、思わず顔を見合わせた。

「どういうことだろうね」

アパートを出てから、エリクソンは首を傾げる。だが本気で不思議がっているわけではなく、彼の嗅覚《きゅうかく》が敏感に反応していることをロルフは知っていた。殺人が起こり、被害者の恋人が姿を消している。この事実に反応しなければ、とうてい殺人課の刑事とは言えない。

「会社に電話をしてみます」

クリスチャンソンの住所録には、シュベーリンの名の横にふたつの電話番号が書かれていた。局番からして、ひとつはこのアパートであり、もうひとつはストックホルムの中心街と思われる。おそらくそちらが会社と見て、間違いなさそうだった。

公衆電話を見つけ、その番号にかけてみる。案の定、企業名を告げる男性の声が応じた。ロルフは警察と名乗ってから、おもむろに用件を切り出した。

「ところで、シュベーリンさんとお話がしたいのですが、まだ会社に残っていますか」

「いえ、シュベーリンは今日、お休みをちょうだいしております」

「お休み。それはいつまでですか？」

「さあ、私ではちょっとわかりかねますが」

「ではわかる方に代わってください」

言いにくそうにする相手の口振りから、ただの休暇ではなかろうとロルフは予想した。それを裏づけるように、たっぷり一分半ばかり待たされる。どのように対処しようか、慌てて検討しているのだろう。ようやく応じた声の主は、先ほどの男性より明らかに年配と思われた。

「実はシュベーリンは、無断欠勤をしております。今朝からずっと、私どもも心配していたのです」

困惑を隠さず、男性は言った。ロルフはその言葉に、内心で大きく頷《うなず》く。

「そうしたことはこれまでにもありましたか？」

「いえ、初めてのことです。非常に真面目《まじめ》な勤務態度の社員ですから、何かあったのではと思っていましたが……。こうして警察が電話をしてくるということは、何か事件に巻き込まれたのですか？」

「まだ捜査中ですので、詳しいことはお話しできないのですが、逆にこちらからいくつか伺いたいことがあります。あなたはシュベーリンさんの上司ですか？」

「はい」

「では、今からお話を伺いにお邪魔してもよろしいでしょうか」

「はあ。ええと、それはシュベーリンのためにどうしても必要なのでしょうか」

「必要です。ご協力いただけると大変助かります」

「わかりました。ではお待ちしております」

相手がいやがっているのはロルフも感じ取れた。いつしか警察は、市民が頼るべき相手ではなく恐れの対象となってしまった。そんな相手に、言葉は丁寧でも有無を言わせぬ高圧的な態度で接する自分が、いやでならない。どうしてこの仕事に就いてしまったのかと、過去に何度思ったかわからない繰り言をロルフは反射的に胸に抱いた。

父ならば、こんなときどうしただろう。続けてこう考えるのも、やはり馴染《なじ》みのことだ。答えはすぐに出る。父もきっと、同じような態度で市民に接したはずだ。だが決してロルフのように感じることはない。スウェーデン国家警察のエースとまで言われた父が、己の仕事に迷いなど覚えるわけもなかった。

「早く片づくといいなぁ」

横で聞いていたエリクソンは、ロルフの言葉だけで内容を把握したようだった。早期の解決を期待するように、口許《くちもと》に微笑を浮かべる。アドベントの時期は、とりわけ家庭の温《ぬく》もりが恋しく感じられるものだ。家族持ちのエリクソンとしては、さっさと事件を片づけて自宅でクリスマスを迎えたいことだろう。

だがロルフの思いは逆だった。せめてクリスマスまで、仕事に没頭していたい。ひとりで暮らすクリスマスは今年で三度目になるが、未《いま》だに慣れずにいるのが辛かった。

4

シュベーリンの職場での聞き込みを終えて、ロルフは自宅に帰った。シャワーを浴び、仕事の後に一杯だけ自分に許した蒸留酒《スナップス》をグラスに注ぐ。それを片手にソファに坐《すわ》った瞬間に、まるでタイミングを見計らっていたかのように電話が鳴った。

モニータか。電話が鳴るたびに、ロルフは必ず期待してしまう。その期待が叶《かな》えられたことなど一度もないとわかっていても、心の素直な反応は止められなかった。

「私だ」

男の声を聞いて、ロルフは失望を抑える。いつになったら自分は現実を受け入れることができるのだろうと、自嘲《じちよう》の苦い笑みを浮かべた。

「ああ、父さんか。今、帰ってきたところだ。いいタイミングだったよ」

ロルフは応じた。こうして何事もないように話せるようになるまで、いったい何年かかっただろう。父とはそりが合わないとはっきり自覚したローティーンの頃。父もまた自分を好いていないと確信したハイティーンの時期。当時はこうして電話でやり取りする日が来ようとは、夢想すらしなかった。これが年月の重みというものか。それとも互いに心に同じ傷を持ったことが、馴染めないと認め合っていた親子の間を近づけたのだろうか。だとしたら、モニータとの辛《つら》い別れもまったく無意味ではなかったことになる。今は、そう考えることがわずかな慰めだった。

「殺人事件があったんだろ。あれはお前の担当か」

さすがに元殺人課の刑事だけあって、父は察しがよかった。本当ならば部外者に仕事内容を話すことは禁じられているのだが、相手が父なら咎《とが》める人はひとりもいないだろう。

「そうだよ。でもたぶん、簡単な事件だ。近いうちに決着がつくと思う」

「そうか。それならいいが。しかし——」

言いかけて、父は言葉を呑《の》み込んだ。何を言おうとしたのかまではわからないが、躊躇《ちゅうちょ》する理由は察することができた。父は警察の先輩として、何か忠告なり助言なりをしようとしたのだ。そしてそれがロルフにとってありがたくないことだと思い至り、口を噤《つぐ》んだに違いない。

父が残した足跡《そくせき》は大きかった。家庭人としての父は完全に失格だったが、警察官としては偉大だったのだと、ロルフは同じ職に就いて初めて知った。誰もが皆、ロルフのことをあの名刑事の息子としてしか見ない。そして暗黙裏に、ロルフもまた当然優れた警察官になるだろうという期待をかけてくる。その期待はあまりに重く、ロルフは幾度も逃げ出したいと思ったものだった。いや、正確に言うなら、今でも父の幻影と闘っている自分がいる。乗り越えるにはあまりに大きい、父の影。自分は犯罪を憎んでいるのではなく、犯人を追いかけているのでもなく、ただ単に自己の存在価値を証明したくて警察官を続けているのではないかと思うことがある。もちろん、そんな考えを他言したことは一度もなかった。名刑事の息子には、愚痴をこぼす自由すら与えられていないのだった。

少なくとも警察官としては聡明《そうめい》だった父が、警察内部のそうした雰囲気を察しないわけもなかった。先輩風を吹かせることは、せっかくここ数年で良好になってきた親子関係に罅《ひび》を入れることになりかねない。そう考えたからこそ、言いたいことを喉《のど》の奥に呑み込むのだろう。ロルフもまた、父の思いを我が事のように読み取ることができた。

「何？　捜査の参考になることなら話してよ」

人間としては相容《あいい》れるところのなかった父を、なんとか容認できるようになったのは、ロルフが警察官になってからのことである。同じ職に就けば、父の事情も見えてくる。まして同じ過《あやま》ちを繰り返せば、男として同情すら覚えるようになった。こうして素直な言葉を口にできるのも、相手が父親ではなく警察ＯＢだと思えばこそだった。

「いや、偉そうなことを言うつもりはないんだが……」

「なんでもいいから、言って」

「うん」促しても、父はなおも言い淀《よど》んでいたが、ついにぼそりと呟《つぶや》いた。「簡単に見える事件こそ、慎重に調べた方がいいぞ。ほんのわずかにでも疑問点が残るようなら、安易に結論に飛びつかない方がいい」

「ああ、そうだね。肝に銘じるよ」

自分はありがたく拝聴しているつもりだが、父がそれを皮肉に受け取っていないという確信はなかった。父と自分の間には、まだまだ埋めがたい溝がある。しかしその溝は、果たして埋める必要があるのだろうか。溝の存在を、自分はもちろん父も心地よく感じているのかもしれない。それが父子というものだと、最近ロルフは考える。

「母さんとは連絡をとり合ってるか？」

父は強引に話題を変えた。それもまた悪くない。ロルフは首を振って「いや」と応じる。

「ぜんぜんだね。母さんのことは、たぶん姉さんが気にかけてるよ」

「そうか。それならいいんだが」

別れた妻のことを、父が心から案じているとは思わなかった。父には離婚してすぐに、新しい恋人ができた。詳しいことは聞かないが、未だに仲睦《なかむつ》まじくやっているように感じられる。それで幸せなら、父にとって離婚は正解だったのだろう。両親が離婚したとき、ロルフはまだ十六歳だった。父の選択を容認できるようになるまで数年かかったのは、致し方のないことだ。

おそらく父は、義務感から母に言及したのだろう。そしてひょっとしたら、本当に訊《き》きたいことはその先にあるのかもしれない。ではお前の元妻とは連絡をとり合っているのか？　父は新しい恋人を見つけたが、ロルフはモニータとの離婚後、女性とは縁のない生活を送っている。父はそのことに、負い目を感じているのかもしれない。

無理をするなよ、と父は言った。元警察官が、現役警察官に向ける言葉ではない。現に父自身も、犯人に拳銃《けんじゅう》で撃たれて生死の境をさまよったことがある。それでもロルフはあえて、「わかってるよ」と軽い口調で答えた。また明日も、無理をして父の幻影に追いつこうとする生活が待っていることを承知の上で。

父との電話を終え、ロルフはスナップスのグラスに口をつけた。モニータと暮らした部屋にひとりでいる寂寥感《せきりょうかん》。それを埋めてくれるのが、あんなにも嫌った父からの電話だけかと思うと、一杯だけと決めているスナップスをさらにもう一杯呷《あお》りたい気分になった。

5

いったい誰がクリスを殺したのか。殺意を抱いてクリスのアパートに向かったあの夜以来、ブラクセンの胸にはその疑問がずっと巣くっていた。確かにブラクセンは、クリスを殺そうと考えていた。クリスは死に値する罪を犯したと、今でも思っている。

だがそれはあくまで、ブラクセンが手を下す場合に限ってのことだ。命を奪うという特別の行為によって、ブラクセンとクリスは永久に分かちがたい絆《きずな》で結ばれるはずだった。それなのに現実には、何者かに先を越されてしまった。ブラクセンはとうとう、クリスにとって特別な存在ではあり得なくなってしまったのだ。それが悔しくてならない。

だからブラクセンは、自分からクリスを奪っていった者の正体が知りたかった。突き止めてどうしようという具体的な考えがあるわけではない。もしかしたら、殺したいのかもしれない。だがブラクセンは、己の心を確かめてみようとは思わなかった。すべては殺人者の正体を突き止めてからのことだ。

もちろん、捜査の素人《しろうと》であるブラクセンにできることは限られていた。ビデオショップのアルバイトを辞めるわけにもいかないので、自由に動けるのは週一回の休みの日だけしかない。そのためブラクセンは、まず手近なところから当たってみることにした。幸いにも、高校時代の友人が新聞記者をやっているのだ。卒業後はほとんど連絡をとっていないが、電話をかけていやがられる相手ではなかった。

自宅に電話しても摑《つか》まえられないのはわかっていたので、直接会社に連絡をしてみた。何度かたらい回しされた挙げ句、ようやく本人が出る。友人は気さくな口調で、

「久しぶりじゃないか」と言った。

「どうしたんだよ、突然。同窓会でもあるのか」

「いや、ちょっと訊きたいことがあってさ」

「訊きたいこと？　なんなんだよ」

友人は昔から些事《さじ》にこだわらないタイプだったので、大雑把な人間が嫌いなブラクセンは大して親しくならなかった。だが今は、友人の大らかなところがありがたい。持って回った言い方はせず、知りたいことをずばり口にした。

「おととい、ヴェーストマナ通りのそばで殺人事件が起きただろ。あの被害者、もしかしたら知ってる人かもしれないんだ」

「へえ、そうなのか。どういう関係だよ」

「いや、単に顔を知ってるというだけだ。おれ、今はビデオショップに勤めててね。店によく来る客のひとりが、被害者に似ている気がするんだよ。その程度の関わりだから、名前も知らなかったんだけど」

ブラクセンは用意しておいた嘘《うそ》をついた。ここで変に関係を疑われてはまずい。単なる好奇心で電話をしてきたと思ってもらえるのがベストだった。

「そうか。で、あの事件の何が知りたいんだ？」

友人は当然の質問を返してくる。ブラクセンは慎重に言葉を選んで、尋ねた。

「警察の捜査は、どれくらい進んでるのかわかるか？」

「まだ事件発生から間がないからな。大したことは発表されてないよ。それでも、臭い人物は浮かび上がっているみたいだぜ。被害者の恋人が、どうやら事件の夜からいなくなっているらしい」

「恋人」

そんな単語を聞くと、未《いま》だにブラクセンの胸は鈍く疼《うず》く。それを押し殺して、さらに続けた。

「じゃあ、その恋人が第一容疑者なのか」

「殺された人がいて、同時にいなくなった人がいれば、そりゃ疑われても当然だろう」

「動機は？　ふたりの仲はうまくいってなかったのか」

「おれが担当というわけじゃないから詳しくは知らないけどな。どうしても知りたいなら、聞いておいてやろうか」

「そうしてくれるとありがたいな」

「別にお前に関わりのあることじゃないんだろ。まあ、顔を知ってる人が殺されたりしたら、気になるのもわかるけどな。じゃあ、三十分ほど待ってくれよ。折り返し電話するから」

こちらの電話番号を教えて、いったん電話を切った。きっちり三十分後に、電話機は鳴り出す。

「おおよそわかったぜ。やっぱり恋人との仲はあまりうまくいってなかったそうだ」

友人は前置きもなくそう言った。ブラクセンは意外な感に打たれる。ブラクセンが見る限り、あのふたりはいつも親しげにしていたからだ。見えないところでは、関係が破綻《はたん》しかけていたのか。

「現場となったアパートの住人が、言い争う声を何度か聞いている。どうやら被害者は、会社での評判はよかったものの、昔からの友人に言わせるとそれほど丸い性格というわけではなかったようだ。表面的な付き合いをしている分にはいい人なんだが、一度親しくなると我儘《わがまま》な面が見えてくるらしい。怒ると手が出ることもあったそうだぞ」

そうだったのか。それは思いもかけない話だった。人間の本質は、見かけだけでは窺《うかが》い知れないということなのだろう。

「警察は被害者が昔付き合っていた人まで突き止めている。その人の証言によると、被害者は独占欲が強く、相手を束縛するタイプだったそうだ。別れた原因も、縛りつけられるのがいやになったからだという。今の恋人との間に何があったかまでは明らかになっていないが、喧嘩《けんか》の原因は大方そんなところにあるんだろうな」

「よくわかったよ。殺人事件というのは、そういう感情の行き違いから起きるものなんだな。ありがとう」

「満足したか。まあ、首を突っ込むのもその辺にしておいて、後は忘れることだな」

近いうちに同窓会でもやろうぜ、とつけ加えて、友人は電話を切った。ブラクセンは得たばかりの情報を、頭の中で反芻《はんすう》してみる。

あのふたりの仲がうまくいっていなかったとは、予想外の情報だった。てっきり割り込む余地はないものと思っていたので、騙《だま》されたような心地になる。そうと知っていたなら、対処の仕方も変わっていたかもしれない。今となっては繰り言にしかならないが。

ふたりの関係が壊れかけていたのならば、様相は一変する。クリスを殺したのはあの恋人かもしれないからだ。いかにも屈強そうな体軀《たいく》は、激昂《げきこう》すれば人ひとり殺すくらいの馬鹿《ばか》力を発揮するだろう。ブラクセンはあの男がクリスの首を絞める様を、まざまざと想像した。

6

被害者の評判は職場でこそ良好だったものの、大学以前の友人たちにまで遡《さかのぼ》ると、よくない話も聞こえてきた。さほど広範囲に聞き込みをしたわけでもないのに、異性絡《がら》みのトラブルが複数浮かび上がってくる。容姿が華やかなので付き合う相手には困らなかったようだが、交際期間はいずれも短かった。ロルフたちが耳にした限りでは、別離の理由はいずれも被害者の性格にあるとのことだった。

「人間、深く付き合ってみないとわからないってことかね」

聞き込み先の家を出てしばらく歩くと、エリクソンが大して興味もなさそうに言った。実際、人間の二面性を見せつけられることなど、刑事をやっていれば日常茶飯事だ。エリクソンがわざわざ口に出して言ったのは、時候の挨拶《あいさつ》みたいなものだった。

だがロルフは、エリクソンの言葉に反対するわけではないが、微妙に違う意見も持っていた。クリスチャンソンは特に、ふたつの顔を使い分けていたわけではないだろう。誰でも恋愛が絡めば違う一面を示す。クリスチャンソンは異性の独占欲が強かったかもしれないが、それとてもこんな殺人事件が起きなければ特に異常と言われるほどのものではなかったはずだ。普通の人間のプライバシーを暴《あば》いてしまう自分の仕事に、ロルフはいつも軽い嫌悪《けんお》を覚えてしまう。

おそらく警察内の人間は、ロルフが自分の仕事に疑問を持っていると知れば驚くだろう。偉大な父の跡を継ぎ、その背に追いつこうと努力している二代目としか、他人の目には映っていないに違いない。もちろんロルフ自身がそう見られることを忌避していないのだが、誰もが自分の虚像しか知らない現実に空《むな》しさを覚えるのもまた事実だった。

なぜ警察官になってしまったのかと、自分でも思う。あれほど父を嫌っていたのだから、別の道を選ぶのが当然だったのではないか。だが残念ながら、ロルフには他の道など見えなかった。父への反発が大きければ大きいほど、視野は閉ざされていく。父の生き方は間違いだった、単に父は仕事と家庭を両立させる気がなかったのだ——そのことを証明するためにロルフは警察官になったようなものだった。同じ職に就きながら、父とは別の人生を歩む。そうすることで、父の生き方自体を否定できると考えた。

だがそんな当初の目的は、いつの間にかうやむやになってしまった。自分も警察官になって初めてわかった事情もあるし、父よりも優秀な警察官になりたいという意地もあった。家庭人としては失格だった父も、職場では多くの尊敬を集めていたという現実を知った。そうした変化の渦中にあって、初心をいつまでも維持し続けるのは難しかった。

今や父の存在は、否定するものではなく乗り越えるべき壁となっている。この壁を乗り越えて初めて、父は間違っていたと声を大にして言えるだろう。しかしロルフは、父を越えられる日など来ないという諦念《ていねん》も抱いていた。父は死体を見ることを厭《いと》いはしなかっただろうし、被害者のプライバシーを調べ上げることになんの躊躇《ちゅうちょ》も覚えなかったはずだ。父は根っからの刑事であり、ロルフはそうではない。三十も半ばになって、己の人生は間違っていたのではないかと考えなければならないのは、なかなかに辛《つら》いことだった。

バスに乗って、クララベルグス通りまで戻った。そこから徒歩で、次の聞き込み先に向かう。クリスチャンソンの通うスポーツクラブで話を聞く予定になっているのだ。

セルゲル広場を抜けて、王立公園の方角へと向かいかけたときだった。ふと、右に見える文化会館の入り口に目をやり、ロルフは立ち尽くした。そこから出てきた人物を見た瞬間、思考のすべてをそちらに奪われてしまったのだ。

「モニータ……」

相手との距離を思えば、呟《つぶや》きが聞こえたはずはなかった。それなのに相手は、ロルフの方に顔を向けた。視線が中空で交錯する。そのときロルフは、確かに相手の顔が強張《こわば》ったのを見た。

「お、あれはお前の元の上《かみ》さんじゃないか」

エリクソンは長年殺人課の刑事をやっているだけあって、目敏《めざと》い。ロルフの態度からモニータに気づいて、そう囁《ささや》いた。ロルフはモニータに目を向けたまま頷《うなず》く。

「すみません、すぐに追いつくので、先に行ってもらえませんか」

「わかった。どうせスポーツクラブの聞き込みなんて、おれひとりで充分だ。お前はゆっくり来いよ」

「ありがとうございます」

エリクソンは何もかもわかってるという表情で、目尻《めじり》に皺《しわ》を寄せた。そして足早にその場を去る。ロルフは引き寄せられるように、モニータの方へと近づいた。

「久しぶりだね。ええと、元気？」

自分の元妻にどのように話しかけたらいいのか、ロルフはよくわからなかった。相手の強張った顔を見せつけられては、どんな態度が自然なのかも判然としなくなる。それでも黙っているわけにはいかず、なんとか声を絞り出した。こうなってしまった今でも、モニータと言葉を交わすことを嬉《うれ》しく思う自分がいた。

「うん、元気よ。あなたも変わりないようね。お仕事の途中？」

モニータは、先ほど見せた表情を綺麗《きれい》に拭《ぬぐ》い去り、見事なまでに平静を保っていた。ロルフと結婚した頃はあまり化粧をしない女だったのに、今は隙《すき》のないメイクを施している。そんな華やかな元妻が眩《まぶ》しく、ロルフは視線を一点に定められなかった。

「ああ、うん。聞き込みの途中なんだ。事件を一件、抱えてるんでね」

「そう、大変ね」

モニータが短く言うと、一瞬言葉が途切れた。ロルフはそのわずかな沈黙に焦《あせ》りを感じ、慌《あわ》てて次の話題を探した。

「君は買い物？」

「そうよ。ちょっと欲しいものがあったんで」

モニータは手にしている紙袋を軽く掲げた。さあ、もっと話しかけなければこの幸運な再会が終わってしまう。ロルフは質問を重ねた。

「今は働いてないの？」

「うん、もうずいぶん前に辞めたわ。話さなかったっけ？」

「聞いてなかったな」

最後に言葉を交わしたのは、いったいいつだったか。電話でのやり取りだったから、あれはもう一年半も前のことだ。直接顔を合わせたときとなると、さらに以前に遡る。二年ぶりに会う元妻は、当時よりさらに美しくなっているように思えた。

豊かなブロンドの髪はつややかさを保ち、着ている服はどれを取っても高級そうだ。両耳につけているピアスと、左の薬指の指輪には大きなダイヤがあしらわれている。元妻の背後に今の夫の姿を見て取るのは、どんなに愚鈍な人間でも簡単だった。

「元気そうでよかったよ。その様子だと、子供がいるわけじゃなさそうだね」

こんな質問を向けるのは、己の胸を抉《えぐ》る所行に等しかった。モニータが他の男に抱かれていることを想像すると、今でも狂おしい嫉妬《しっと》が全身を駆け巡る。だがロルフはこの二年間で、そうした感情を表に出さないすべを身につけた。二年間でここまで来たからには、いずれはモニータとも新たな友情を結べるかもしれない。そう、無理に自分に言い聞かせる。

「うん、作らないようにしているわけじゃないんだけどね」

言ってからモニータは、自分の発言が思わぬ波紋を呼びはしないかと恐れるように、上目遣いにロルフを見た。そんな目でおれを見ないでくれと、ロルフは痛みを覚える。モニータの眸《ひとみ》の奥には、まだ消えずに残る恐れがあるのを見て取った。

「あなたはどうなの？　再婚の予定はないの？」

あまりうまい話題の変え方ではなかった。それでもロルフは、モニータの気持ちを察して乗ってやる。できる限り心理的負担をかけたくないというこちらの気遣いが、モニータに届いてくれればいいのだがと祈った。

「残念ながら、女性とはまるで縁のない生活を送っているよ。寂しいものさ」

「そう」

モニータの相槌《あいづち》を最後に、今度こそ沈黙が訪れた。「会えて嬉しかったよ」「たまには連絡してもいいかな」口にしたいそのふたつの台詞《せりふ》は、どうしても言葉にするわけにはいかない。壊れてしまったものは二度と元に戻らないのだと、ロルフは何度も己に言い聞かせなければならなかった。

「じゃあ、あたしは行くから。お仕事がんばってね」

話題が切れたのを幸いとばかりに、モニータはそう言った。ロルフは結局、「ああ」としか答えられない。モニータは軽く低頭して歩き出し、一度も振り返ることはなかった。颯爽《さっそう》としたその後ろ姿をいつまでも目で追う自分を、ロルフはひどく惨《みじ》めに感じた。

7

被害者の周辺をいくら探っても、殺人の動機らしきものは浮かび上がらなかった。クリスチャンソンは、深い関係にならなければ非常に人好きのする人物なのだ。悪い評判が耳に入ってきたのも、単に異性との別れ方がうまくないためかもしれない。少なくとも被害者の過去には、現在に繋《つな》がる恨みは見つからなかった。

となると、やはり失踪《しっそう》した恋人の存在がクローズアップされてくる。トラブルがあったらしいという断片的な証言があるだけで、まだ動機らしい動機は浮上していないが、捜し出して話を聞くのは急務と思われた。そこで裁判所に捜索令状を請求し、ロルフとエリクソンがアパート探索に向かうことになった。

アパートの管理人は、捜索令状を突きつけられると青くなって合い鍵《かぎ》を取り出した。シュベーリンの部屋を開けたら、立ち合おうともしないで逃げるように去っていく。お蔭《かげ》でロルフたちは、人目を気にせずゆっくりと家宅捜索することができた。

シュベーリンの部屋は綺麗に片づいていた。自分の痕跡《こんせき》を消したというより、ふだんからきちんと整頓《せいとん》している風情《ふぜい》である。真面目《まじめ》そうな生活ぶりが窺《うかが》えロルフは好感を持ったが、それだけに行方に繋がる何かが見つかる可能性は低いのではないかとも予想した。自らの意思で失踪したのなら、その行く先を予見させるものはことごとく始末しているだろう。

「始めるか」

エリクソンは言って、手袋を嵌《は》めた。２ＤＫの間取りなので、まずは部屋をひとつずつ受け持つ。ひととおり探し終えたら、交代して再度調べ直すのが定石だった。

ロルフは寝室に入った。それほど広い部屋ではないので、ベッドとクローゼット、それと小さな本棚があるだけだ。本棚には二十冊ほど、ペーパーバックが並んでいる。その並び方に、ロルフはふと違和感を覚えた。

あまり整然としていないのだ。同じ著者の本が複数あっても、それらは並んでいない。一段目と二段目に置かれていたり、同じ段でも間に別の本が何冊も挟まっていたりする。そうかと思うとある本は手前に飛び出していて、ある本は無理矢理押し込んだように表紙が曲がっている。部屋が綺麗に片づいているだけに、その乱雑さは少し目立った。

ロルフはそれを留意しつつ、本を一冊ずつ手に取った。ぱらぱらとページを捲《めく》ってみたが、メモが挟まっていたり余白に書き込みがされているということはない。いずれも綺麗な状態のままだった。

　誰かがいじったのか。直感的に、そう考えた。根拠はない。それでもこうした勘はあまり疎《おろそ》かにしない方がいいと、これまでの経験でわかっていた。ロルフは最後の一冊まで調べ終え、本棚の前を離れた。

　クローゼットには、服がぎっしりと詰まっていた。シュベーリンは衣装持ちだったようだ。それらを一着一着取り出し、ポケットを探る。何かメモ片でも入っていればいいのだがと期待したが、努力は実を結ばなかった。

　ハンガーに吊《つる》してある服の下には、鞄《かばん》類がいくつかあった。遠出に向いている大振りのバッグも、その中にはある。シュベーリンが自らの意思で失踪したのだとしたら、ここには残っていない鞄を持っていったということか。

　念のためにベッドの周辺も見て回ったが、何もなかった。ベッドサイドはもちろん、クッションとの隙間や裏を覗《のぞ》き込んでみても、見つかったのは埃《ほこり》だけだった。寝室には何もないと結論づけるしかなかった。

　諦《あきら》めて、居間へと戻った。まだローボードの抽斗《ひきだし》を漁《あさ》っているエリクソンに、声をかける。

「第三者が家捜ししてるかもしれませんね」

ようだ。

「お前もそう思ったか」

エリクソンは背を向けたまま、答える。やはりエリクソンも、同様の印象を持った

「ってことは、単なる失踪じゃないのかな、こりゃ。簡単には終わらせてくれないわけか」

「姿を隠した後に、友人に頼んで荷物を取ってきてもらったのかもしれません」

「それ、本気で言ってるのか」

「可能性の問題です」

可能性ね、と呟きつつも、エリクソンは手を休めない。もちろん、ロルフが念のために言ってるだけだということは、エリクソンもよくわかっているはずだった。

互いの受け持ちを交代した後、キッチンやバスルームを点検した。バスルームには、シュベーリンの物らしき歯ブラシが残っていた。新しい歯ブラシを持っていったのか、それとも忘れたのか。これもまた、違和感を覚えさせる発見のひとつだった。

「どこかに長期で出かけているという雰囲気じゃないな」

エリクソンがロルフの違和感を端的に言葉にする。そうなのだ、部屋の住人はただ出勤しているだけといった、日常の生活感がそのまま留まっている。本格的に姿を隠

すつもりで出ていったなら、それなりに身の回りの物を持っていっただろう。その欠落感が、この部屋には皆無だった。

「雲行きが怪しくなってきたじゃないかよ」

エリクソンはおどけた口調とは裏腹に、難しい顔をしていた。ロルフはただ、同感とばかりに頷《うなず》いた。

8

そのふたりの男がビデオショップに入ってきたとき、ブラクセンはさして注意を払わなかった。日中にスーツ姿の男が連れ立ってやってくるのは珍しいが、絶対にあり得ないことではない。営業の途中に息抜きで寄ったのだろうと漠然と考え、膝《ひざ》の上で開いている雑誌に目を戻した。

「すみません、スティーグ・ブラクセンさんですか」

若く見える方の男がカウンターの前に立ち、そう話しかけてきた。そのときになってようやく、ブラクセンは警戒心を覚えた。反射的に、相手が警察の人間だと察する。目つきが鋭いとか、態度が横柄《おうへい》だというわけではないが、明らかに普通の人とは違う気配を男は放っていた。

「そうですが」

瞬時に緊張感が増し、口の中が渇いたが、それを悟られまいとわざとぶっきらぼうに応じた。相手は気を悪くした様子もなく、内ポケットから身分証を取り出す。メルスタ署の刑事と、男は名乗った。

「お仕事中申し訳ありません。ちょっと伺いたいことがあるのですが」

「なんでしょう」

どうして刑事が訪ねてくるのか、その理由が思い当たらなかった。ミスをした憶《おぼ》えはない。自分に結びつくような何かを、残したままにしてはいないはずだった。

「この方をご存じでしょうか」

男はそう言って、手帳に挟んであった写真を取り出した。それをカウンターの上に置き、ブラクセンの方に差し出す。ちらりとそちらに目をやった瞬間、心臓が跳ねた。

「この人がこちらの会員だという話を聞いたものですから、それで確認に来たのです」

刑事の言葉を聞き、ブラクセンは思わず舌打ちしそうになった。友人の新聞記者が、誰かに喋《しゃべ》ったのだ。警察の人間か、あるいは警察番の記者。そこからブラクセンの話が、この刑事の耳にまで届いたのだろう。

友人に口止めしておかなかったことを後悔したが、あのときはそんなことを言えばかえって怪しまれるかと考えたのだ。まさかこんなにも早く、警察が情報を入手してブラクセンの許《もと》にやってくるとは思わなかった。だが、まだ警察はブラクセンの行動を怪しんでいるわけではない。たまたま入ってきた情報を放置しておかず、ただ確認をしにやってきただけだろう。落ち着けと、ブラクセンは己に言い聞かせた。

「ちょっとよくわかりませんが」

曖昧《あいまい》に答えておいた。肯定すべきか否定すべきか、とっさには判断がつかなかったのだ。

「ご存じないですか」

刑事はさほどがっかりした様子もなく、あっさりと写真を引っ込めた。そして店内をぐるりと見回すと、世間話のように尋ねた。

「この店は何時までですか」

「夜の二時までです」

「夜の二時ですか？　ずいぶん遅くまでやってるんですね」

「近頃は、夜に自宅で映画を観《み》る人が増えてますから」

「なるほど。便利な世の中になりましたね」

刑事は大して年を取っているようでもないのに、時代に取り残された老人じみたことを言った。なんのための質問なのか、ブラクセンは見当がつかなかった。

「このお店には、ブラクセンさんおひとりしかいないんですか？」

「いえ、もうひとりアルバイトがいますが、今日は私ひとりです」

「閉店まで？」

「そうですね」

「そうでしたか。いや、つまらない質問でお手を取らせました。ご協力、ありがとうございました」

刑事は軽く頭を下げると、後ろに控えていたもうひとりを促して外に出ていった。

ドアが閉まると、ブラクセンは掌《てのひら》にたっぷりと汗をかいていたことに気づいた。

深夜二時になり、最後の客を送り出してから、店を閉めた。鍵をかけ、シャッターを下ろす。シャッターにも施錠《せじょう》して立ち上がったとき、ブラクセンは思わず悲鳴を上げそうになった。気づかぬうちに、背後に昼間の刑事が立っていたのだ。

「な、なんですか。びっくりするじゃないですか」

「申し訳ありません。驚かすつもりはなかったのです。今、声をかけようかと思っていたところでした」

刑事はあくまで低姿勢に言う。昼間と同じく、もうひとりの男は後ろに控えていて何も言わない。ブラクセンは若い刑事の丁寧な物腰にも、後ろの刑事の沈黙にも、同じように圧迫感を覚えた。

「今度は別の写真を見ていただきたくて、お店を閉めるのをお待ちしていたのです」

若い刑事はそう言って、また写真を取り出した。まるで突きつけるように、視線の高さに掲げる。それは生前のクリスを、正面から捉《とら》えた写真だった。

「これならおわかりいただけるんじゃないですか。この方をご存じですよね」

「……はい」

これ以上白《しら》を切るのは得策ではない気がした。ぼそりと肯定の返事を吐き出す。それでも刑事は写真を引っ込めず、そのままの体勢で続けた。

「この女性は、こちらのお店の会員なんですよね」

「そうです」

「ブラクセンさんは、個人的にお付き合いがありましたか」

「いえ、特には」

「あれ？　そうなんですか」

おかしいなと、刑事はわざとらしく首を傾《かし》げた。ブラクセンは逃げ出したくなった。

「女性の部屋にある電話の通話記録を調べたのですよ。すると、彼女の許に二ヵ所から頻繁に電話がかかっていることが判明しました。ひとつは、恋人である男性です。そしてもうひとつは、ブラクセンさん、あなたなんですよね。個人的なお付き合いがないなら、どうして電話をしているんですか」

通話記録か。警察がそこまで調べるとは思わなかった。あの頃はクリスに対する殺意などなかったから、無防備に自分の電話を使ってかけていた。まさか、今頃それが仇《あだ》になるとは。

「すみません。実は何回か電話をしたことがあります。店の会員名簿を勝手に見て電話番号を調べたので、ちょっと正直に言いにくかったのです」

ここはよけいな言い訳をせず、事実を話しておくことにした。何度も電話をした程度のことでは、警察も逮捕するわけにはいかないはずだ。

「そうでしたか。でも、電話をしただけではないですよね。何度もアパートのそばまで行って、部屋の様子を見張っていたんじゃないですか。近隣の人から、そういう証言を得ているんですけど」

調べはそんなところにまで及んでいたのか。ブラクセンは覚悟を固め、どこまで認めるべきかと瞬時に計算した。

ここでとぼけても、ブラクセンがクリスのアパート付近に出没していたという証言がある限り、警察はごまかされないだろう。ならば、つきまとっていたことまでは認めるべきか。その先の殺意など、警察は見抜けるわけもないのだから。

「……確かに、彼女の家のそばに行ったことはあります。彼女が好きだったもので」

「死体で発見されたのはご存じですか？」

「えっ」

絶句してしまい、言葉が出なかった。まさか、警察はクリスを殺したのがブラクセンだと疑っているのではないか。だとしたらとんだ濡れ衣《ぬれぎぬ》だ。

「か、彼女が死体で？」

「はい。ですので、ブラクセンさんのお話を詳しく伺いたいのですよ。こんな遅い時間に恐縮ですが、署までご同行いただけますか」

「お、おれはクリスを殺してない。本当だ。おれがクリスの家に行ったときには、すでに殺されてたんだ」

思わず、計算も忘れて本当のことを言ってしまった。なぜクリスのアパートに行ったのかと問われればややこしいことになるが、やってもいない罪を被《かぶ》せられるよりはよほどましだ。嘘じゃないと、ブラクセンは強く抗弁した。

「それはよくわかってます。我々も、あなたが殺したとは思ってませんよ」

刑事の口調は変わらなかったが、それはほとんど猫撫で声のように聞こえた。ブラクセンは「じゃあ、どうして」と言い返した。

「どうして、おれの話を聞く必要があるんですか。疑ってないなら、別にいいじゃないですか」

「あなたがクリスティーナ・シュベーリンさんを殺したとは考えていません。我々が伺いたいのは、ヴェルナー・クリスチャンソンさん殺害についてです」

刑事はふたりの名前をはっきりと告げた。

9

スティーグ・ブラクセンは当初、ヴェルナー・クリスチャンソン殺害の容疑を否認した。だが現場から発見された頭髪が、鑑定の結果ブラクセンのものと判明した事実を告げると、がっくりと肩を落とした。比較の対象とした頭髪は、取調室にブラクセンを連れ込むときに、肩についているのをロルフがこっそり採取したものである。それを鑑識に回し、鑑定結果が出るまでブラクセンを取調室に留め置いたのだ。一度気落ちしたブラクセンは、もはや手のかかる容疑者ではなかった。

「おれが部屋を覗《のぞ》いたとき、クリスはすでに死んでたんだ」

ブラクセンはなおも同じ主張を繰り返す。だがその口調は、先ほどまでのように闇《やみ》雲《くも》に事実を否定するものではなく、従順になっていた。

「それはもうわかった。ではなぜ、クリスティーナ・シュベーリンさんの遺体を山に埋めたんだ。お前が殺したのでないなら、放置しておけばよかったじゃないか」

ロルフはもう、丁寧な言葉遣いをやめていた。自白を始めようとする相手に、低姿勢でいる必要はない。しかしだからといって、高圧的になるつもりもなかった。ロルフの接し方を効果的と評価してくれたのか、エリクソンは何も言わずにただ見守っている。

「おれとクリスチャンソンとかいう男の間には、なんの接点もない。でもクリスにつきまとっていたことは、誰かが知ってるはずだ。現におれの顔を近所の奴《やつ》が憶えてたんだろ？　クリスが死体で発見されたら、おれは真っ先に容疑者に挙げられる。だから、クリスの死体が見つかっては都合が悪かったんだ」

ブラクセンはそう主張し、どこにどのように遺体を埋めたのかを話し始めた。埋めた場所やそのときの故人の服装など、まだマスコミにも発表していない情報を、ブラクセンは正確に語る。ブラクセンが死体を遺棄したのは間違いなかった。

クリスティーナ・シュベーリンの遺体は、今日になって発見された。冬のため土が凍っていて、あまり深く掘れなかったらしい。それを、飼い主の老人とともに散歩中だった犬が発見した。遺体からは身許特定に繫《つな》がるものがいっさい奪い取られていたが、すでに警察側はクリスティーナの顔写真を入手していた。クリスティーナが遺体で発見されたことにより、ふたつの事件の繫がりが一気に明らかになったのだった。

「なぜクリスチャンソンを殺した？」

嫉妬《しっと》か、逆恨みか。動機はおおよそそんなところだろうと予想しつつ、ロルフは確認する。するとブラクセンは、自分の正体を知られたからだと答えた。匿名《とくめい》の陰に隠れてクリスティーナにつきまとうことに、ブラクセンは暗い快感を覚えていたらしい。正体を見抜かれたことで、クリスティーナとクリスチャンソンのふたりに対して殺意が芽生えたとのことだった。

ところが思いがけず、クリスティーナ殺害は何者かに先を越された。ブラクセンは結局、クリスチャンソンだけを殺したのだった。

「アパートを訪ねていったら、あいつはあっさりとドアを開けたよ。きっと、自分の腕っ節に自信があったんだろうな。でもおれは、あいつと言い争うつもりはなかった。ドアが開いたとたんに、あいつの胸にナイフを突き立ててやったんだ。あいつは驚いた顔で、部屋によろよろと逃げ込んだ。おれはその後を追い、あいつが完全に死ぬのを確認した。でも、確認なんかしないでそのまま逃げりゃよかったんだな。そうすれば、髪の毛が部屋に落ちることもなかったんだ」

己の慎重さを悔いるように、ブラクセンは言った。ロルフは促しもせず、じっとその様子を見守る。ブラクセンは勝手に告白を続けた。

クリスチャンソンを殺したその足でクリスティーナのアパートに向かい、彼女の死体を発見したのだとブラクセンは語った。クリスチャンソンの死体は放置し、クリスティーナの死体は山に埋めるのは、当初から計画していたことだったという。だから思いがけない展開に狼狽《ろうばい》しても、自分が送った手紙を回収して、クリスティーナの死体を運び出すことができたようだ。事前に目をつけておいた山に遺体を車で運んで埋めたと、ブラクセンは淡々と言った。

「なあ、教えてくれよ。クリスとあの男の仲は、あまりうまくいってなかったんだってな。クリスを殺したのはあの男なのか」

そう言ったときだけは、ブラクセンの口調が一変していた。縋《すが》るような目をロルフに向けてくる。ロルフはその目の色に、思い出したくない記憶を刺激された。

「ああ。まず間違いない。クリスティーナさんは絞殺《こうさつ》されていたが、彼女の首にはクリスチャンソンの指紋が残っていた」

クリスチャンソンの死体からはアルコールが検出されている。おそらくは酔った上で口論になり、衝動的に首を絞めてしまったのだろう。逃げもせずに自分のアパートに帰り、ブラクセンを迎えたところからしても、己の行動をきちんと認識していたとは言いがたい。恋人を殺した罪の意識を感じる暇もなく、クリスチャンソンは殺されてしまったのだと思われた。

「そうだったのか……。あんな男と付き合うからだよ、クリス。どうしておれじゃなくって、あの男だったんだ――」

ブラクセンは拳《こぶし》を握り、俯《うつむ》いた。肩が震え、驚いたことに涙が机の上に落ちた。ブラクセンは本気でクリスティーナの死を悼《いた》んでいるのだ。

「あんな男じゃなく、おれと付き合ってればクリスは死ななくて済んだのに。おれと付き合うくらいなら、死んだ方がましだったのかな、クリスは。そんなにおれがいやだったのか。おれが醜いからかよ」

ブラクセンは自分に語りかけるようにぶつぶつと呟《つぶや》き、頭を上げた。涙に濡れた顔

なのか」

をロルフに向け、真摯《しんし》に問いかける。

「なあ、刑事さん。どうしてクリスはおれじゃなくてあの男を選んだのかな。そりゃあ、あいつはおれよりかっこいいよ。勤め先もきちんとしてて、収入が多いだろうさ。結局女は、そういうところだけを見るのかな。男の価値ってのは、見た目と収入だけなのか」

「さあな、そんなことはないと思うが」

ロルフはぎこちなく答える。その問いを向けられる相手としては、自分はあまりに不適格だと思った。

「じゃあどうして、女は誰もおれの相手をしてくれないんだ？　どうしておれは、三十三にもなるのに一度も女と付き合えないんだ？　おれの親父《おやじ》は妻子持ちのくせして、あちこちの女に手をつけてた。いい男だったからさ。おれは昔から、親父が大っ嫌いだった。まるでおれに似ていない父親を、本気で憎んでた。女どもはいい男には尻尾《しっぽ》を振ってついていくのに、おれみたいな人間には見向きもしない。おれが女を好きになったって、誰も応《こた》えてくれやしないんだ。クリスだけは特別なんじゃないかと思ったら、結局それも錯覚だった。なあ、刑事さん。醜いってのはそんなに罪なのか。おれは人間として、それほど劣っているのかよ」

「だからって、人殺しをしていい理由にはならないだろう」

ロルフはひとりの男としてではなく、あくまで刑事として言い返した。刑事としてでなければ、答えることができなかった。

「おれはクリスのことが本気で好きだったんだ。あんな美人は他にいないと思った。それだけじゃない、クリスは何度もおれに笑いかけてくれた。ああいうふうに気さくに話しかけてくれる女とは、初めて知り合った。大してかっこよくもない、ただのビデオショップの店員に過ぎないおれに、クリスは笑いかけてくれたんだ。おれが勘違いしたのは、そんなに悪いことなのかよ。なあ、刑事さん。おれみたいな冴《さ》えない男は、女を好きになっちゃいけないのか」

やめろ、と机を叩《たた》いて怒鳴りたくなった。なんでこんな話を聞かされるのか。苦痛が急激に膨れ上がり、もう耐えきれないと思ったとき、背後からエリクソンに肩を叩かれた。交代するから、後は任せろと言ってくれる。ロルフはその機転に感謝し、一礼して取調室を出た。後ろ手にドアを閉めると、自覚している以上に自分が高ぶっていることがわかった。天井を仰ぎ、深く息を吸う。それをゆっくりと吐き出すと、かろうじて落ち着きを取り戻すことができた。ロルフは肩を落とし、刑事部屋に向かった。容疑者を自白に追い込んだ達成感など、皆無だった。

10

ずっと父の背中しか見えなかった。警察に入るまで、父のことは軽蔑《けいべつ》していた。気の強い母を持て余している、存在感の薄い父親。それが、ロルフが抱く父親像だった。ところが、自分も警察官になってみて印象は一変した。刑事としての父の存在感は圧倒的だったのだ。すでに勇退しているのに、未《いま》だに語り継がれる名声。詳細を知るほどに驚かされる、父が解決した事件の数々。そのときになってようやく、父は家庭人としての顔を捨てる代わりに、自分の全精力を犯罪者追跡に費やしていたのだと知った。以来、父はロルフの前に立ち塞《ふさ》がる壁となった。

モニータとは、学生時代に知り合った。ひと目会ったときから電撃に打たれたような感覚があり、ロルフは恋に落ちた。付き合うようになってからモニータは、自分も同じように感じたと言ったが、おそらく受けた衝撃の度合いは等量ではないと思う。もし互いに運命的なものを感じていたのなら、今のような状況にはならなかったはずだからだ。

警察に入った当初は、モニータと結婚するために我が身を削っていたと言ってもいい。一日も早く家庭を持てるだけの収入を得、モニータにプロポーズしたいと考えていた。その思いが叶《かな》い、三年目にして結婚式を挙げることができたとき、ロルフは感激で胸がいっぱいだった。結婚式で涙を流す花嫁はいても、花婿《はなむこ》が感極まって泣き出したなどという話は聞いたことがない。ロルフはモニータに恥をかかせないためだけに、必死で涙腺《るいせん》の決壊を留めていたようなものだった。

ロルフは自分の全存在を賭《か》けて妻を愛した。少なくとも、そのつもりだった。必死に働いたのは、早く昇給してモニータを喜ばせたかったからだ。モニータに値の張る服やしゃれたアクセサリーを買ってやりたかった。それだけのために、ただひたすらに働き詰めた。

だが今にして思えば、それは違っていたのかもしれない。目の前に立ち塞がる父の幻影。ロルフが常に意識の底に置いていたのは妻ではなく、父だったのではないか。だからこそ、ロルフは妻の気持ちを失ってしまったのだ。

帰宅は遅かった。同僚が帰った後も刑事部屋に残り、資料を捲《めく》るような日々が続いた。その結果、犯人逮捕に繋《つな》がることも何回かあった。一度も成果がないなら、ロルフも居残りなどしなかっただろう。しかし実際に効果があるとわかってしまえば、手を抜くわけにはいかなかった。父の帰りが連日遅かった理由を、ロルフは初めて実感として理解した。

それでもモニータは、健気《けなげ》に起きて待っていてくれた。冷めてしまった夕食を温め直し、ロルフが食べ終わるまで一緒にいてくれた。ロルフも深夜の二時や三時まで飲まず食わずでいるわけにもいかないから、外で夕食を済ませている。しかし寝ずに待っていてくれる妻に向かってそんなことは言えず、無理にモニータの料理を口に詰め込むような日が続いた。

先に寝ていて欲しいと頼んだ。その方が気楽だから、と。そのときモニータは、わずかに寂しそうな顔をした。だがすぐに笑って、わかったと言ってくれた。ロルフはその言葉を額面どおりに受け取り、安心していた。ロルフはまるで妻の気持ちを理解していなかった。

帰宅したとき、モニータはベッドに入っているようになった。食卓には、冷めた夕食が残っていた。自分で温めて食べる気にはなれず、手をつけないままロルフは寝た。やがて、食卓から夕食は消えた。

モニータはあまり自己主張をするタイプではなかったが、一度だけ、休日に一緒にどこかに行きたいと言い出したことがあった。泊まらなくてもいい、日帰りでいいからどこか遠くに行ってみたいと言うのだ。ロルフとて、妻に我慢を強いているという自覚はあった。だからエーランド島に行って風車を見ようという約束をした。ふたりとも、エーランド島に行ったことはなかったのだ。

モニータがその日を心待ちにしていたのはわかっていた。約束してからの数日間は、表情が生き生きしていて実に美しかった。モニータが喜んでくれれば、ロルフも嬉《うれ》しい。妻の楽しみを共有していられることに、夫婦としての幸せを見いだしていたつもりだった。

ところが休日は、ひとつの殺人事件であっけなく潰《つぶ》れた。ロルフはきちんと謝り、別の日に行く約束をした。モニータはそのときも、わかったと笑って言った。寂しそうな顔も、恨みがましい目も見せなかった。

しかし今にして思えば、あれが最後のチャンスだったのかもしれなかった。行こうと言いながら、ロルフはモニータをエーランド島に連れていくことはなかった。それでもロルフは、自分が妻をないがしろにしているという自覚はなかった。警察官の妻なら、それくらいのことは覚悟の上のはずだと思い込んでいた。

だから、モニータに別の男の影を見たのは、ずいぶん経《た》ってからのことだった。帰宅してもすでにモニータは寝入っていて、言葉を交わさない日々が続いているのは気づいていた。当然夫婦の間の交渉は絶えていたが、仕事が一段落するまでのことだと自分に言い聞かせていた。だが、いつ一段落するのかという根本的な疑問からは目を逸《そ》らせていた。妻の浮気など、一瞬も疑ったことがなかった。

気づくきっかけは、産婦人科の診察券を見つけたことだった。しかしあれは、ロルフが鋭敏だったというより、モニータに気づかされたようなものだ。そうでなければ、すぐ目につくところに診察券を置いておくはずがない。ああすることでモニータは、鈍感な夫に鉄槌《てっつい》を下したのだ。

最初は婦人科の病気なのかと思った。どこか悪いのかと、真顔でモニータに尋ねた。だが妻は、「妊娠してるかと思ったの」と答えた。大したことでもないような口調で、顔には笑みが浮かんでいた。

どうして妊娠を心配するんだと、素朴に訊《き》き返した。妊娠の可能性など、まったくないはずだった。冷水を浴びせられたように感じたのは、モニータが答えようとしなかったためだ。モニータは淡く笑って、キッチンへと消えた。

疑惑は、しばらくしてからロルフに取り憑《つ》いた。何か別の解釈があるのではないかと、ずっと考えていたからだ。しかし一度心に住み着いた疑惑は、そう簡単に消えてくれなかった。ロルフは不安に駆られ、妻の日常を調べ始めた。警察官として身につけた能力が、皮肉にも役に立った。

妻の相手を突き止めるのは簡単だった。たった半日尾行しただけで、妻は男と会い、食事をし、そしてホテルに入るという行動をとったからだ。男は高価そうなスーツを着た男で、モニータと並んでいるといかにもお似合いだった。ロルフは自分の着ているくたびれた背広を見て恥じ入ったが、いまさらどうにもならなかった。

モニータはホテルに泊まることなく、深夜零時を回ってからタクシーで帰宅した。ロルフが零時以前に帰ることはめったにない。それを見越した上での行動なのは明らかだった。その計算が、ロルフの胸を抉《えぐ》った。

狂おしい嫉妬《しっと》の炎を抱き、モニータの後を追って家に飛び込んだ。今日半日の行動を見ていたと、大声を張り上げて詰め寄った。それなのにモニータは、まるで動揺した様子がなかった。ようやく気づいたのかと、呆《あき》れるように言っただけだった。

モニータと男の付き合いは、もう半年になるという。互いに愛し合っているから別れて欲しいと、モニータは淡々と言った。

承伏できるわけもなかった。ふざけるなと、声を荒らげた。思わず手が出そうになると、モニータは蔑《さげす》むような目を向け、荷物をまとめて出ていった。引き留めようとしたときだけ、傷を負った猫のように荒れ狂った。その剣幕に呆然《ぼうぜん》として、ロルフは妻が出ていくのを許してしまった。

納得などできなかった。自分が悪いという疚《やま》しさは感じていたものの、裏切られたショックはそれ以上に大きかった。だからロルフは、モニータにつきまとった。男の家を徹夜で見張り、無言電話をかけ、自分がいかにモニータを愛しているかと綴《つづ》った手紙を送った。そんなことをすればするほどモニータの心が離れていくとわかっていても、他に現実の崩壊を押しとどめる手段が見つからなかった。自分の思いがなぜ届かないのかと、不思議でならなかった。

つけ回しをやめたのは、相手の男が弁護士を立てて抗議に乗り込んできたからだ。ロルフは上司とともに弁護士に会い、離婚を承知させられた。名刑事の息子がしでかした、とんだ不始末。その後ロルフは、警察内でしばらく冷や飯を食わされることになった。ふたたび捜査の一線に戻れたのは、父に世話になった人物が引き上げてくれたためだった。

年月が経ち、心の傷はずいぶんと埋められたと思っていた。だが今日ばかりは、自分の鏡像を見せられるようで気持ちが乱れた。醜い身勝手な主張を繰り返す男。異性と精神的紐帯《ちゅうたい》を結ぶことができず、自分に勝る父親を憎むブラクセンは、まさにロルフ自身だった。ロルフはモニータを殺して自分も死のうとまで思い詰めたこともあったのだ。忘れたはずの過去は、今もたやすくロルフに追いついてくる。消え去ったと思っていても、心に残る埋み火《うずみび》。背後には辛《つら》すぎる過去があり、行く先には父の偉大な幻影が立ち塞がる。時を巻き戻すことなどできないと悟ったとき、ロルフは父に追いつきたいと心底望んだ。父の名に恥じない刑事となったとき初めて、モニータを失った痛みも癒《い》えるのだろうと信じている。それが、ロルフの前に拓《ひら》けている唯一《ゆいいつ》の道だった。

誰も待っていない自宅に帰り着く。大きすぎる欠落感。ロルフは天井を見上げ、心の高ぶりが消え去るのを待った。時間はすべてを解決してくれる。三分もそのままの姿勢でいると、家の中に入っていく勇気が湧《わ》いた。リビングルームで鞄《かばん》を投げ出し、ネクタイを緩めた。すると、タイミングよく電話が鳴った。このタイミングで電話をくれる人など、ひとりしかいない。ロルフは微苦笑を浮かべて、受話器を取った。

「帰ってたか」

「今帰ってきたところだ。相変わらずおれを摑《つか》まえるのがうまいね」

「刑事の生活リズムはよくわかってるからな。ところで、事件の方はどうだ？」

「自供したよ。これで一段落だ」

「それはよかった。ならば、ゆっくり休むことだな。事件の毒は知らず知らず刑事の体の中にも溜《た》まっていくものだ。それを溜め込む一方だと、私のようになってしまう。お前は私のようにはなるなよ」

それは遅すぎるアドバイスだよ。ロルフは心の中で呟《つぶや》いた。同時に、父もまたロルフの結婚生活が破綻《はたん》したことに心を痛めているのだとわかった。ひとりでいるのは辛すぎる。だが、人は完全な孤独の中で生きているわけではない。電話線一本の繫がりを、ロルフは貴重に思った。

「ああ、ありがとう、マルティン父さん」

ロルフ・ベックは往年の名刑事の名を呼んだ。

暗箱

横山秀夫

横山秀夫（よこやま・ひでお）

一九五七年、東京生まれ。上毛新聞を経て、フリーライターに。九一年「ルパンの消息」がサントリーミステリー大賞佳作となる。九八年『陰の季節』で松本清張賞を受賞。日本の警察小説に新生面を拓いた作家である。『半落ち』『第三の時効』『クライマーズ・ハイ』『看守眼』『震度０』などの著作がある。

1

週明けのその日、冬空に虹《にじ》を見た幸運を署内で話題にした者はいなかった。

夕刻になっても署長室の扉には「会議中」の札が下がったままだった。その原因を作った刑事課の空気は重苦しく、天井板を霞《かす》ませる紫煙の雲には、いつも以上の厚みがあった。本部の総合監察が入り、証拠物件保存簿の改ざんが発覚した。内職商法を巡る詐欺《さぎ》事件の捜査過程で、被疑者宅から押収《おうしゅう》した顧客リストのフロッピーディスクを紛失したうえ、その失態を隠蔽《いんぺい》すべく帳簿を弄《いじ》った事実を監察官にあっさり見抜かれた。

添田隆司《りゅうじ》は、傷害事件の送致書類に走らせていたペンをとめ、だるそうに首を回した。そうしながら、あちこちの席から立ちのぼる無為な煙を見つめ、自分も百円ライターを擦《こす》った。飴色《あめいろ》に変色した親指の爪《つめ》が嫌でも年齢《とし》を意識させる。

夕陽の差し込む捜査第二係のシマに空席が二つ。平方《ひらかた》係長と大友刑事が朝から本部の監察官室に引っ張られている。平方の指示で大友が改ざんを実行した。その事実は動かないとして、しかし、署が差し出した「首二つ」で納得するほど本部の監察が甘いとも思えない。

添田は煙に細めた目の端で課長席を盗み見た。

磯貝課長は置物のように動かずにいる。蒼白《あおじろ》い横顔は留置場に入れられたばかりの被疑者を連想させた。眼前の電話を凝視している。気弱な平方がどこまで監察官の調べに抗しきれるか。その平方よりもさらに小心な三十六歳の若き警部は、悪い想像ばかりが先走って生きた心地がしないのだろう。

――ザマぁねえ。

添田は腹の中でひとりごちた。

課員の誰もが磯貝の関与を確信している。先々悪いようにしないから。磯貝の猫撫《ねこな》で声を立ち聞きした若手がいて、ゆうべのうちに寮の建物を電話が一巡していた。にもかかわらず、平方と大友に対する同情的な声はまったくと言っていいほど聞かれなかった。彼ら三人の日頃の親密さは「磯貝ライン」と揶揄《やゆ》され、課員の多くが快く思っていなかったし、懇願混じりの磯貝の台詞《せりふ》を二人が呑《の》み下したのだとすれば、それは義理立てではなく、己の将来を見据えた打算だろうと推測の線が引けた。

磯貝が腰を上げた。極度の緊張に堪えかねて、といったふうな席の立ち方だった。ドアへ向かう。繰り出す足が覚束《おぼつか》ない。よろけた。ドアノブを摑《つか》み損ねた。ひどく滑稽《こっけい》な姿だった。が、誰一人クスリとも笑わなかった。廊下に消える猫背を見送った幾つかの目には、今すぐにでも受話器を握り、磯貝を監察に刺しそうな鋭さがあった。

添田はまたライターを擦った。今度は爪の歪《ゆが》みとひび割れまでもが目についた。年明けに五十七になる。若かったら、やはり自分も磯貝を潰《つぶ》すことを本気で考えたろうか。

「専門官、まずいっスよ、吸っちゃあ」

背中合わせに座る塩原刑事が、椅子《いす》の背もたれを軋《きし》ませながら頭を寄せてきた。

「その呼び方はよせって言ったろう」

添田は塩原の顔を見ずに低い声を返した。

ちょうど一年前だった。狭心症と診断されたのを機に内勤に移され、「刑事専門官」なる肩書きをつけられた。警察で役職に「官」がつけば階級は警視以上と決まっているが、こと専門官に限っては例外だ。階級は巡査長のままだし、部下や某《なにがし》かの権限を与えられたわけでもない。玉《ぎょく》たる経験と知識を後進に伝授すべし。要は、長い歳月ヒラ刑事をやってきた老兵を「ヨイショ」して、むくれたり逆らったりさせないために上が思いついた便法だ。

「添さん、ホントによしたほうがいいですって、煙草《たばこ》は」

さらに体を反らせた塩原が耳に吹き込んでくる。

「いちいちうるせえんだよ。こっちに構ってねえでネタ場でも耕してこい」

「けど、医者も言ってたじゃないですか。煙草だけはよせって」

「この部屋に始終いりゃあ、吸ってようが吸ってまいが同じだろうが」

「そりゃまあそうですけど、俺はバッチリ見ちゃってるわけだから」

張り込みの最中、胸の痛みにうずくまった添田を病院に担《かつ》ぎ込んだのが塩原だった。丸三年コンビを組んだ。勘も腕も気もいい男だ。先月、巡査部長試験に合格し、だから来春には昇任時異動でこの署を去る。

「奥さんにも頼まれてるんですよ、俺」

「言いたきゃ言え」

「ああもう、すぐそうやって開き直る。死んだって知らないっスよ」

「話したろうが。ウチの家系はみんな心臓でぽっくり逝《い》っちまってるんだ。誰も驚きゃしねえよ」

「いや、驚くとか驚かないとかじゃなくって……」

塩原は苦笑いを浮かべて頭を掻《か》き、だが、ふっと真顔になって辺りを見回した。

「ねえ、添さん」

耳打ちだから、話の中身は察しがつく。

「課長、真《ま》っ青《さお》な顔してましたね」

「暗箱にでも放り込まれた気分なんだろうよ」

「アンバコ……？　何ですそれ？」

留置場を指す符丁だ。最近はあまり使われなくなった。刑事だっていまどきの連中は知らない。

「この先どうなりますかね？」

「平方の腹一つだ」

「背負《しょ》いこみますかね？」

「そんなこたぁわからねえよ」

「だとしても、課長も監督不行き届きで食らうでしょ？」

「署長ともども十の三、ってとこだ」

減給百分の十を三カ月。お定《き》まりの懲罰だ。

「課長もグルだってバレたら？」

「停職一つだろうよ」

「一カ月か……」

塩原は思案顔になり、ややあって、とりわけ小さい声で言った。

「外に抜けたらどうなります？」

添田は塩原の目を見た。新聞に出てしまえば、事件にせざるをえない。虚偽公文書作成及び行使――。

「地検に書類送りで、幾人か辞めることになるな。そうしてえのか？」

塩原は、滅相《めっそう》もない、といったふうに顔の前で手を振った。

「ほっとけ。お前はじきに課長ともおさらばじゃねえか」

「俺はしませんよ。けど――」

塩原は奥のデスクに目だけ向けた。

「脇坂《わきさか》主任たちはやりかねませんよ。さっきも額突き合わせて駐車場でヒソヒソやってましたから」

添田もちらりと奥を見た。ずんぐりむっくりとした背中が、何やら不満そうにモソモソ動いていた。確かに脇坂が急先鋒《きゅうせんぽう》だろう。磯貝に馬鹿《ばか》呼ばわりされた回数なら課内で抜きんでている。

「刺すんなら監察に刺せと言っとけ」

署や課の恥がどうのという頭はなかったが、事が表沙汰《おもてざた》になって、喜久江《きくえ》や健二にこの類《たぐい》のゴタゴタを知られるのは嫌だった。

「了解」

囁《ささや》きを残して塩原が椅子を引いた。磯貝が部屋に戻ったからだった。

――本当にイカれちまったのか？

添田は眉《まゆ》を寄せて磯貝を見つめた。ズボンのチャックが半開きだ。体の力が抜けた。この改ざん騒ぎがまるっきり人ごとに思えた。もとより、仕事そっちのけで上を見ている連中と関《かかわ》り合う気は毛頭ない。

添田はペンを握って送致書類に目を落とした。少し急がねばならなかった。警察内部で何が起きようが、検事が仕事を待ってくれるわけではない。

目の前の電話が鳴り、添田は思わず舌打ちした。

〈専門官に外線です〉

交換手の事務的な声に続き、空咳《からせき》のような音が聞こえた。

声はしない。警戒心が頭を擡《もた》げた。

「もしもし――」

一拍あって、嗄《しわが》れた男の声が返ってきた。

〈添田さんですね？〉

聞き覚えのない声だった。

「そうだが。おたくは？」

問い返すと、また小さな間《ま》が生じた。

〈私、トクイといいます〉

その苗字《みょうじ》には即座に脳が反応した。一年半ほど前に連続放火で挙げた徳井満夫――。本人か？　一瞬思ったが、同時に暗算も働いた。まだ刑期を終えていない。懲役三年六カ月の実刑だから、いまだ仮釈放の権利も得られていないはずだ。電話の声から察するに、男は相当に年齢《とし》がいっていそうだ。徳井満夫も六十過ぎだが兄弟姉妹はいない。

「徳井何さんだい？」

〈えっ？〉

「下の名前を聞いてるんだ」

〈それは……〉

男の声がくぐもった。

――言えない？　なんでだ？

ピーッと音がした。公衆電話からだ。

添田は少し慌《あわ》てた。受話器を手で覆《おお》って声を殺す。

「ひょっとしてあんた、徳井満夫の関係者か」

〈はい、そうです〉

一転、はっきりとした声がした。

「どういう関係？」

〈私が本当の犯人なんです〉

添田は宙を見た。

「何だって？」

〈柳川《やながわ》町の放火事件です。徳井満夫さんではなく、本当は私がやりました〉

額がすっと冷たくなった。

〈大変申し訳ありませんでした。近いうちに――〉

ぷつりと通話が途切れた。

男が切ったのではなく、おそらく硬貨かカードが終わって。

「添さん」

「……」

「ねえ、添さん」

添田はハッとした。塩原の顔がすぐ横にあった。

「いま電話で徳井って言いませんでした？」

咄嗟《とっさ》に誤魔化《ごまか》す台詞《せりふ》が浮かばなかった。

「あの徳井満夫の関係ですか」

添田を見つめる瞳《ひとみ》に、微《かす》かだが不安の色が浮かんでいた。二十七歳。そう、まだ添田の半分も生きていない。

「お前には関係ねえ」

ぶっきらぼうに言って、添田はライターを擦《こす》った。

「ああ、ダメですって、もう！」

吐いた煙で塩原を追い払った。

視界には課長席が入っていた。紙のように白い横顔が、さっきまでとは違って生々しく感じられた。

山からの吹き下ろしで窓ガラスが小刻みに震える。刑事課の灯は、添田のデスク回りを除いてすべて落ちていた。

2

残業すると言って課に独り残った。男からの電話は話の途中で切れた。当然、掛け直してくるだろうと踏んでいた。だが、寄越さない。午後十時を回ったが電話は鳴らない。その脇の灰皿は吸殻で山となっている。煙草は九時前に切らした。買いに出ようか迷ったが、その間に電話が来てはまずいと思いとどまった。

壁の時計が十一時を指した。

電話は尻切《しりき》れとんぼになったが、話は済んだ。伝えるべきことは伝えた。男はそう思ったということか。

〈私が本当の犯人なんです〉

〈柳川町の放火事件です。徳井満夫さんではなく、本当は私がやりました〉

添田はライターを擦り、炎を見つめた。

誤認逮捕。

刑事を長くやっていれば誰もが一度や二度は夢にうなされ、どっぷり寝汗をかく。添田も若い時分、同じ夢を繰り返し見た時期があった。顔のぼやけた大男が目の前に現れてぼそぼそと言う。俺じゃないんだ。俺がやったんじゃないんだ――。

　その台詞を聞いた時の、足元が崩れ落ちるような恐怖心が胸に蘇《よみがえ》りはしたが、しかし、昔見た夢と夕方の電話とが同じ平面上で重なり合っているわけではなかった。

　電話が切れた後、柳川町の連続放火事件を何度も頭の中で点検した。

　昨年五月の連休明けだ。現場はここから西に約七キロ、田畑と住宅地が混在している柳川町の外れだった。夜の九時過ぎに農家の納屋《なや》から火の手が上がった。風に煽《あお》られ母屋《おもや》にも延焼し、二階家の半分近くを焼いた。その十分ほど前、農家から約二百メートル先のゴミ集積所で、出されていたゴミ袋が燃えるボヤ騒ぎがあった。現場にマッチの燃えさしが落ちていたため、放火の疑いが濃厚だと交番勤務員が報告を上げてきていた。

　塩原の運転で現場に急行した。途中、近道となる農道に車を乗り入れ、そこで徳井満夫と出くわした。小柄で髪が薄く、グレーのジャージ上下を着込んでいた。後で六十一歳と知るが、パッと見は七十をとうに過ぎた、しょぼくれた老人の風情《ふぜい》だった。あれもO脚の部類なのだろうか、膝頭《ひざがしら》は左右とも外に向いてしまっていて、歩くのも難儀そうに見えた。添田たちの車が近づくと、ヘッドライトの光を眩《まぶ》しがるでもなく、見開いた目でこちらを凝視した。車を徐行させていったん擦れ違ったが、あの爺《じい》さんの様子はちょっとおかしいという話になり、車を降りて職務質問《バン》をかけた。散歩の途中だと徳井は言った。所持品の提示を求めたところ、煙草と小銭を差し出したが、ライターやマッチ類は持っていなかった。塩原がすかさず徳井の腕を取って手の臭《にお》いを嗅《か》いだ。当たりだった。右手の甲や手首に微量の煤《すす》が付着していたのも見逃さなかった。証拠品を入れるビニール袋を徳井の手にすっぽりかぶせて輪ゴムでとめ、車の後部座席に押し込んだ。その段にはもう、徳井は観念していた。「申し訳ありませんでした」と力なく言い、深々と頭を下げ、両手首を寄せて手錠を貰《もら》う仕《し》種《ぐさ》まで見せた。

徳井は取り調べにも素直に応じた。二件の放火とも自分の仕業だと認めた。三年前に半年間、鬱《うつ》病で入院していたことがわかり、精神鑑定に付した。結果は「完治したものと認められる」で、刑事責任を問えると判定された。

調書は順調に進んだ。夜の散歩は徳井の日課だった。犯行日は、息子夫婦と同居している自宅を出たのが九時少し前だったという。昼間、倉庫の警備員の職を求めて面接を受けたが、足腰が弱そうだからアンタには無理だとその場で断られ、気持ちがムシャクシャしていた。ゴミ集積所を通り掛かった時、夜のうちに出してはいけないはずのゴミが大量に出されているのを見て腹立たしく思い、持っていたマッチで火をつけた。不燃ゴミが混じっていたのか、あまり燃えず、苛立《いらだ》ちが募った。農家の納屋が見えてきて、ああ、ここを燃やしてやろうと思った。毎日のようにその家の柴犬《しばいぬ》に吠《ほ》えられていたし、風向きによって堆肥《たいひ》の臭いが自宅にまで漂ってくるので忌々《いまいま》しく思っていた。納屋の板壁沿いに積んであった空の肥料袋にマッチで火をつけ、よく燃えるようにとマッチ棒が五本ほど残っていた観光ホテルのマッチ箱をその肥料袋の中に投げ込んだ——。

長い経験からわかる。やった人間がやったことを喋《しゃべ》った。徳井満夫の供述はまさしくそうだった。捜査にも取り調べにも落ち度はない。徳井が本ボシだ。その自信は何度事件を総ざらえしてみても揺るがなかった。

だからこの数時間、添田の脳は別のことを考えていた。過去に自分が手錠を掛けた男たちの名前と声の記憶を辿《たど》っていた。電話の男は添田を名指ししてきた。誤認逮捕をしたと思い込ませて震え上がらせる。男の狙《ねら》いがその辺りにあるのだとするなら、添田自身に対する怨恨《えんこん》の線を考えねばならない。

二十歳の時から三十五年も刑事をやっていたわけだから、縛った被疑者は膨大な数にのぼる。その中から添田を恨んでいそうな男をピックアップし、年齢で篩《ふるい》に掛けていく。電話の男の声は老いていた。とうに七十を超えていそうな気がした。

添田は椅子《いす》の背もたれに体を預けて目を閉じた。

強姦魔《ごうかんま》の栗山《くりやま》はすこぶる気が荒かった……。取調中に添田に摑《つか》み掛かり唾《つば》を吐きかけた……。生きていれば七十近いが、そう、奴《やつ》は十年ほど前に内縁の女房を撲殺し、送られた刑務所で獄死したと聞いた……。

常習累犯《るいはん》窃盗の水沢もふてぶてしかった。娑婆《しゃば》に戻ったらあんたの家に空き巣に入ってやるよと嘯《うそぶ》いた。消息不明……。年齢《とし》は確か添田の一つ下だったから、いま五十五か、六か。

徳井と同じ放火なら、阪口という男がいた。歯を剝《む》き出しにして吠えまくった。俺じゃねえって言ってんだろ、クソデカ。そこまで言われて、若かった添田は思わず手を上げた。腹に拳《こぶし》を二発。いや、三発……。恨んでいるかもしれない。だが、奴はまだ五十にもなっていないはずだ。

きりがなかった。消しても消しても顔と名前が浮かんでくる。しかも、添田を恨んでいるのは縄を掛けた相手ばかりとは限らない。その親族……仲間……。添田と面識のない男ということだって考えられる。そうだとするなら、電話の主を突き止めるのは不可能に近い。

添田は目を開いた。

胸がざわめいていた。思考を巡らすうち、一度は完全に否定した「誤認逮捕」の四文字がジワジワと再浮上してくるのを感じたからだった。耳にこびりついた男の声がそうさせていた。

〈私が本当の犯人なんです〉

電話の声に悪意の混じり気を感じなかった。不器用だが生真面目《まじめ》。そんな良性の人柄すら連想させた。電話の主が凶悪犯かその関係者だったとして、声色を使ったにせよ、胸に燻《くすぶ》る怨嗟《えんさ》や憎悪《ぞうお》の気配をああまで見事に消せるものだろうか。

万一――。

添田は小さな決心をして思考の向きを変えた。

もし電話の男の「自白」が真実だったとしたら、誤認逮捕どころの話ではなくなる。刑は一審で確定し、徳井満夫は刑務所に服役してしまっている。冤罪《えんざい》事件。その新たな四文字は添田の神経に障《さわ》った。

――馬鹿言え。だったら、なんで徳井の野郎は罪を認めた？

電話の男を庇《かば》った。あるとするならそれだ。

なぜ庇った？

恩義か。だが、やってもいない事件の罪を被《かぶ》り、身代わりに刑務所に入るほどの恩義とはいったい何だ。

それとも情か。同情。友情。愛情……。

具体的な答えは浮かんでこなかった。

添田は荒い息を吐いた。捜査と同じだ。材料もなしに想像を膨らませるのは時間の無駄でしかない。いまわかっていることのみを基に考える。添田の手持ちのネタは男からの電話の内容。それだけだ。

男の言を信じてみる。彼は「徳井」と名乗った。下の名は語らなかったが、「徳井の関係者」であると認めた。ならば親戚筋……。従兄《いとこ》弟辺りが臭い。

否定材料もある。男は徳井満夫のことを「さん」付けしていた。身内の人間を他人に話す時は呼び捨てにするだろう。男が「徳井」の名を騙《かた》った可能性もある。柳川町の放火事件を添田に想起させるためのキーワードとして「徳井」を名乗った——。

なぜ本名を言わなかったのか。

〈大変申し訳ありませんでした。近いうちに——〉

後に続く言葉は「出頭します」だったに違いない。なのに本名を隠した。しかも、

「これから」とか「明日」とかでなく、「近いうちに」……。

身辺整理に時間が必要だということか。

こちらの様子を窺《うかが》った。警察に出頭するかどうか迷っている。そうとも取れる。男は、何はともあれ徳井満夫が真犯人ではないことを警察に告げたかった。自分が出頭するかどうかは、警察の出方を見てから考える。そういう腹か。

確たる真犯人が名乗り出ない限り、徳井満夫の刑の執行が停止されることはない。常識で考えればわかることだが、男はそこを甘く見ているか一縷《いちる》の望みを抱いているのかもしれない。自分が掛けた電話で警察が動きだす。改めて事件を調べ直す。もし本気でそう考えているのだとしたら随分とおめでたい男だし、もとより、自分は安全な場所にいて、電話一本で他人の冤罪を晴らそうなどとは虫がよすぎる。

午前零時を回っていた。男は電話を寄越す気がないということだ。

添田は「万一」を頭から追い出しに掛かった。刑事が最も恐れる冤罪の可能性を、さしたる動揺もなく点検できたのは、自分が直接耳にした徳井満夫の自白と、この目で見た徳井の右手の煤が脳に刻み込まれているからだった。

年齢《とし》のせいもあるだろう。内勤になって一年、刑事という仕事に対する執着心も責任感もすっかり薄れた。身体《からだ》にも自信をなくした。きっとそんな諸々《もろもろ》が影響している。

若い頃はイキがよかった。二十六歳で本部に上がった。捜査一課の強行犯捜査係に取り立てられて鼻高々だった。県下の精鋭刑事が犇《ひしめ》く「花の強行」である。遮二無二働いた。着の身着のままでホシを追い続けた。だが、たった一年で係から放出された。同僚たちの獰猛《どうもう》さに呑《の》まれていた。仲間すら平気で出し抜く狡猾《こうかつ》さに神経をズタズタにされた。足掻《あが》けば足掻くほど仕事の能率が落ち、ミスを連発し、やがて上司の顔をまともに見られなくなった。自滅だった。

以来、ずっと「在野《ざいや》」の刑事に甘んじてきた。中規模署と小規模署の刑事課を交互に渡り歩く。本部や大規模署から声が掛かることはない。「強行落ち」。そのレッテルはどこまでもついて回った。そして行き着いた先が「専門官」だ。体を壊したとはいえ、他人《ひと》が捕まえてきたホシを送致するための書類書きをやらされている。

誤認逮捕。冤罪事件。もはや身の破滅を意味する単語ではない。無論、晩節を汚《けが》したくないとは思うが、しかし本当のところ、添田は「徳井」に対してさほどの恐れを感じていなかった。ただ……。

塩原は、と思う。

知っていることのすべてを教えた。あいつはこれからだ。やれる男だ。巡査部長試験にも一発でパスした。胸を張り、本部や大規模署を舞台に、思う存分、大きな事件を追い掛けてほしいと思う。

徳井満夫の逮捕は、塩原の初手柄と言ってよかった。誤認逮捕の疑い。昇任時異動を控えたこの大切な時期に、間違ってもそんな騒ぎに巻き込みたくない。無関係なところに押しやっておきたい。塩原に男からの電話の内容を告げなかったのもそのためだった。

〈近いうちに――〉

――のこのこ出てきやがったら張り倒してやる。

何が起ころうと自分一人で決着をつける。そう心に決めて添田は受話器を上げた。

空いた手で手帳を開き、松尾の自宅の番号をプッシュした。市役所の住民課長――。

時間が時間だ、コールは十回を超えた。

〈は、はい……〉

脅《おび》えた声だった。

「添田だ。また一件頼む」

〈添田さん……〉

別の脅えが声に滲《にじ》んだ。

〈もう駄目ですって、それは〉

「これが最後だ。徳井って苗字《みょうじ》の人間をすべて拾ってくれ。徳川の徳に、井戸の井だ」

〈ですから、マスコミやオンブズマンの目が厳しくて、本当にマズインですよ〉

「これが最後だと言ってるだろう」

〈いつも最後最後って……〉

「握り飯の味を忘れたってわけか」

松尾の家は貧しくて、学校に弁当を持ってこられなかった。

〈それはだから感謝してますよ。でも、半世紀も前の話じゃないですか。もういい加減許してくださいよ〉

「しのごの言ってねえで利子を返せ。明日の朝一番にファックスを流せ。いいな？」

返答を聞かずに受話器を置いた。背後でドアの開く音がしたからだった。

一係主任の脇坂だった。刑事の制服姿は当直勤務の時にしかお目にかかれない。また太ってサイズが合わなくなったのだろう、ずんぐりむっくりとした身体に比して制服の布の面積が少なく見える。

「稼ぎますね、専門官」

「そいつはよせって言ったろ」

「あ、すみません」

「煙草《たばこ》あるか」

「いいんですか」

「いいから寄越せ。死にそうだ」

差し出された煙草を引き抜き、添田はライターを擦《こす》った。案の定、そのタイミングで脇坂が切り出した。

「添田さん、例の改ざんの件、どう思います？」

どこか弾んだ声だった。

「どうも思わねえよ」

「汚いですよ、課長の野郎。トカゲの尻尾《しっぽ》切りを決め込みやがって」

「一人でやれよ」

「えっ？」

添田は脇坂の目を見据えた。

「お前が課長を刺したいのはわかるさ。やるんならやれよ。けどな、若い連中は巻き込むんじゃねえぞ」

「巻き込むって、どういう意味です？」

「そのまんまの意味だよ。新聞に流しゃあ本部に魔女狩りされるぜ。そん時、下の連中が疑われねえように、黙って一人でやれって言ってんだ、俺は」

「そんな――」

脇坂は素頓狂《すっとんきょう》な声を上げた。

「新聞になんかタレたりしませんよ。署が大騒ぎになっちまうじゃないですか」

「わかってりゃあいい」

立ち上がって、添田は踵《きびす》を返した。その背中を不服そうな声が叩《たた》いた。

「見て見ぬふりをしろってわけですか」

添田は首だけ振り向いた。赤みを帯びた脹《ふく》れっ面《つら》があった。

怒りが込み上げた。

「青臭く正義ぶるんじゃねえよ。お前だって邪魔っけな上をどけたいだけだろうが」

3

家族寮は寝静まっていた。

歯だけ磨いて、添田もすぐに布団《ふとん》に入った。すぐわきで喜久江の寝息がする。健二の部屋も灯が消えていたようだった。受験勉強はどうしたのか。

脇坂に向けた自分の台詞《せりふ》が幾つもの断片になって頭の中を回っていた。正義ぶるな……邪魔っけ……巻き込むな……。

あの時、脳裏には塩原の顔があった。

いや……。

死んだ真一の顔だったような気もする。どこか似ているのだ、二人の顔立ちは。

中三の夏に踏切事故で逝《い》った。部活の剣道の稽古《けいこ》に遅れそうになり、下りていた遮断機をくぐった。

仕事で帰らない刑事の家がすさむなどというのは作り話だ。家庭はそれなりにうまくいっていた。僕も警察官になりたい。真一がそう言ったことがあった。新聞に載った事件現場の写真に、豆粒のような添田の姿を見つけた時だった。真一は目を輝かせた。誇らしげだった。悪いことをした人はみんなお父さんが捕まえちゃうのよ。喜久江が軽口をたたくと、僕にもできるかな、僕も警察官になりたいなと興奮気味に言って、上段から剣を降り下ろす仕種《しぐさ》を見せた。

悲しみも痛みも、もうない。大きさも奥行きもわからない空洞だけが胸にある。

真一……健二……。

なぜあんな名前のつけかたをしてしまったのだろう。一がなくて、二だけがある。一が消え、二だけが残った。

添田が写り込んだ新聞の写真を見た時の、健二の無表情が忘れられない。置いてきぼりを食ったような顔だった。真一がはしゃいだりしたものだから、なおさらのこと鮮明に目に焼きついている。

健二は内気で剣道も長続きしなかった。来春には大学に入り、この家を出ていくのだろう。二度と戻らない。そんな気がする。

添田は闇《やみ》の中で自分の親指を見つめた。その爪《つめ》で頬を摩《さす》った。硬く冷たい感触が痛みに感じられた。

健二に頼る自分など想像できない。将来、子供に面倒をみてもらおうなどと本気で考える親がいるだろうか。だが……このところ時折思う。老いて、どうしようもないほど老いさらばえて、仮に喜久江に先立たれでもしたら、自分はどうやって生きていくのだろうか、と。老人ホームにでも入ることになるのか。そこで素性も知らない年寄りと集い、名前を呼び合い、してもしなくてもいい世間話をしながら死が訪れるのを待つのか。

いつ逝ってもいい。ぽっくり逝きたい。無頼を気取るとか言葉の遊びとかではなく、本気でそう考え始めている自分がいる。
添田はまどろんだ。
嗄《しわが》れた声が遠くに聞こえた。
〈添田さんですね？〉
なぜ俺の名を知っていた……？
〈私が本当の犯人なんです〉
なぜ今頃になって……？
〈専門官、まずいっスよ、吸っちゃあ〉
〈僕も警察官になりたいな〉
〈添さん、ホントによしたほうがいいですって、煙草は〉
〈徳井満夫さんではなく、本当は私がやりました〉
〈大変申し訳ありませんでした。近いうちに――〉
顔のぼやけた大男が現れた。
〈俺じゃないんだ。俺がやったんじゃないんだ〉

4

三日待ったが、男からの電話はなかった。

添田は四日目に動いた。年次休暇を取り、柳川町に車を向けた。男が口にした「近いうち」とはどれくらいのものなのか。二度目の電話を寄越さず、いきなり署に出頭されたのではたまらないと思った。男の「自白」の真偽はどうあれ大した騒ぎになる。男に対して先手を取りたい。気持ちは何らかの手掛かりを欲して急《せ》いていた。

県道を西に向かって五分も走れば、ビルと呼べる建物は姿を消し、冬場の黒ずんだ田畑が辺り一面に広がる。そのあちらこちらに、虫が食ったようにアパートや民家の集まりが見える。徐々に宅地化が進んでいるのだ。

徳井満夫の自宅は、一目で安普請《やすぶしん》とわかる建売住宅だ。信金がなかなか金を貸してくれず、息子の栄一と二世代ローンで建てたという話だった。その栄一は自宅に保険代理店の看板を出し、中古車の個人売買の仲介なども手掛けている。昼食時に家に戻る習慣を知っていたから、その時間を狙《ねら》って呼び鈴を押した。

添田の顔を見るなり、徳井栄一は表情も身も固くした。

「何か……？」

「いや、近くまで来たもんだから」

通されたのは、天井の低いダイニングキッチンだった。一階は西に向かって二間あり、奥の六畳間が徳井満夫の部屋だった。

添田は勧められた椅子《いす》に腰を落として室内を見回した。

「引っ越しでもするのかい？」

段ボール箱が目立つ。どの部屋も雑然としていた。

「ああ、違うんです。女房が押し花のインストラクターの資格をとって、ここで生徒さんに教えることになったもんですから」

「押し花のインストラクター？」

「ええ、結構流行《はや》ってるんですよ。やりたい人がたくさんいるらしくて」

言いながら、栄一は湯飲み茶碗《ぢゃわん》を差し出した。

「本業の景気はどうだい？」

「よくないですね。外資のセールスが凄《すさ》まじいし、テレビの節約番組の影響とかで、保険を切り詰める人が増えちゃいまして」

「大変だな」

口先だけ同情し、添田は茶で喉《のど》を湿らせた。

「おやじさんは元気にしてるようかい？」

さらりと切り出したつもりだったが、栄一は姿勢を整え、神妙な顔で頭を下げた。

「その節は……父が大変お世話になりまして……」

事件当時の印象と変わらない。ひどく気弱そうな目をしている。

「おやじさん、幾つになったんだっけ？」

「六十……三です」

「あんたは？」

「三十九です」

添田は煙草を取りだした。

「おやじさんから手紙とか来るかい？」

「いえ、来ません」

「一通も？」

「はい。昔から書かないほうでして」

添田は首を傾《かし》げてライターを擦《こす》った。

「葉書やカードの販売をしてたんじゃなかったか」

「そうなんですけど、自分じゃ書かないんです。病気になってからは年賀状や暑中見舞いも出さなくなりました」

栄一は添田の煙草の先を見つめながら腰を上げた。キョロキョロしたあと、仕方ないか、の顔で食器棚からガラス製の小皿を引っ張りだした。徳井満夫が刑務所に入り、煙草を吸う者がいなくなったのだろう。いや、家人にとって、マッチや煙草の類《たぐい》は、嫌悪《けんお》をもよおす特別な存在になっているのかもしれなかった。

テレビの上に、額に納まった家族写真が飾られている。新緑まばゆい山をバックに、栄一夫婦と二人の息子がニッコリ笑っている。徳井満夫が撮ったのかもしれない。取り調べの休憩時間に、若い頃は写真が趣味で、本気でカメラマンになりたいと思っていたのだと話していた。夢は叶《かな》わず長く印刷所に勤め、十年ほど前に絵葉書やクリスマスカードの販売を始めたが、ここ数年は廃業状態だった。

添田の心に影が落ちた。事件当時にここに寄った時には、写真は飾られていなかったように思う。ひょっとしてそうか。あんな事件を起こした人間はもう家族の一員ではない。だから、徳井満夫の写っていない家族写真を飾っている——。

添田は嫌な想像を頭から追い出し、皿に灰を落とした。

「おやじさんの知り合いから、こっちに手紙や電話はないかい？」

「ん。友達とか親戚《しんせき》とか」

「まったくありません。例のことで、皆さんから縁を切られちゃったようなところもありますし」

添田は頷《うなず》き、皿の隅で煙草をもみ消した。

「面会は行ってるの？」

「あ、はい……たまに……」

「最後はいつ行った？」

「えーと、一月ほど前です」

「どんな様子だい？」

「特に変わったことはないです」

「何か言ってなかったかい？」

「何をです？」

「だから、いつもと違ったようなことさ」

栄一は宙に上げた目に瞬《まばた》きを重ねた。

「何もなけりゃあいいんだ」

「知り合い……？」

答えを待たずに添田は腰を上げた。服役中の徳井満夫に特別な変化はない。そのことはよくわかった。

玄関で靴を履いていると、栄一が心配そうに声を掛けてきた。

「あの……父に何かあったんでしょうか」

「何もない」

即答しておいて、添田のほうも一つ質問を返した。

「市内におやじさんの親戚はいるかい？」

住民課長の松尾が寄越したファクシミリによれば、徳井姓は市内でこの家だけだ。

「いません、一人も」

「県内には？」

「ウチだけです。おそらく」

「青森と付き合いはあるのかい？」

徳井満夫の本籍は青森だ。生まれてすぐ両親とともにこっちに越してきた。

「まったくありません。私の結婚式の時も誰も来ませんでしたし」

「わかった。すっかり邪魔しちまったな」

添田は家の前の道に出た。

頬を打つ風が冷たい。車には乗り込まず、煙草に火をつけて歩きだした。現場百遍ではないが、徳井満夫の散歩コースをもう一度辿《たど》ってみようと考えた。

建売住宅の一画を抜けると、やや広めの敷地の民家が続く。すぐに「第一現場」のゴミ集積所が見えてきた。ゴミ袋はなく、その付近の砂っぽいアスファルト路面には、箒《ほうき》で掃き清めた跡があった。事件当時は黒い焼け焦《こ》げが目立ったが、今はアスファルトの染《し》みと見分けがつかない。

一年半経《た》っているからだ。

〈私が本当の犯人なんです〉

――なんだって今頃になって言いだしやがった？

添田は歩を進めた。民家が疎《まば》らになり、田畑の比率が高くなる。身体《からだ》に当たる風も強まり、思わず背広の襟を立てた。

「第二現場」はすっかり様変わりしていた。母屋《おもや》は和洋折衷の瀟洒《しょうしゃ》な二階家に建て直され、納屋《なや》のあった場所には、プレハブ造りの物置が三つ連ねて置かれていた。前庭に耕運機とトラクターがなかったなら、農家だと気づく者はいないだろう。

添田はさらに歩を進めた。

田畑が広がる。農道に出る。三百メートルほど歩き、立ち止まった。

ここだった。あの夜、徳井満夫と出くわしたのは。

周囲を見渡す。南東の方角に建物群が見える。いまだ単線で運営している私鉄の「南柳川駅」があって、周辺には商店街やパチンコ店などが立ち並ぶ。

添田は目線を上げた。

その先は丘陵地帯が広がっている。雑木林に覆《おお》われた小高い丘の上に白っぽい建物が見える。以前、徳井満夫が半年間入院していた「風見山病院」だ。彼のカルテを見せてもらいに一度行ったことがあった。

吹きっさらしだ。添田は身体の芯《しん》にまで寒さを感じていた。

何の発見もなかった。

あるとするなら、当時感じた疑問を改めて思い出したくらいのものだった。

添田たちの車と出合った時、徳井満夫は南柳川駅方面に向かって歩いていた。二つの放火をした後、家に逃げ帰ることをせず、どこへ行こうとしていたのか。

〈覚えていません。どうしてでしょう?〉

徳井の答えはそうだった。

――ホシがわからねえことが、俺にわかるかよ。

添田は小さく笑い、風の波をやり過ごしてから懐《ふところ》の中でライターを擦った。顔を上げ、煙を吐き出し、そして、顔を顰《しか》めた。

右の二の腕辺りに痺《しび》れを感じたからだった。微《かす》かな痛みを伴った痺れ……。心臓発作の兆候。前の時はそうだった。

添田はジッとしていた。痺れは、水染みが広がるように背中へと伝わっていった。痛みのほうは表皮をチリチリさせながら身体の内側に浸透していく。このまま左半身に伝播《でんぱ》すれば「来る」――。

恐ろしくはなかった。

子供を亡《な》くした親は、自分の死を恐れない。恐れることなどできやしない。

添田は火のついた煙草をくわえたまま、自分の身体の本当のところを見極めてやろうとさえ考えていた。

5

男が再び電話をしてきたのは、前の電話から七日目の夕刻だった。

交換手から〈専門官に外線です〉と取り次がれた時、確かな予感があって、刑事課の奥の電送室に電話を回すよう指示した。

〈徳井です。先日は途中で切れてしまい失礼しました〉

　老人口調ではないが、やはり相当年齢《とし》のいっている声だ。

「謝ることはないさ」

　努めて柔らかく受けて、添田は電送室の丸椅子に尻《しり》を乗せた。

「今日は少しは話せるのかい？」

〈ええまあ、この間よりは……〉

　添田は耳を澄ませていた。微かに背景音が聞こえる。風の音……？　今日も公衆電話からということか。

〈添田さん――〉

「待ってくれ」

　主導権はこっちが握る。そう決めていた。

「俺の質問にもちょいと答えてくれないか。あんたの話はあとでちゃんと聞く」

〈……わかりました。何でしょう？〉

「いまどこから掛けてるんだい？」

　男は黙った。

「公衆電話から、だよな？」

〈……ええ〉

「今日は月曜だ。先週の電話も月曜だった。しかも同じ夕方だ。その理由を教えてくれ」

〈それは……〉

男は言い澱《よど》んだ。何か理由があるのだ。月曜の夕方に、しかも公衆電話からでしか掛けてこられない理由が。

質問を変えた。

「あんた、なぜ俺の名前を知ってる?」

〈徳井満夫さんに教わりました〉

「なぜ聞けた? 徳井はいまムショの中なんだぞ」

〈手紙を貰《もら》いました〉

添田は鼻で笑った。

「簡単に言ってくれるなよ。手紙は家族か親族にしか出せねえ決まりだ。あんた、徳井の従兄弟《いとこ》か何かってことか」

〈……そんなようなものです〉

東北訛《なま》りはない。

「ようなものだなんて、そんな人間に手紙を出せるはずがねえ」

〈本当です。貰った手紙に、添田さんに大変お世話になったと書いてあったんです〉

作り話だ。添田は気を締めた。

「徳井は偽名だな？」

〈いいえ、本名です〉

思いがけず強い声だった。

「じゃあ、下も言え」

〈添田さん――〉

「何だ？」

〈あまり小銭がないんです〉

札だってないのだろう、おそらく。金も自由もない老人。そんなイメージが固まりつつあった。

〈先日お話したこと、信じていただけたのでしょうか〉

添田は大きく息を吸った。

「信じちゃいねえ。こっちは、徳井満夫が本ボシでガッチリ自信を持ってんだ」

溜《た》め息が耳に伝わってきた。

〈間違っています〉

「どこがどう間違ってるんだ？　ちゃんと言ってみろ」

〈そちらに行って話します〉

来られては面倒だ――。

「いま話せ」

〈会って話したいんです〉

「俺はそんなにヒマじゃねえ」

〈……〉

内面を見透《みす》かされた気がした。

「さわりだけでも話せ」

思案の間《ま》があった。

〈一緒にいたんです〉

「何？」

〈二人でやったんです〉

添田はぎょっとした。

共犯……？

〈でも、火をつけたのは私です。だから私が犯人なんです〉

「嘘《うそ》を言え。徳井の手にはな、煤《すす》がついてたんだ」

〈満夫さんは消そうとしたんです。私がつけた火を懸命に消そうとして――〉

「二人でやるって決めたんじゃないのか」

〈怖くなったんだと思います。火が大きく燃え上がったので〉

「本当にお前がつけたのか」

〈そうです〉

「だったら言ってみろ。お前はどうやって火をつけた？」

怒鳴り声に近かった。

〈マッチです〉

「どんなマッチだ？」

〈鬼怒川《きぬがわ》温泉の美山観光ホテルのです〉

添田は息を呑《の》んだ。

犯行に使われたマッチ箱は、火をつけた肥料袋に放り込まれて一緒に焼けてしまい、鑑識も燃えカスすら捜し出せなかった。徳井満夫は「観光ホテルのマッチ」とまでは供述したが、具体的にどこのホテルだったかは覚えていないと言った。

それをこの男が知っていた。鬼怒川温泉。美山観光ホテル。信じるに足る根拠はない。男は口から出任せを言っている。だが、そうだと断じる根拠もまたなかった。

添田は脳を絞った。

服役後に徳井満夫がホテルの名前を思い出し、それを手紙で男に伝えたということか。いや、たとえ男が親戚筋の人間で通信が許可されたのだとしても、事件の証拠品であるマッチ箱に関する記述が、刑務所の検閲で素通りするはずがない。

ならばなぜ、男はホテルの名前を知り得たのか。

答えが出てこなかった。

添田はライターを擦《こす》った。擦り損ねた。

男は犯人しか知り得ない事実を語っている。それが答えなのかもしれなかった。

――どのみち同じことだ。

添田は自分に言い聞かせた。誤認逮捕や冤罪《えんざい》には当たらない。たとえ、徳井満夫が火を消そうとしたのだとしても、事前に放火の謀議があり、実際には火を消し止めなかったのだから共犯関係は崩れない。徳井満夫はクロのままだということだ。しかし

――。

共犯者の存在を見逃した。単独犯だとばかり思い込み、片割れに名乗り出られて初

めて複数犯だと気づいた。それが警察の失態であり、刑事にとって大きな失点であることは言うまでもない。

思いを振り切って、添田は言った。

「マッチはどっちの持ち物だった？」

〈満夫さんのです〉

「だったら、なんでお前がホテルの名前まで覚えてるんだ？」

〈私がそのマッチで火をつけたからです〉

説明になっていない。だが、真の供述とは概してそうしたものだと知っている。

靴音がした。

部屋に駆け込んできたのは塩原だった。同時にピッと音がしてファクシミリの受信ランプが点灯した。

添田は、ちょっと待ってくれと男に言って送話口を押さえた。

「どうした？」

「夕刊で書かれちまったんですよ、例の改ざんが」

脇坂の脹《ふく》れっ面《つら》が脳裏を過《よぎ》った。

「どこだ？」

「東洋新聞です。課長が命じたことまでスッパ抜いてるとかで、いま、本部が署長コメント用の紙を流すって」

塩原は、動きだしたファクシミリの前で焦《じ》れったそうに足踏みを始めた。幼子の仕《し》種《ぐさ》のように見えた。

「下はブン屋が押しかけてます。大騒ぎになりますよ」

吐き出された用紙を引ったくって、塩原が部屋を飛び出していく。

添田は立ち上がって、窓から外を見た。

塩原が言った通りだった。記者が大勢いる。テレビカメラも――。

添田は電話に戻った。

「待たせて悪かったな」

〈もう電話が切れます。あとはそちらでお話します〉

添田は返答に窮した。

証拠物件保存簿の改ざんに加えて、放火事件の共犯者の見落とし。同じ所轄《しょかつ》で失態続きとなれば、記事の扱いはヒステリックになる。塩原はどうなるか。昇任時異動の行き先も影響を受けるか。小規模署に回され、それがためにずっと「在野」を歩くことにでもなってしまったら――。

奥歯が擦れた。

この男を丸め込むしかない。そう思った。

男の話を信じるならば、一人で罪を被《かぶ》った徳井満夫に対する後ろめたさから自首を思い立ったということだ。ならば、男が出頭し逮捕されたところで、徳井満夫の罪は消えないのだと知らせてやればいい。それでもあんたは徳井に義理立てして長いこと臭い飯を食うつもりなのか、と。

「外で会えないか」

自分の声が脳を揺らした。

犯罪者との交渉。取り引き——。

危険な賭《かけ》に違いなかった。もし、男が深謀を抱いているのだとしたら。最初に想像したように、添田に恨みを持つ何者かの罠《わな》なのだとしたら。

男の返答が耳に響いた。

〈わかりました。外で会いましょう〉

「どこがいい？」

〈南柳川駅のすぐ前に、岡田食堂というのがあります。そこに来てください。来週の月曜日、午後四時に〉

6

S刑務所の応接室は広々としていた。

また年次休暇を取り、電車とバスを幾つも乗り継いで来た。片道三時間。それでも得たい情報が添田にはあった。

「やあ、先輩、お久しぶりです」

藤原は瞳《ひとみ》を輝かせて入室してきた。高校の一期下。剣道部の後輩だ。現在はここで処遇部長の要職にある。

「言われた通り遊びに来たぜ」

「大歓迎です。夜はいい場所おさえてありますから」

「忙しいのにすまんな」

「そんなあ、水臭いことを言わんでくださいよ。先輩のためなら幾らでも時間を作りますって」

――調子のいいことを言いやがって。

添田は腹で毒づいた。

一昨日《おととい》藤原の自宅に電話を入れた。徳井満夫と内密に会わせてほしいと申し入れたが、「署長クラスから話を通してください」とあっさり蹴《け》られた。書類も一切見せられないと突っ張る。徳井が出した手紙の相手と内容だけでいい。食い下がったが、にべもなかった。なのに、いい女のいる店があるから遊びに来てくれという。その台詞《せりふ》を逆手にとることにした。遊びに行くと答えた。会ってしまえばどうにかなる。そう思って遥々《はるばる》やってきた。

「藤原――」

前置きはなしだ。添田はテーブルに身を乗り出した。

「見てきてくれたよな？」

「何をです？」

「惚《とぼ》けるなよ。徳井満夫の身分帳だ」

「見てませんよ、そんなもの」

「教えてくれ。徳井が手紙を出した相手とその内容だ」

「だから見てませんって」

藤原は笑いだした。

「山浦夕子とはその後どうした？」

藤原の笑みが壊れた。三年前のOB会でふた回りも下の後輩に手をつけた。

「先輩……」

「先輩だと思ってるんなら土産を持たせろ」

「……脅すんですか」

「いいから言え」

「本当に見てないんです」

「だったら見てこい」

藤原の目が尖《とが》った。

「そんな目をしたって無駄だ。お前のかみさんの目のほうが数倍恐《こわ》いぞ」

「あんたって人は」

吐き出すように言って、藤原は立ち上がった。

「見損ないました。二度と顔を見せないでくださいね」

「ああ、これが最後だ」

たっぷり三十分は待たされた。

無表情を張りつけた藤原が部屋に戻り、立ったまま、二つ折りにしたメモ用紙を添
田の眼前に突き出した。

「これでお引き取りください」

「言われなくても帰る」

顔を見ずに言って、添田はメモ用紙を開いた。

『徳井敬次郎　七十三歳　M市南柳川町二八〇〇番地　続柄・従兄弟』

添田は目を見張った。

いた。実在した。「徳井」という男が。従兄弟だった。しかも住所は南柳川町だ。市内にも県内にもいないはずの「徳井」が、放火現場に近い南柳川町に住んでいた。二八〇〇番地……。二千番台の番地というのはあまり耳にしない。いったいどの辺りを指すのか。

徳井敬次郎に宛《あ》てた手紙の内容も抜き書きされていた。投函《とうかん》はひと月ほど前だ。

『添田刑事には大変世話になった』

『ここは天国だ』

『服役中にボイラー技師の資格を取るつもりだ』

嘘ではなかった。電話の男――徳井敬次郎は、徳井満夫から添田の存在を知らされていた。

ならば共犯もまた真実か。

「世話になったな」

返事はなかった。

添田は席を立った。部屋を出掛かって、ふと藤原を振り向いた。

天国――。

「なあ、このムショはそんなに居心地がいいのか」

7

薄暮がひなびた街を包んでいた。

受話器を握った老人の姿が目に浮かぶようだった。駅舎のわきに電話ボックスがあり、道を隔てた相向かいに「岡田食堂」があった。定食もあんみつもコーヒーも出す大衆食堂だ。広々としている分、客も疎《まば》らな店内は寒々とした感じだ。

添田の視線はすぐに止まった。徳井敬次郎は、奥の四人掛けのテーブルにいた。目印も用意しなかったのに一目でわかった。七十三歳の老人は顔も体も痩《や》せこけていた。テーブルの横から回り込んだから身支度も知れた。焦《こ》げ茶色のセーター。ジャージのような粗末なズボン。厚手の靴下を履き、芥子《からし》色《いろ》のベルトのついた木製のサンダルをつっかけていた。

するかしないかの会釈《えしゃく》を交わした。

「添田だ」

「徳井敬次郎です」

添田は椅子《いす》に腰掛けた。

真っ直《す》ぐ見つめる。徳井も皺《しわ》に沈んだ両眼で見つめ返してきた。インテリ風だ。サンダル履きの足元を除けば、元教員と言っても通るだろう。

コーヒーを注文した。徳井は水だけで待っていた。

「さあ、どうする？」

添田が切り出すと、徳井は待ちかねたように話しだした。

「自首します。いますぐ警察署に連れていってください。わかります。突然私が署に行ったら困るんでしょう？　でも、あなたと一緒なら、あなたは困らない。違いますか？」

添田は短い息を吐いた。

「それがあんたの狙《ねら》いだったわけだな」

「えっ？」

「あれこれ策を講じて俺をここにおびき寄せた。そうだろ?」

「意味が……わかりませんが」

「調べたよ。あの丘の上まで南柳川町だったとはな」

徳井の瞳が悲しげに揺れた。

南柳川町二八〇〇番地。それは「風見山病院」の住所だった。

毎週月曜日。夕方の一時間。看護士が付き添って開放病棟の患者を駅の周辺に連れていく。菓子や雑貨を買う自由を与える。駅前の商店組合が、うろうろされては困ると反対し、だから組合加盟店が一斉に店を休む月曜が患者の外出日に充《あ》てられた。患者が寄れるのは、商店組合に入っていない幾つかの店とコンビニだけだ。

コロン、と音がした。

添田は徳井の足元に目を落とした。芥子色のベルトがついた木製のサンダルが患者の「印」だ。履きづらさと音が逃走防止の役割も果たしている。

どの道にも見張りの看護士が立っている。無論、駅の改札にもだ。徳井はその囲みを破るために添田を利用しようとした。食堂の前から車に乗ってしまえば看護士の目に触れずにすむ。

「囲みは抜けられる。だが、その後はどうするんだ?」

「逮捕して、精神鑑定を受けさせてください。そうすれば病気でないとわかります」

「鑑定なんかしなくてもわかるさ」

精神病院に入院の必要のない者が大勢いることくらい警察官なら誰でも知っている。その大半は、家族が引き取りを拒んでいる老人たちだ。

「で、天国に行こうってわけか」

「そうです。刑務所に入れてください」

先月、徳井満夫から届いた手紙が、徳井敬次郎の心を揺さぶったのだ。

「病院で知り合ったんだな？」

「病棟が一緒でした。親戚《しんせき》ではないんですが、やはり同じ苗字《みょうじ》ですから親近感を覚えましたよ。すっかり打ち解けて、いろんな話をしました。退院してからも面会に来てくれました」

所番地だけでは病院とはわからない。徳井満夫は刑務所の入所時に、徳井敬次郎を従兄弟《いとこ》だと申告した。だから届くはずのない手紙が届いた。

「添田さん、どうかお願いします」

徳井は深々と頭を下げた。

「警察へ連れていってください。後生ですから」

「身寄りはないのか」

徳井は顔を上げた。目が赤い。

「聞いてください。私が開放病棟に移れたのは五年前です。それまで三十七年間、閉鎖病棟にいました。縛られたり、電気を掛けられたり、打たなくてもいい注射を打たれたり……。開放病棟に移った年に妹が死にました。それで身寄りが一人もいなくなりました。私はここでは死にたくない。特養老人ホームに入りたいと先生や看護士の人に必死でお願いしました。百五十人待ちだそうだと言われました。でも、いつかは入れる。そう思って、それが励みでした。たったひとつの楽しみでした。なのに、申請してくれていなかったんです。それを最近知りました。また今から百人も二百人も待てますか。待てませんよ、私はもう──」

添田は言葉を失った。

住民ではない住民……。住民票もなく、だが、四十二年もこの地にいた住民……。

「添田さん」

「……」

「ねえ、添田さん、お願いします！」

テーブルの上の手が握られた。強い。痛みを覚えるほどに。かつてこんな強い力で手を握られたことがあったろうか。

互いの指の爪《つめ》と爪が擦《こす》れ合った。黒ずんだ徳井の爪と、飴色《あめいろ》の添田の爪が——。

手を弾《はじ》いた。力任せに。

「やってない人間をムショに送るわけにはいかねえ」

「やりました。火をつけました。添田さんもそう思ったからここに来たんでしょう？」

「違う」

「嘘《うそ》だ」

「行ってどうする？　ムショが天国のはずがねえだろう」

「地獄は知っています。だからほかはどこだって天国です」

「刑期ってもんがある。ムショはいずれ出なくちゃならねえんだ。そうしたらまたここに舞い戻るだけじゃねえか」

「何か資格を取ります。更生保護会で寝泊まりさせてもらって、仕事だって紹介してもらえるかもしれません」

「シャバはそんなに甘くねえ」

「生きたいんです！」

徳井が沸騰《ふっとう》した。

「一度でいい。私は自分の人生を生きてみたいんです！」

気圧《けお》された。

添田は席を立った。もう言うしかなかった。

「放火があったのは水曜日の午後九時過ぎだったんだ。月曜の夕方しか外出できないあんたは犯人になりえねえ」

「こっそり抜け出したんです」

「もうよせ」

「抜け出したんですよ！」

「やめてくれ！」

店中の人間がこっちを見ていた。

「頼むからもうやめてくれ。俺はただのヒラ刑事だ。何の力もないんだ。あんたのことを助けるなんてできねえ。諦《あきら》めてくれ」

「添田さん――」

言いかけた徳井の身体《からだ》が硬直した。

ホイッスルのような音が聞こえたからだった。病院に帰る時間。そうに違いなかった。

枯れ枝のような体がストンと椅子に落ちた。

「……わかりました……。よくわかりました……」

添田は肩で息をしていた。

しばらくして、徳井が立ち上がった。カラン、コロン……。

「添田さん。これを」

徳井はセーターを捲《まく》った。シャツとの間に、大学ノートより少し小さめの、しかし分厚いノートを隠し持っていた。

「満夫さんが事件を起こす直前、預かってくれと持ってきたものです。読んでください。あの事件のことがすべてわかります。私が鬼怒川のホテルの名前を知っていた理由もです」

ノートを手にした添田はぎょっとした。表紙に『暗箱日記』とマジックで書かれていた。

留置場を指す符丁。警察の中でもすたれた「暗箱」をなぜ徳井満夫が。

カラン、コロン……。

添田は顔を上げた。

徳井敬次郎が店を出ていくところだった。

添田は二度、三度とライターを擦った。何かしていなければ、とても見送れる後ろ姿ではなかった。

8

家族寮。午前一時――。

添田はノートを閉じた。目を瞑《つむ》り、しばらくジッとしていた。読んではいけないものを読んだ。そんな思いにとらわれていた。

『暗箱日記』――。留置場のことではなかった。風見山病院の半年間を綴《つづ》ったものでもない。徳井満夫にとっての「暗箱」は家だった。二世代ローンで買った柳川町の建売住宅の中に「闇《やみ》」があった。

あの気弱そうな栄一が、父親を虐待《ぎゃくたい》していたなどと誰が信じるだろう。だが、行われていた。日々、執拗《しつよう》に。

徳井の稼ぎが減り、家のローンが払えなくなったことが事の始まりだった。返済を背負った栄一は人が変わった。最初は言葉による虐待だった。「役立たず」「穀潰《ごくつぶ》し」

「ボロ雑巾《ぞうきん》」。栄一の女房も負けずにやった。掃除や洗濯を押しつけてきた。うまくできないと食事を抜かれた。水に近い風呂《ふろ》に入れられた。部屋に荷物やゴミをどんどん運び込まれ、寝る場所にも事欠いた。

半年間入院した後は暴力が待っていた。車が売れないといっては殴られ、保険を解約されたといっては蹴《け》られた。栄一は君臨した。二人の息子までが感化された。徳井のことを「サルジジイ」などと呼び、臭いからと寄りつかなくなった。

徳井は放火事件を計画した。「暗箱」を自らの手で開こうとした。その計画のすべてをノートに記していた。

鬼怒川温泉は、三十年以上前、家族旅行で訪ねた思い出の地だった。栄一はまだ小学生だった。徳井は、幸せだった時代に泊まったホテルのマッチを犯行に使い、そして、燃え上がった炎にその大切な思い出の品をくべたのだ。

『ここは天国です』

受刑者志願――。徳井満夫の犯行動機もまたそうだった。

倉庫の警備員になれば家を出られる。その望みも断たれ、計画を実行に移した。あの家にだけは帰りたくない。だから火をつけた後、家とは逆の方に足を向けた……。

『暗箱日記』のタイトルは、昔やっていたカメラの趣味から思いついたのかもしれない。完全な闇。絶望的な闇。それだけだったろうか。シャッターを切った一瞬、暗い箱の中に外の世界の光が差し込む。そんな願望を込めたような気がしてならない。

「おかえり」

声に振り向くと、ジャージ姿の健二が立っていた。ここのところ、深夜まで受験勉強をしているようだ。

「ああ、ただいま」

添田は慌《あわ》てて顔を戻した。ティッシュを抜き取り、鼻をかむふりをして目元を拭《ぬぐ》った。

が、気配を感じてまた振り向いた。

やはりいた。いつもならすぐ自分の部屋に消える健二がまだ後ろに突っ立っていた。

「何だ？」

「ん」

視線を合わさない。だが、何か言いたそうな顔だ。

「何だ？　言ってみろ」

「いいやね？」

「何が？」

「俺、警察官にならなくてもいいやね」

あっ、と思った。

健二は健二で、真一の幻影と闘っていた——。

「そんなもん、自分で考えて決めろ」

「ん」

健二は部屋に向かった。その後ろ姿が心なしか弾んでいるように見えた。

添田は電話を引き寄せた。

別の後ろ姿が目に浮かんでいた。

一度でいい。私は自分の人生を生きてみたいんです——。

握られた手の強さは消しようがなかった。

手帳を開いて番号をプッシュした。飴色の爪が今夜はさほど気にならなかった。

コールは十五回を数えた。

〈はい……松尾ですけど……〉

「お前、以前、福祉課にいたことがあったな」

〈ええ……でも……〉

「頼まれてくれ。これが本当に最後だ」

解題　　　村上貴史

特別エッセイ　日本の警察小説　　　西上心太

解題

村上貴史

■逢坂剛《おうさかごう》「昔なじみ」

世間師――世情に通じていて世渡りのうまい男女――を中心に据え、笑いの要素をたっぷり詰め込んだ軽妙な詐欺《さぎ》プレイ小説集『相棒に気をつけろ』。そこに収録された「弔いはおれがする」の後日談にあたるのが、この「昔なじみ」である。とはいえ、そこはそれベテラン逢坂剛のこと、読者の予想を裏切る展開の数々がぎゅっと詰め込まれており、単品で愉《たの》しめる造りになっているし、物語の焦点も別のところに当てられているのでご安心を。ちなみに「弔いはおれがする」は世間師対ヤクザだったが、この「昔なじみ」では、世間師対悪徳警官という構図が愉しめる。

さて、この「昔なじみ」の悪徳警官もなかなかに印象深いが、逢坂剛は、その他にも数々の印象深い警官たちを産み落としてきている。元同級生にして現在は上司と部下という関係の二人の警官を登場させ、彼らの迷走や暴走でたっぷりと読者をくすぐってくれるのが御茶ノ水署シリーズの『しのびよる月』と『配達される女』だ。その一方で、笑いを排除した警察小説シリーズも発表している。初の著作となった『裏切りの日日』以降、『百舌《もず》の叫ぶ夜』や『幻の翼』等を経て『鵟《のすり》の巣』へと続く百舌シリーズ（もしくは公安警察シリーズ）がそれである。さらに、それらが長寿のシリーズであることから生じた制約から逢坂剛が逃れるべく二〇〇〇年に書き始めた禿鷹《はげたか》シリーズ（神宮警察署の禿富鷹秋警部補を主役とした『禿鷹の夜』『無防備都市』『銀弾の森』）もあり、こちらは本作と同じ悪徳警官ものであっても、ユーモアではなく非情さが際立《きわだ》っている。バラエティーに富んだ作風で知られる逢坂剛だけに、警官ものも様々に描きわけているのだ。ご賞味あれ。

■佐々木譲「逸脱」

幕末前後の北海道を舞台とした痛快作『黒頭巾《くろず》旋風録《きんせんぷうろく》』『五稜郭《ごりょうかく》残党伝』などの著作を持つ北海道在住の作家・佐々木譲。彼は、北海道警察本部で現実に生じた裏金疑惑を正面から扱い、道警の腐敗体質に切り込んだ『うたう警官』を二〇〇四年に発表した。本書収録の「逸脱」は、その裏金疑惑の余波を描いた作品といえよう。主人公の川久保篤《あつし》巡査部長が、十勝地方の駐在所に単身赴任することになったのも、二度と癒着が起きないようにするための人事異動の結果であったからである。

人口六千人ほどの志茂別《しもべつ》町で川久保がまず遭遇したのは、一七歳の少年の失踪《しっそう》事件だった。とはいえ、少年は一晩帰宅しなかっただけで、都会ならばさほど騒ぎにもなりそうにない出来事である。その小さな出来事を発端として、佐々木譲は、実にスリリングなミステリを紡《つむ》ぎ上げた。特に、結末の衝撃は尋常ではない。田舎町の巡査小説と侮《あなど》るなかれ。

さて、一人の巡査と警察組織と犯罪者の三つ巴《どもえ》というユニークな構図のこの「逸脱」だが、実は、川久保を中心に据えた連作の第一話でもある。志茂別町で起こる小さな事件に川久保が取り組むなかで、この町の不気味さが次第に浮かび上がってくるという仕掛けになっており、連作トータルとしても非常に読《よ》み応《ごた》えがある。二〇〇六年の前半には刊行されそうなので、そちらにもご注目を。先の三つ巴に「町」を加えた四つ巴の、静かで、ときに苛烈《かれつ》な闘争を愉しむことが出来よう。

■柴田よしき「大根の花」

門前仲町《もんぜんなかちょう》の商店街で、植木を傷つける事件が連続した。捜査にあたったのは、ベテランの巡査部長と、既に大手柄をあげた実績を持ち、将来を嘱望される二五歳の刑事麻生《あそう》龍太郎《りゅうたろう》。彼らは、その一見軽微な犯罪の孕《はら》む〝悪意〟を重視し、入念に調べを進めていく……。

　事件は地味であるし、結末にミステリならではの過激なギミックがあるわけでもない。しかしながら、市井《しせい》の人々と彼らを襲った悪意を掘り下げていく二人の警官の行動は、実に緊張感たっぷりに読ませるのである。しかも、クライマックスは、十分な躍動感と迫力を備えている。たぐいまれなパワーを持つ作家が、手綱を巧みにコントロールして書き上げた一品といえよう。

　さて、注目すべきは、本作に登場する若手刑事の麻生龍太郎である。彼は、この作品にふらりと登場した人物ではなく、柴田よしきを代表する村上緑子《りこ》シリーズの第二作『聖母《マドンナ》の深き淵《ふち》』と第三作『月神《ダイアナ》の浅き夢』に存在感たっぷりに登場し、その後、『聖なる黒夜《こくや》』では、ついに主役まで射止めた人物である。柴田よしきの著作を刊行順に読んでいる方ならご存じだろうが、麻生龍太郎は、警官としての人生を全《まっと》うするのではなく、二〇年の刑事生活の後に私立探偵に転身していく。そんな麻生の若かりし頃の様子を、とくにその諦観《ていかん》を知ることが出来るのが、この「大根の花」なのである。

　ちなみに、第一五回横溝正史《せいし》賞受賞のデビュー作『ＲＩＫＯ』に始まる村上緑子シリーズでは、女性刑事を中心に、彼女の、警察組織の、そして犯罪に関与する人々の内面のドロドロを、ミステリ味をきっちりと意識した上で克明に描き出している柴田よしき。本作とはだいぶテイストが異なるが、そちらの世界での麻生龍太郎の描かれ方にもご注目を。

■戸梶圭太「闇《やみ》を駆け抜けろ」

「おえわっ」「わひっ！」「えぶおっ！」といった生理的に居心地の悪さを感じさせるセリフの活用や、〝ボガーン！〟〝パウパウ〟〝ひゅひゅひゅひゅひゅん！〟といった擬音の活用を得意とする戸梶圭太。彼の持ち味は、やはりチープな人間（あるいは、人間に備わったチープさ）を徹底的に描くところにあろう。そうした持ち味を生かすうえで、警察という存在は非常に使い勝手がよい。特に近年の警察は、権力の象徴としての存在であると同時に、痴漢やら盗撮やら、なんとも情けない事件を繰り返す存在であるから、なおさらだ。犯人をつい銃殺してしまった刑事が、さらに三千万円の誘惑に搦《から》め捕られる『アウトリミット』にしてもしかり、この「闇を駆け抜けろ」にしてもしかり。特に、「闇を駆け抜けろ」は、そうしたチープな警官のパートナーとして、同様にチープな若者たちが配置されており、ますます戸梶節を満喫できる造りとなっている。

さて、医学界（『ドクター・ハンナ』）や大企業（『牛乳アンタッチャブル』）など、様々な舞台でチープを追求している戸梶圭太だが、本作同様に警察を題材としたデビュー第二作、一九九九年の『溺《おぼ》れる魚』と読み比べてみると、「激安描写」の冴《さ》えといい、激安というかたちで装飾をはぎ取ることで、むき出しの欲望や感情を描き出す手腕といい、彼がますます進化し、（戸梶圭太風にではあるが）洗練されてきていることがよくわかる。それ故《ゆえ》に、戸梶ワールドに親しんでいない方は、まずはこの短篇で相性診断してみるのがよかろう。

■貫井《ぬくい》徳郎《とくろう》「ストックホルムの埋《うず》み火」

鮎川哲也《あゆかわてつや》賞の最終候補に残った一九九三年のデビュー作『慟哭《どうこく》』がそもそも警察小説であった。それも、ありふれた捜査小説にない衝撃を備えた一冊であった。その後も物語性と意外性をバランスよく配置した作品を描き続けてきた貫井徳郎。その性質は、この「ストックホルムの埋み火」にもよく現れている。

主人公の青年の胸に恋心が宿っていく様子や、その気持ちが次第に別のものへと変化していく様子が丁寧に描かれており、まず、そこで読者を引き込む。そして、予想もしなかった出来事を青年が経験する段階で、読者をあっと驚かせるのである。そこに大物を父に持つ刑事の捜査が絡《から》んできて……という本作は、さらに一ひねり二ひねりと進んでいき、最後の最後まで読者を飽きさせることがない。かっちりとした造りでありながら、その奥底には相当な暴れん坊がひそんでいる――そんな小説なのだ、本作は。

さて、結末の衝撃から立ち直って冷静に本作の造りを見つめ直すと、作者の周到な計算が理解できるようになる。情報の隠し方と、適切なタイミングでの開示の仕方、そして、中盤の種明かしが終盤の驚愕の心理的伏線となるという構造。いやはや、貫井徳郎の力量のほどがたっぷり伝わってくる一作である。

なお、貫井徳郎が海外を舞台に書いた短篇ミステリとしては、『大密室』所収の「ミハスの落日」がある。著者本人としては、いずれこういう作品を集めて一冊にしたいとか。その完成を愉しみに待つとしよう。

■横山秀夫「暗箱」

本書は警察小説アンソロジーであるが、これが存在するのも横山秀夫のおかげかも知れない。一九九八年に第五回松本清張賞を受賞したデビュー作の「陰の季節」で、〝捜査をしない警察官〟にスポットをあてるという着想で、警察小説の新たな鉱脈を発見した彼の活躍に刺激され、今日の警察小説の隆盛がもたらされたと言っても過言ではなかろう。

その横山秀夫が著した「暗箱」は、「陰の季節」などの作品とは異なり、第一線で捜査に携わってきたベテラン刑事・添田を主人公としている。彼のもとに一本の電話が入り、過去の放火事件の犯人は自分だと告げた。その告白は、彼が誤認逮捕という大きなミスを犯したこと、そしてその結果、冤罪《えんざい》で一人の男を牢獄《ろうごく》に送ってしまったことを意味する……。

添田の動揺を克明に描写しながらも、その果てに想像だにしなかった衝撃的な結末を仕込んでおく腕前は、さすがに横山秀夫である。ラストシーンに響く叫び声は、信じられないほど悲劇的でありながら、不気味なほどの現実感を備えている。「暗箱」は、短篇ミステリとしての切れ味と同時に、結末の余韻の深さが際立つ一作といえよう。

その悲鳴が胸に届いた方は、デビュー作以降、横山秀夫が様々な立場の人間の様々な視点を通して警察を描いてきた『半落ち』『顔』『第三の時効』『震度0《ゼロ》』などに親しんでみてもらいたい。警察小説の、そして警察ミステリのフルコースとでも呼ぶべき豊かなバラエティーと極上の味わいを満喫できるであろうから。

（二〇〇五年十一月、ミステリ評論家）

日本の警察小説――その変遷と豊穣な世界

西上心太

探偵小説の祖はエドガー・アラン・ポーといわれている。

そのポーによってこの世に生み出されたオーギュスト・デュパンの最初の業績は、モルグ街で起きた残虐《ざんぎゃく》な母娘《ははこ》殺人事件の真相を解明し、逮捕されていた無実の男を救い出したことだった。またその少し後にはパリ警察の総監から依頼を受け、彼らがついに見つけることができなかった盗まれた手紙を取り戻したこともあった。

この時から警察は、常に名探偵の引き立て役であることを運命づけられたのだ。

もとより探偵小説（detective story）とは「個性的な名探偵が不可解な謎《なぞ》を解くという独特の形式の小説」（『海外ミステリー事典』権田《ごんだ》萬治《まんじ》監修）である。ポーが創造したデュパンをはじめ、圧倒的な人気を誇り探偵小説の隆盛を決定づけたコナン・ドイルのシャーロック・ホームズを例に取るまでもなく、探偵小説の主役は警察官ではなく民間探偵が中心だった。

とはいえウィルキー・コリンズの『月長石《げっちょうせき》』で活躍するスコットランド・ヤードのカッフ警部のような例外もあるけれど。もっとも森英俊《ひでとし》の『世界ミステリ作家事典［本格派篇］』によれば、カッフ警部は当時有名な殺人事件を解決したウィッチャー巡査部長をモデルにしたとのことだ。ホームズ譚《たん》などに登場するステロタイプの警官ではなく、現代イギリス・ミステリーに登場する警察官ヒーローに近いという。時代を先取りしていた作品だったのだろう。さすがにドロシー・L・セイヤーズが「史上もっとも優れた探偵小説」と絶賛しただけのことはありますね。

まあコリンズの例は別として、民間探偵が多く登場したのは、探偵小説は反権力の物語であるという認識があるからではないだろうか。ポーは民主主義のアメリカ、コリンズやドイルは立憲君主制のイギリス、そしてルコック探偵ものを書いたエミール・ガボリオは第二帝政から第三共和制へ移行しようとしていたフランスという具合に、一応の自由が保障されていた国だったからこそ、探偵小説は産声《うぶごえ》をあげることができたのだ。

名探偵が導き出した意外な真相によって、警察等の国家権力が犯した誤謬《ごびゅう》が白日の下に晒《さら》される、というのがオーソドックスな探偵小説のパターンである。警察に逮捕されていたり、疑いを持たれていた無実の人物は救われ、探偵によって明かされた真犯人が逮捕される。民間人の指摘を受け、国家権力である警察が自らの誤りを認めるような社会体制でないと、もとより探偵小説は成立しないのである。

十九世紀後半という探偵小説の黎明《れいめい》期に、鉄血宰相ビスマルクが強権を発動していたドイツ、自由主義体制が安定しなかったスペインなどで後年に名を残す探偵小説が現れなかったのもうなずけるのではないだろうか。

このエッセイは日本の警察小説を語るものだけど、もう少しおつきあい願いたい。警察小説の定義であるが、前掲の『海外ミステリー事典』（『日本ミステリー事典』権田萬治・新保博久監修もほぼ同様の文章）にはこうある。

■警察小説（police procedural）
《警察の実際の集団捜査をさまざまな情報を取り入れた形で再現したミステリーで、常に特定の個人の警察官が名探偵として活躍するのではなく、警察組織の中でさまざまな捜査員が事件ごとに主役として活躍するものである。》

つまりこの事典では現実の警察の捜査のように、あくまで集団捜査という点に重きを置いていることが分る。いわば狭義の警察小説、あるいはいっそ警察捜査小説とでもした方が分りやすいかと思う。いわゆる黄金時代になると、警察官が探偵役という小説が増えてくる。マイケル・イネスのジョン・アプルビイ警部、ナイオ・マーシュのロデリック・アレン主任警部などがそうだ。彼らは権力側の人間とはいえ、名探偵の範疇《はんちゅう》に入る者たちだ。あくまで私立探偵が事件にかかわることをくり返す不自然さを払拭《ふっしょく》するために、警察官という身分を与えたのであろう。あるいはクロフツのフレンチ警部のように、コツコツと足でアリバイを崩していく凡人探偵としての役割という理由もあるだろう。わが国でいえば角田喜久雄《つのだきくお》『高木家の惨劇』に登場する加賀美《かがみ》敬介警部や鮎川哲也《あゆかわてつや》の鬼貫《おにつら》警部は前者の、松本清張《せいちょう》の諸作品に登場する刑事たちは後者にあてはまるだろう。

さて一九二〇年代に探偵小説は黄金時代を迎えるが、アメリカではリアリズムへの渇望からウエスタン小説に源流を求められるハードボイルド小説が誕生する。この分野の第一人者はもちろんダシール・ハメットだ。ところが権力におもねないタフな私立探偵の物語が数多く書かれると、ハードボイルド小説もリアリズムの点で物足りなくなってくる。ハードボイルドの私立探偵も、探偵小説の名探偵同様、〈超人〉化してしまったからだ。ここでようやく名探偵という役割ではない、警察官を主人公とした物語が姿を見せるのだ。この代表的な作家がウィリアム・P・マッギヴァーンだろう。『殺人のためのバッジ』や題名そのものが警察小説の中の一ジャンル名になった『悪徳警官』がそれである。

警察捜査小説の嚆矢《こうし》とされるローレンス・トリート『被害者のV』はすでに発表されていたが、ジャンルとして一般の認知を受けるのは、ヒラリー・ウォーが一九五二年に『失踪《しっそう》当時の服装は』を発表し、さらにエド・マクベインの《八七分署》シリーズとJ・J・マリックの《ギデオン警視》シリーズが登場してからだ。

で、話はようやく日本の警察小説に移る。

やはり狭義にせよ広義にせよ、日本の警察小説は欧米と同じく一九五〇年代をまたなければならなかったようだ。まず指を折らねばならないのは人気テレビドラマ「事件記者」の脚本を一人で担当したことでも名高い島田一男だろう。島田一男は数多くのシリーズ・キャラクターを創造し、膨大な作品を残した。一九七〇年代から死の直前まで書き続けていた《捜査官》シリーズ二十八作が有名だが、一九五〇年代後半に庄司部長刑事を主人公に据えた《部長刑事》シリーズを発表している。

また特筆すべきシリーズとして、一九五〇年代から八〇年代まで書き継がれた、藤原審爾《しんじ》の《新宿警察》を忘れてはならない。このシリーズは同時多発的に発生するさまざまな事件を新宿署の刑事たちが追っていく群像劇で、まさしく日本の《八七分署》というべき作品である。戦争の陰を引きずっている刑事たち、柏木《かしわぎ》、角筈《つのはず》など町名変更で消えた地名など、古い作品だけにかえって風俗的に興味をひかれる部分が多い。だが初期の作品を収録したとおぼしい『新宿警察』を読んでも、内容そのものは全く古びていないことに驚かされる。書誌学的な研究が遅れていて、いったい何作品があるのかはっきりしないらしいのだが、ぜひとも再評価されてほしいシリーズである。

狭義の警察小説は少ないが、広義の警察小説は一九六〇年代から続々と登場した。悪徳警官もののジャンルでは結城《ゆうき》昌治《しょうじ》の傑作『夜の終る時』が忘れがたい。

また生島《いくしま》治郎《ろう》も、後に「非情のライセンス」というタイトルでテレビ化され人気を博した、警視庁特捜部の会田《あいだ》刑事が登場する《兇悪《きょうあく》》シリーズを一九七〇年代に書き始める。生島は日本のハードボイルド小説の元祖といわれているが、そうしてみるとハードボイルド小説→警察小説という順に発生したアメリカと順序が逆になっているのも興味深い。やはり日本では私立探偵より警察の方がなじみ深かったのであろう。

前掲の事典にも「厳密な意味での警察の集団捜査を描いたものは少ない」とされているが、一九八〇年代後半に藤原審爾の衣鉢《いはつ》を継ぐ警察捜査小説が二人の作家によって誕生する。一つが今野敏《こんのびん》の安積《あづみ》警部補と部下たちが活躍する《ベイエリア分署》シリーズだ。現在まで書き継がれている息の長いシリーズなのだが、正確には《旧ベイエリア分署》《神南署《じんなんしょ》》《新ベイエリア分署》という具合に変遷《へんせん》をたどっている。ベイエリア分署の正式名称は東京湾臨海署である。もちろん架空の設定だ。現実の東京湾岸の副都心化をにらんで創設したものの、その計画が頓挫《とんざ》したため東京湾臨海署が縮小され、安積警部補たちは部下ごとこれまた架空の神南署に転勤したのである。ところが巨大ホテルの建設やテレビ局が引っ越すなどお台場の開発が進んだため、再び安積班は古巣に戻ったというわけだ。バブル経済とその崩壊による影響が、小説の中でリアルに生かされているのだ。東京湾臨海署の捜査一係は係長の安積を入れて総員五人という小所帯。このため個々の刑事たちにたっぷり活躍の場を与えられるという利点がある。今野敏は九〇年代に入っても警視庁科学特捜班に所属する特種能力を持った五人（警察官ではないが）が活躍する《ST》シリーズを立ち上げている。

もう一人が黒川博行《ひろゆき》である。警察小説は東京の警視庁だけのものではないだろうと、一九八〇年代の半ばから、デビュー作の『二度のお別れ』を皮切りに、大阪府警捜査一課の刑事たちをフィーチャーした連作を発表するのだ。中心となるキャラクターが黒田憲造と亀田《かめだ》淳也《じゅんや》の通称黒マメコンビだ。なおこのコンビであるが、以後の作品では妻帯者の黒田憲造から、独身者の黒木憲造へと変更される。捜査小説としての結構を保ちつつ、トリッキーなプロットが用意された欲張りなシリーズである。作中にちりばめられた関西弁の軽妙な会話が楽しい。最近シリーズの系統だった文庫化が進んでおり、再評価が著しい。

一九八〇年代、警察小説におけるもう一人の中心人物といえば逢坂剛《おうさかごう》だろう。警視庁公安部の刑事桂田《かつらだ》を登場させた『裏切りの日日』を皮切りに、同じ公安の倉木警部(後に警視)をメインキャラクターに据えた《百舌《もず》》シリーズの第一作『百舌の叫ぶ夜』を発表する。凝りに凝った構成で読者に背負い投げを喰らわせる終盤の展開には驚かされたものだった。だがこのシリーズは犯人側との戦いだけでなく、警察という組織内の争いをプロットに取り入れたことに特徴がある。逢坂剛はこの後もさまざまなタイプの警察小説の好作を精力的に書き続けている。極めつきの悪徳警官が登場する《禿鷹《はげたか》》シリーズ(『禿鷹の夜』など)、御茶ノ水署の生活安全課の迷刑事コンビのユーモアもの（『しのびよる月』など）など、その作風は硬軟自在。

警察小説は大流行もしないかわりに衰退もしないジャンルと思っているのだが、一九九〇年代になると様子が変わってきた。このジャンルに挑戦する書き手が増え、優秀な作品が目に見えて多くなってきたのだ。その牽引者はなんといっても大沢在昌《ありまさ》だろう。《新宿鮫《しんじゆくざめ》》は大沢在昌を一気にブレイクさせただけでなく、国産ミステリーの代表的なシリーズとなった。

そして髙村薫《かおる》のベストセラー『マークスの山』が登場する。直木賞受賞や映画化など話題を集めた傑作だ。連続殺人犯を追う警視庁捜査一課の個性的な刑事たち。捜査の手順や刑事の動きなどを徹底したリアリズムで描き出した究極の警察捜査小説といっていいのではないだろうか。

残念ながら故人となってしまったが、九〇年代半ばに元刑事というキャリアを生かした印象深い警察小説を発表した佐竹一彦の存在も忘れがたい。盗犯のベテラン刑事につけられた若い見習刑事が成長していく姿を描いた『刑事《デカ》部屋』や、捜査本部内の対立や軋轢《あつれき》などの人間模様が活写された『ショカツ』が代表作だろう。

当アンソロジーにも載っている柴田よしきと乃南《のなみ》アサという二人の女性作家も、同じころにあいついで魅力的な女性警官が活躍する物語を発表する。柴田よしきは横溝正史賞を受賞した『RIKO――女神《ヴイーナス》の永遠』に始まる《RIKO》シリーズ、乃南アサは直木賞を受賞した『凍える牙《きば》』に代表される女性刑事音道貴子《たかこ》が主人公の一連のシリーズである。

なお乃南アサには『鼓動』に収録されている地域課の警察官、つまり交番勤務のお巡《まわ》りさんを描いた『ボクの町』『駆けこみ交番』というほのぼの系の警察小説シリーズがある。シリアス路線とユーモアものという全く味わいの違う作品を巧みに書き分けているのだ。

また岩城捷介《いわきしょうすけ》の『巡査』にも同じ地域課の警察官が登場する。こちらは娘を殺された犯人に復讐《ふくしゅう》しようと拳銃《けんじゅう》を持ったまま失踪する地域課の巡査と、彼の行方を追う捜査課の刑事が登場する異色の警察小説となっている。

さらに貫井徳郎《ぬくいとくろう》のデビュー作『慟哭《どうこく》』がある。警察小説の形態を取りながらそれを逆手に取ったかのようなサプライズが用意された衝撃の作品である。また貫井には法によって処罰できない巨悪を秘《ひそ》かに葬る、警視庁人事二課の環敬吾《たまき》が率いる特殊工作チームの活躍を描いた《症候群》シリーズ（『失踪症候群』など）がある。これは自身が大ファンだというテレビ時代劇「必殺仕事人」を現代に甦《よみがえ》らせたシリーズなのだ。

こうして警察小説黄金の時代ともいえる九〇年代の掉尾《とうび》を飾るように登場したのが

横山秀夫だった。デビュー作は松本清張賞を受賞した『陰の季節』。この作品のもっとも大きな特徴は、人事担当者や県警本部長の秘書などを主人公に据えたことだ。警察官と外の社会を描くのではなく、警察という組織の内側を凝視した横山作品が登場したことで、これまで捜査に携わる刑事の独擅場《どくせんじょう》だった警察小説に新しい風が吹いたのである。少し早く真保《しんぽ》裕一の『密告』も出ている。この作品も上司の不行跡を密告したと疑われた内勤の警察官を描いたものだったが、非捜査系警察小説を一つのジャンルに固めたのは横山秀夫の功績であろう。

横山秀夫は県警幹部の暗闘を描いた『震度0《ゼロ》』など非捜査系警察小説を書き続けているが、『臨場』など捜査中心のオーソドックスな警察小説にも手を広げている。一方、今野敏は『隠蔽《いんぺい》捜査』で警察庁長官官房総務課長というキャリア警察官を主人公に、事件の隠蔽をめぐる警察上層部の暗闘をテーマにした作品を上梓《じょうし》したばかりだ。二一世紀になっても警察小説の好調な動きは続いているようだ。ますます警察小説から目を離すことはできないぞ。

（二〇〇五年十一月、ミステリ評論家）

この作品は二〇〇四年三月刊行の「小説新潮三月臨時増刊　警察小説大全集」収録作をもとにしています。

決《けつ》　断《だん》

―警察小説競作―

新潮文庫　し－22－36

平成十八年二月一日発行
平成十八年二月二十五日二刷

編者　新《しん》潮《ちょう》社《しゃ》

発行者　佐藤隆信

発行所　株式会社 新潮社

郵便番号　一六二―八七一一
東京都新宿区矢来町七一
電話 編集部(〇三)三二六六―五四四〇
読者係(〇三)三二六六―五一一一
http://www.shinchosha.co.jp

価格はカバーに表示してあります。

乱丁・落丁本は、ご面倒ですが小社読者係宛ご送付ください。送料小社負担にてお取替えいたします。

印刷・大日本印刷株式会社　製本・加藤製本株式会社

ISBN4-10-120846-8　C0193